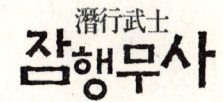

潛行武士
잠행무사
김문형 新무협 판타지 소설
FANTASTIC ORIENTAL HEROES

잠행무사 5
김문형 新무협 판타지 소설

초판 1쇄 찍은 날 § 2009년 3월 11일
초판 1쇄 펴낸 날 § 2009년 3월 18일

지은이 § 김문형
펴낸이 § 서경석

편집장 § 문혜영
편집책임 § 문정흠
편집 § 이재권

펴낸곳 § 도서출판 청어람
등록번호 § 제1081-1-89호
등록일자 § 1999. 5. 31
어람번호 § 제2-1694호

주소 § 경기도 부천시 원미구 심곡동 163-2 서경B/D 3F (우) 420-010
전화 § 032-656-4452 팩스 § 032-656-4453
http://www.chungeoram.com
E-mail § eoram99@chollian.net

ⓒ 김문형, 2008

ISBN 978-89-251-1719-5 04810
ISBN 978-89-251-1440-8 (세트)

※ 파본은 구입하신 서점에서 교환하여 드립니다.
※ 저자와 협의하여 인지를 붙이지 않습니다.
※ 이 책은 도서출판 청어람과 저작자의 계약에 의해 출판된 것이므로,
  무단 전재 및 유포·공유를 금합니다.

潛行武士

5 [완결]

잠행무사

김문형 新무협 판타지 소설
FANTASTIC ORIENTAL HEROES

目次

第二十五章	흑랑방주(黑狼方舟)	7
第二十六章	끝없는 악몽	61
第二十七章	추격자들	115
第二十八章	모체 폭파 작전	175
第二十九章	절체절명(絶體絶命)	227
第三十章	망자의 최후	289
終章	흑의인(黑衣人)	363

第二十五章
흑랑방주(黑狼方舟)

潜行武士
잠행무사

사방에서 수십 발이 넘는 화살이 진견을 향해 쏟아졌다.
쌔애애애액!
 진광은 사형 진견에게 날아드는 화살 비를 보고 입을 딱 벌렸다.
 자를 대고 선을 그은 것처럼 일직선으로 날아드는 화살들.
 그로서는 빙하정에서 임윤에게 중상을 입히고 일행을 위협했던 강맹한 유시가 한 발도 아니고 수십 발이 연이어서 날아오는 장면이 믿기지 않았다.
 그 말은 곧 강궁을 쓰는 자가 어느 한 사람이 아니라 청위표국의 표사 전부라는 뜻이 아닌가?
 화살 비가 전신에 쏟아지려는 찰나,

진견이 몸을 한 바퀴 회전하면서 양권을 내질렀다. 그러자 그의 양권에서 광포한 권풍이 터져 나왔다.

후두두두둑!

권풍에 휩싸인 화살들이 힘을 잃고 옆으로 비껴나서 공터의 벽에 가서 박혔다.

그러나 청위표국 표사들이 쏜 강궁은 하나하나가 철혈궁왕 이세정의 화살에 못지않은 위력을 갖고 있었다. 때문에 당금 명문정파의 최고수인 진견도 수십 발의 화살을 빠짐없이 모두 처리하지는 못했다.

푸푹!

권풍 사이를 비집고 날아온 화살 두 발이 각각 진견의 어깨와 등에 깊숙이 꽂혔다.

하지만 진견은 화살을 뽑으려 들지 않고 안광을 번득이며 공터의 벽에 나 있는 통로를 향해 고개를 돌렸다.

아니나 다를까, 한 통로에서 무언가가 다시 진견을 향해 빠르게 날아왔다.

이번에 날아온 것은 화살이 아니라 쇠뇌였다.

길이가 한 자가 넘고 굵기가 엄지손가락 마디 하나에 달하는 쇠뇌가 진견의 가슴팍을 노렸다.

진견은 발을 구르며 일 장 옆으로 몸을 날렸다. 쇠뇌는 목표를 잃고 허망하게 바닥에 꽂혔다.

텅!

그 광경을 지켜보던 진광은 의문이 생겼다.

'이상하다?'

 두 발의 화살을 맞기는 했으나 다른 화살들은 단숨에 파해한 진견이 속도가 느린 쇠뇌를 피하지 못할 리가 없다. 진광은 청위표국의 표사가 굳이 무거운 쇠뇌를 쏘아 보낸 까닭을 알 수 없었던 것이다.

 그 이유는 금세 밝혀졌다.

 진견이 몸을 날릴 때 정체 모를 기음(奇音)이 공터에 울려 퍼졌다.

 삐이익!

 그와 동시에 쇠뇌 한 발이 재차 날아왔다.

 진견은 몸을 날려서 어렵지 않게 쇠뇌를 피했다. 그러자 다시 먼저와 같은 기음이 나는 것이 아닌가?

 삐이익!

 이번에는 세 개의 통로에서 쇠뇌가 날아왔다.

 쇠뇌 중의 두 발은 어떻게 피할 수 있을지 모르나 마지막 한 발은 어느 쪽으로 움직이더라도 도망칠 수 없도록 서로 다른 각도에서 쏜 것이다.

 하지만 진견은 세 대의 쇠뇌가 만들어낸 합공을 간단히 피해 버렸다. 그가 발을 구르며 일 장 높이로 뛰어오르자 쇠뇌 세 대는 허공을 지나쳐 반대편 벽에 가서 박혔다.

 진견은 공중에서 몸을 뒤집으며 벽을 걷어찼다. 그리고 그 반탄력으로 쇠뇌가 날아온 통로로 몸을 날렸다.

 그러나 그것이 실수였다.

진견이 신형을 뒤집으며 빠르게 운신하자 먼저 들렸던 기음이 귀를 찌를 듯이 날카롭게 울린 것이다.

삐이이이!

순간 진광은 깨달았다.

'사형의 몸에 박힌 것은 명전이다!'

명전(鳴箭)은 사슴뿔의 속을 깎은 것을 붙인 화살로, 그것을 쏘면 날면서 소리를 낸다. 때문에 신호를 보낼 때 주로 사용되어진다.

진견의 목과 몸에 박혀 있는 명전은 청위표국 표사들이 직접 만든 것이었다.

청위표국의 명전은 화살이 날아가며 소리를 내서 목표의 위치를 알리는 것은 물론이며, 적중한 다음은 목표가 몸을 움직일 때마다 소리가 나게끔 활대에 정교하게 구멍을 깎아 넣은 것이었다.

때문에 진견이 신형을 빠르게 움직일수록 그의 몸에 박힌 두 발의 화살에서 기음이 더욱 날카롭게 터져 나왔다.

일 장 앞도 보기 힘든 어둠 속에서 터지는 명전의 기음은 풍랑 속의 등대와도 같았다.

쉬쉬쉭!

일곱 개의 통로에서 일곱 개의 쇠뇌가 날아왔다.

먼저 날아온 수십 발의 화살은 진견의 위치를 대강 짐작하여 마구잡이로 쏜 것에 불과했다.

그러나 명전의 기음을 듣고 어둠 속에서 목표의 위치를 정확히 감지한 표사들이 쏘아 보낸 쇠뇌는 진견의 전신 요혈을 정확히 노리고 날아들었다.

설상가상으로 진견은 공중에 신형을 날리고 있는 터라 일곱 방위로 날아오는 쇠뇌를 피할 길이 없어 보였다.

하지만 진견의 무위는 상상을 뛰어넘었다.

진견이 몸을 반 바퀴 뒤집으며 두 발을 허공에 내질렀다.

터텅!

그러자 쇠뇌 두 대가 진견의 각법에 당해 날아갔다.

그는 멈추지 않고 양팔을 휘둘러서 다시 두 대의 쇠뇌를 튕겨냈다. 또한 목울대를 노리고 날아오는 쇠뇌 한 대는 고개를 옆으로 비튼 다음 입으로 물어버렸다.

콰득!

눈 깜짝할 순간에 다섯 대의 쇠뇌를 무력화한 진견은 남은 두 대의 쇠뇌를 향해 양팔을 뻗었다. 쇠뇌가 손바닥을 꿰뚫으려는 순간, 그는 양손을 뒤집어 묵직한 기세로 날아오는 쇠뇌의 몸대를 가볍게 움켜쥐었다.

터턱!

그런 뒤에 진견은 바닥에 착지했다.

당금 강호를 통틀어 최고수라 자타가 공인하는 무림삼성 진견의 무위가 어느 정도인지 알 수 있는 장면이었다.

진광은 사형이 엄청난 무위를 선보이며 쇠뇌 공세를 막아내자 안도의 한숨을 내쉬었다.

그러다가 그는 공터 구석에 쓰러져 있는 송현과 시선이 마주쳤다. 순간 그는 무언가 일이 잘못되었다는 것을 직감했다.

송현이 얼음장처럼 차가운 표정으로 천천히 고개를 저었던 것이다.

촤촹!

진견이 잡고 있는 쇠뇌의 끝이 파열음을 내면서 사방으로 갈라졌다. 쇠뇌의 끝은 쐐기 모양을 한 네 개의 갈고리가 되어 진견의 팔뚝을 파고들었다.

진견은 양미간을 구기며 쇠뇌를 잡아 뽑으려 했다. 하지만 갈고리의 끝은 낚싯바늘처럼 역으로 난 쐐기가 있어서 살이 찢겨질 뿐, 쉽게 뽑히지 않았다.

그것으로 끝이 아니었다.

쇠뇌의 끝에 가느다란 은사가 달려 있었던 것이다.

두 줄의 은사가 팽팽해지며 진견의 두 팔을 당기자 그의 두 팔이 만세를 부르듯이 위로 번쩍 들려졌다.

덫에 걸린 맹수 꼴이 되어버린 진견.

하지만 양팔의 자유를 잃어도 그의 무위는 여전했다.

진견은 힘을 주어 양팔을 가슴으로 끌어모았다. 그러다가 순간 양팔을 앞으로 비틀며 내질렀다.

잔뜩 힘을 받아 팽팽해져 있던 은사는 갑자기 반대쪽으로 튕겨지자 속절없이 끊어져 버렸다.

티팅!

비록 쇠뇌의 갈고리가 그대로 팔뚝에 박혀 있다고는 하나 진견은 단번에 양팔을 자유롭게 만든 것이다.

그러나 표사들에게는 진견의 양팔이 묶여 있던 찰나의 순간이면 충분했다.

진견이 은사를 끊는 순간, 이미 일곱 발의 화살이 그의 전신 요혈을 노리고 날아오고 있었다.

화살들은 한 치의 오차도 없이 동시에 진견에게 적중했다.

푹!

진견의 전신이 크게 한 번 움찔했다.

다시 일곱 발의 화살이 날아왔다.

화살은 방금 요혈을 꿰뚫은 화살에 겹쳐질 만큼 정확하게 명중했다. 마지막으로 일곱 발의 화살이 날아와 진견의 목을 빙 둘러서 관통했다.

"크윽……!"

진견의 입에서 외마디 신음이 새어 나왔다.

그리고 그의 두 눈이 부릅떠졌다가 이내 초점을 잃고 멍하니 허공을 바라보는가 싶더니 천천히 감겨 버렸다.

청위표국 표사들은 먼저 명전을 쏘아 진견의 위치를 어둠 속에서 정확히 알아냈다. 그런 다음 갈고리가 숨겨진 쇠뇌를 날려서 진견의 두 팔을 묶어 시간을 벌었다. 마지막으로 그의 요혈과 망자의 급소인 목을 꿰뚫어서 그를 절명케 했다.

그 모든 과정은 열을 채 못 셀 만큼 찰나의 시간에 벌어진 것이었다.

사형이 당하는 광경을 보자 진광은 두 눈을 부릅떴다.

그는 당장에 공터로 달려가 사형의 안위를 살피고 망자들을 박살 내고자 했다.

하지만 이상하게도 입이 열리지 않고 발이 떨어지지 않았다.

살아서 돌아오라는 소림 방장의 명이 무의식중에 그의 뇌리에 굳게 자리 잡고 있었던 것이다.

진광이 이성을 잃고 분노를 터뜨리려는 찰나,

송현의 전음이 들려왔다.

"멈추시오."

공터는 사람의 윤곽이 아련히 보일 만큼 멀리 떨어져 있었으나 송현의 기도는 그 먼 거리를 넘어서 진광을 압도하고 있었다.

"……"

진광은 이를 앙다물고 분노를 억눌렀다.

두 주먹을 얼마나 세게 쥐었는지 핏줄이 금세라도 터질 것처럼 살 밖으로 튀어나왔다.

진광은 떨어지지 않는 입을 억지로 열어 전음을 보냈다.

"지금 내게 사형이 죽는 모습을 보고만 있으라는 말이오?"

송현의 대답이 뜻밖이었다.

"그럼 좋을 대로 하시오."

진광은 그가 지금까지와는 달리 갑작스레 반대되는 말을 하자 어리둥절했다.

송현의 전음이 이어졌다.

"청위표국의 표사들, 아니, 지금은 멸천대의 일원이 된 저들은 혈선충 모체의 뱃속에서 피를 흡수한 뒤 우리를 추적해 왔을 것이오."

"모체의 뱃속? 그게 뭔 소리요? 아니, 지금 그게 무슨 상관이오?"

"그냥 피를 흡수하는 것과 모체의 뱃속에서 흡수하는 것은 천지 차이가 있소. 모체의 뱃속에서 피를 흡수할 경우 일정한 시간 동안 망자가 가진 공력은 원래보다 일 갑자(一甲子) 이상이 높아지오."

"뭣이?"

진광은 믿기지 않았다.

일 갑자는 육십 년, 족히 무림인의 일평생에 달하는 시간이다.

그 말은, 생전에 무림인이었던 망자가 혈선충 모체란 괴물의 뱃속에서 피를 흡수한다면 다시 한평생 동안 공력을 더 쌓은 셈이 된다는 뜻이 아닌가?

진광은 말도 안 되는 허튼소리라고 반박하려다가 문득 어떤 사실을 깨달았다.

철혈궁왕 이세정에 못지않은 청위표국 표사들의 궁술.

송현의 말대로 망자가 일 갑자의 공력을 얻지 않는 이상 그런 무위는 아무나 펼칠 수 있는 것이 아니었다. 게다가 한 명도 아니라 표사 일곱 명이 모두 그런 궁술을 선보였으니…….

송현의 음성이 더욱 차가워졌다.

"당신 사형은 망자요. 이미 죽은 몸인 그를 구하고 싶다면 나도 더 이상은 말리지 않겠소."

진광은 아무 말도 할 수 없었다.

"청위표국 표사들은 지금 하나하나가 창천육조에 뒤지지 않는 공력을 지녔소. 그들 일곱 명과 싸우고 싶다면 그것도 말리지 않겠소."

"……."

진광은 멍한 얼굴이 되어 공터를 바라봤다.

그때였다.

공터의 벽에 난 통로에서 청위표국 표사들이 모습을 드러냈다. 송현과 같은 복장을 한 그들은 각자 손에 강궁을 들고 있었다.

또한 그들 일곱 명 외에 다른 인영이 하나 더 있었다.

진광은 그가 누군지 알아차렸다.

'제갈명?'

빙하정에서 송현의 심계에 걸려 처참하게 패배했던 창천육조의 수장 제갈명이 청위표국 표사들과 함께 송현 일행을 추적해 왔던 것이다.

표사들은 몸을 날려서 바닥에 착지했다.

그들은 진견에게 다가가 그의 면면을 살폈다. 진견이 더는 움직이지 않는 것을 확인하자 그들은 이번에는 송현에게 다가갔다.

송현이 천천히 몸을 일으켜서 그들을 마주 보며 섰다. 그들은 잠시 침음한 채로 서로를 응시했다.

그때 두 눈을 잃은 제갈명이 비틀거리며 표사들의 조장으로 보이는 자에게 다가왔다. 제갈명이 그의 귀에 무언가 말을 속삭이자 조장은 고개를 끄덕인 뒤 송현에게 다가갔다.

순간 공터에 한줄기 검광이 번쩍였다.

진광은 송현이 검에 맞은 줄로 알고 깜짝 놀랐다.

그러나 송현은 미동도 않고 서 있었고, 박황의 머리가 바닥에 떨어졌다. 조장은 박황의 머리를 묶어둔 천을 잘라낸 것이었다.

조장이 말했다.

"순순히 따라가겠느냐, 아니면 포승줄에 묶여서 질질 끌려가겠느냐?"

"…내 발로 걸어가겠소."

"권주(勸酒)를 마다하지 않다니, 역시 상황 파악 하나는 뛰어난 놈이군."

그 말에 다른 표사들이 씨익, 웃었다.

이어서 조장이 고갯짓을 하자 송현이 순순히 걸음을 옮기기 시작했다. 표사들은 진견과 박황을 공터에 버려둔 채로 송현을 포위하며 통로 속으로 들어갔다.

진광은 다급해졌다.

그런데 진광이 막 공터로 달려가려고 할 때, 송현이 고개를 돌려 뒤를 바라봤다.

진광은 송현과 시선이 마주쳤다. 그는 표사들에게 낌새를 들킬지 몰라 전음을 보낼 수 없었다.

진광은 굳은 얼굴로 송현을 보며 생각했다.
'기다리시오! 내 다른 이들과 함께 반드시 송 국주를 구하러 가겠소!'
그런데 무언가 이상했다.
자신을 보는 송현의 눈빛이 차갑게 식어 있는 것이 아닌가?
마치 진광의 생각을 읽고서 냉소하는 듯한 얼굴.
잠깐 냉랭한 시선으로 진광을 노려보던 송현은 그대로 고개를 돌렸다. 그리고 곧 표사들과 함께 통로 속으로 들어가 사라져 버렸다.

진광은 미친 듯이 공터로 달려갔다.
공터에 도착한 그는 망연자실한 얼굴이 되었다. 그곳에는 사형 진견이 전신에 화살 세례를 받아 흡사 고슴도치 같은 모습을 한 채로 꼼짝 않고 서 있었다.
진광은 사형의 앞에 무릎을 꿇었다.
그는 사형이 당하는 모습을 두 눈 뜨고서 지켜보기만 한 자신을 이해할 수 없었다. 또한 그런 행동이 소림 방장의 명을 지키기 위해서였는지, 아니면 단지 사형이 망자가 되었기에 포기하려는 심산에서였는지 스스로도 알지 못했다.
진광의 뇌리에 의문 하나가 떠올랐다.
'내가 망자가 됐다면 사형은 날 버렸을까?'
그는 사형이 그랬을 리 없다고 느꼈다. 사형은 목숨을 던져서라도 자신을 구하려 했으리라.

진광은 스스로를 용서할 수 없었다.

그때 죽었던 줄로 알았던 진견이 입을 열었다.

"진광이냐?"

진광은 깜짝 놀라 벌떡 일어섰다.

"사형! 죽지 않으셨군요?"

진광은 사형이 자신을 알아보자 기뻐하며 소리쳤다.

진견은 미동도 하지 않고서 시선만 들어 진광을 바라봤다. 그의 두 눈은 마치 아이의 그것처럼 투명하고 맑았다.

"진광아."

"말씀하십시오!"

"이 불민한 사형을 용서해라."

"그게 무슨 말씀이십니까? 제가 감히 어떻게 사형을 용서하고 자시고 한단 말입니까?"

"그가 누구냐?"

"예?"

진광은 곧 진견의 말뜻을 깨달았다.

"송 국주 말씀입니까? 송현이라고, 청위……."

그는 송현이 청위표국의 국주라는 말을 하려다가 방금 사형을 공격한 자들이 과거 송현의 동료였다는 사실을 떠올리고서 말을 바꾸었다.

"그는 무림맹의 명을 받고 사람들을 모아서 흑랑성에 들어온 자입니다. 저는 그를 도우라는 방장님의 명을 받았습니다."

"그렇구나. 내가 잘못했다."

"예? 무슨 말씀이십니까?"
"그는 악한 자가 아니었다. 내 잘못이다."
"……!"
진광은 깜짝 놀라 할 말을 잃고 사형을 쳐다봤다.
동시에 마음속에 웅어리져 있던 송현에 대한 막연한 의심이 사형의 말에 눈 녹듯 깨끗이 사라지는 것을 느꼈다.
진광이 기쁜 마음에 무어라 말을 꺼내려고 할 때, 진견의 말이 이어졌다.
"나는 불민하여 소림의 제자로서 자격이 없구나."
그 말에 진광은 주먹을 불끈 쥐고 휘두르며 소리쳤다.
"그게 무슨 소립니까? 누가 감히 대소림의 제자이며 무림삼성이신 사형에게 자격을 운운한답니까? 말씀만 하십시오! 이 진광이 그놈을 당장에라도 요절을 내겠습니다!"
진광은 흥분해서 침까지 튀겨가며 말했다.
그러자 진견의 입가에 살짝 미소가 지어지는 듯했다.
"진광아."
"말씀하십시오."
"너는 한 점 부끄럼이 없는 소림의 제자가 되어야 한다."
"그거야 당연하죠! 한데 지금 그게 문제가 아니잖습니까? 일단 사형 치료부터 해야 된단 말입니다!"
진광은 진견의 전신을 살폈다. 그러나 수십 발의 화살이 요혈마다 깊숙이 박혀 있어서 설사 화타가 되살아난다 해도 치료가 쉽지 않아 보였다.

그때 진견이 말했다.

"너는 내가 깨닫지 못한 강호의 정리를 찾도록 해라."

"걱정 마십시오! 제가 반드시……."

진광은 진견을 바라보다가 말을 멈췄다. 그리고 그대로 멍하니 사형을 바라봤다.

"사형?"

진견은 더는 대답하지 않았다.

그는 조용한 시선으로 멍하니 허공을 바라보고 있었다. 그의 두 눈은 평화롭기 그지없었으나 생명의 흔적은 어디에도 엿보이지 않았다.

그는 이번에는 정말로 절명한 것이다.

숱한 강호행을 하며 적지 않은 죽음의 순간을 보아왔던 진광은 깨달았다.

회광반조(回光返照).

무림삼성 진견은 촛불이 꺼지기 전에 잠깐 환하게 타오르는 것처럼, 죽음의 직전에 정신을 차리고 소림승으로 돌아와서 사제에게 마지막으로 심중언(心中言)을 남긴 것이었다.

* * *

일행은 진견에게 혈도를 짚인 이후로 꼼짝 못하고 있었다.

그 와중에 임윤이 운기조식을 하며 전신에 진기를 돌려서 막힌 혈도를 뚫고 있었다.

그의 이마에서 금세 굵은 땀방울이 흘러내렸다. 무림인이 아닌 유소운과 편복선생은 임윤이 점혈을 풀기만을 기다릴 뿐, 딱히 할 일이 없었다.

초조해하는 임윤, 유소운, 편복선생과 달리 이강은 태연자약했다.

그가 말했다.

"억지로 점혈을 풀려고 하지 마라. 괜히 주화입마에 드는 수가 있으니까."

"……"

그러나 임윤은 아무 말 없이 운기조식에 열중했다.

대답이 없자 이강이 피식, 웃으며 말했다.

"검술과 외공은 제법 그럴싸하다만 네놈의 내공 수위는 소림 중놈의 점혈을 풀 수준이 못 돼. 소림의 탄지공(彈指功)이 그렇게 쉽게 풀리면 무림의 태산북두라는 명성 또한 헛된 것이겠지."

그때서야 임윤도 더는 소용이 없다는 것을 인정했는지 한숨을 쉬면서 운기조식을 멈췄다.

이강의 말이 이어졌다.

"어차피 점혈을 풀어봤자 십사호랑 땡초 놈은 못 구한다. 상대가 누구냐? 무림삼성이다. 설령 내가 두 눈이 있다고 해도 그놈 하나 당해낼 수 있을지는 장담 못해. 놈이 망자였기에 망정이지, 정상인이었다면 진광 놈은 사형 손가락 하나도 감당하지 못했을 거다."

일행은 방금 진견이 펼쳤던 장면을 떠올렸다.

진견은 일행 모두를 손쉽게 점혈하고서 창천육조 세 명마저 간단히 패퇴시켰다. 한데 이강의 말대로라면 진견의 실제 무위가 눈앞에서 본 모습보다 훨씬 더하다는 뜻이 아닌가?

일행은 무림삼성의 무위가 과연 어느 정도일지 짐작이 가지 않았다.

유소운이 말했다.

"그렇다고 이대로 계속 있을 수는 없지 않습니까?"

"후후, 달리 방법이라도 있냐?"

"……"

"없으면 말을 하지 말아라."

이강의 핀잔에 유소운이 입을 다물자, 이번에는 임윤이 말했다.

"당신이라도 먼저 혈도를 푸시오."

하지만 이강은 피식, 냉소할 뿐이었다.

"내가 왜 아까운 진기를 낭비해야 되지?"

"당신도 흑랑성에서 나가고 싶을 것 아니오?"

"일 년 동안 사슬에 꿰인 채로 숨겨둔 벽곡단과 뇌옥의 벽에 흐르는 이슬 받아먹으며 지내보니 그것도 할 만하더군. 이럴 때는 명상이나 하는 게 최고지. 오히려 벽에 묶여 있을 때보다 지금이 훨씬 편한데?"

일행은 이강이 점혈을 풀 생각이 없다는 것을 깨닫고는 침음했다.

그때 어둠 속에서 한 인영이 다가왔다. 일행은 긴장하며 인영이 누구인지 살폈다.

다행히 그는 진광이었다.

유소운이 반가운 얼굴로 말했다.

"진광 스님! 무사하셨군요!"

하지만 진광은 아무 말도 없었다. 머쓱해진 유소운은 말을 멈췄다.

진광은 유소운의 앞으로 가서 재빠르게 손을 놀려 세 군데의 요혈을 짚었다. 유소운은 막힌 혈도가 갑자기 뚫리자 균형을 잃고 몸을 휘청거렸다.

진광은 이어서 다른 일행도 한 명씩 점혈을 풀어줬다.

일행은 몸이 자유로워지자 목을 돌리고 기지개를 켜는 등 한차례 몸을 풀었다.

유소운이 말했다.

"혈도가 뚫리자 몸이 날아갈 듯 가볍네요. 역시 진광 스님이십니다."

이강이 비웃었다.

"애초에 무림삼성 놈이 십성 공력을 다하지 않았군. 그놈이 제대로 점혈했으면 두세 시진은 꼬박 묶여 있어야 했을걸? 진광 놈이 잘나서 단숨에 점혈을 파해한 게 아니란 말이다."

그나마 좋았던 분위기에 찬물을 끼얹는 이강의 말.

유소운은 혹 진광이 화를 터뜨릴지 몰라 그의 안색을 살폈다. 하지만 진광은 여전히 아무런 말이 없었다.

진광은 일행의 점혈을 풀고 나서 손에 들고 있던 무언가를 바닥에 내려놨다.

바로 박황의 머리였다.

편복선생이 말했다.

"그자는 명도 길군. 한데 송 국주는 어디 있는가?"

진광이 처음으로 입을 열었다.

"송 국주의 전 동료들, 아니, 멸천대에게 잡혀갔소."

그 말에 일행은 굳은 얼굴로 침음했다.

진광이 재차 말했다.

"송 국주를 구하러 가야겠소."

일행은 서로를 바라보며 조용히 고개를 끄덕였다. 그러다가 그들은 무언가를 깨닫고 동시에 이강을 바라봤다.

아니나 다를까, 이강이 팔짱을 끼며 말하는 것이었다.

"나는 별로 구하고 싶지 않은데?"

진광은 천천히 시선을 돌려 이강을 바라봤다.

그러나 그의 분위기가 예전과는 사뭇 달랐다. 양미간을 잔뜩 구긴 것도 아니고 안광이 번뜩이는 것도 아니었다.

이강도 진광의 기도가 달라졌다는 것을 깨달았는지 어깨를 으쓱했다.

진광이 말했다.

"그럼 도와라."

"뭐라? 지금 내게 명령하는 거냐?"

"네놈은 받을 빚이 있으면 꼭 받아낸다고 했다. 또 갚을 빚이 있으면 반드시 갚는다고 했다. 아니냐?"

"그랬지. 한데 그게 뭐?"

"송 국주를 구하는 것을 돕는다면 그 빚은 내가 반드시 갚겠다."

일행은 깜짝 놀라서 진광을 쳐다봤다.

흑랑성에 잠행한 이유 중 하나가 이강을 무림맹에 호송하기 위해서이다. 그런데 이강이 후에 빚을 갚으라며 자신을 놓아달라고 한다면 난감한 상황이 벌어지는 것이 아닌가?

이강도 진광의 제안이 뜻밖이었는지 잠시 침음했다. 그러다가 이내 냉소하며 말했다.

"무림 놈들이 입을 먼저 놀리고 실천은 안 하는 것은 세 살박이 어린애도 아는 일이다. 그 말을 어떻게 믿지?"

그러자 진광이 이강을 지그시 노려봤다. 동시에 그의 전신에서 해일처럼 무거운 기도가 뿜어져 나왔다.

일행은 물론 진광보다 내공 수위가 높은 이강마저 그 기세에 눌려 자기도 모르게 움찔했다.

진광이 말했다.

"소림의 제자가 한 약조다. 그것으로 부족하냐?"

"……."

이강은 선뜻 대답하지 못했다.

진광의 말은 허세가 아니었다.

실제로 중원무림의 호사가들은 '소림승의 말은 곧 만금(萬金)과도 같다'란 말을 하며 소림사 승려의 정정당당함을 칭송하고는 했다. 무림의 태산북두라는 위명은 소림승이 무림에서 행한 숱한 행적이 쌓여 만들어진 것이었다.

이강이 고개를 갸웃하며 신음했다.

"으음……."

그는 머릿속으로 수많은 이해타산을 따지는 듯했다.

"어차피 망자 놈들의 배를 타야 흑랑성에서 나갈 수 있을 테고, 그러려면 나 혼자서는 힘들 게 뻔하긴 하지."

일행이 보기에 이강은 일부러 시간을 끌며 자신이 유리하게 말을 맞추려는 듯이 보였다. 하지만 진광은 그것을 아는지 모르는지 아무런 반응이 없었다.

이강이 말했다.

"좋다. 널 돕기로 하지. 단, 빚은 내가 원할 때 독촉할 테니 그리 알고 있어라."

"알았다."

진광은 고개를 끄덕이며 짧게 답했다. 말도 많고 항상 행동이 앞서던 그는 평소와 달리 어딘가 모르게 언행에 절도가 있었다.

그때 비닥에 떨어져 있던 박황이 끼어들었다.

"잠깐만! 지금 십사호, 아니, 송현이란 자를 구하러 간다고 했소?"

이강이 대답했다.

"그렇다고 하는군."

임윤이 박황을 가리키며 물었다.

흑랑방주(黑狼方舟) 29

"그나저나 저놈은 어떻게 된 거요? 놈들이 송 국주는 잡아가면서 저놈은 왜 놔두고 갔소?"

진광이 고개를 저었다.

"그건 나도 모르겠소. 멸천대 놈들이 송 국주를 잡아갈 때 나는 멀리 떨어져 있어서 얘기를 들을 수 없었소. 또한… 그를 돕는 것도 무리였소."

"사정이 그랬군."

그러자 편복선생이 눈빛을 반짝이며 말했다.

"그럼 박황 저자는 얘기를 들었다는 건가? 전후 사정을 저 자한테 물으면 되는 것 아닌가?"

진광은 정신이 번쩍 들었다.

그 역시 송현이 제 발로 멸천대로 분한 청위표국 표사들을 따라간 것이 궁금하던 차였다.

진광이 박황의 머리채를 잡고 눈앞으로 들어 올리며 말했다.

"송 국주가 망자들과 나눈 얘기가 무어냐?"

박황은 고개를 저었다.

"나도 못 들었소."

진광이 조용히 그를 응시하자 박황이 겁에 질려서 소리쳤다.

"정말이오! 난 무림인이 아니라서 귀가 밝지 않소. 그들이 작게 속삭이는 걸 봤을 거 아뇨?"

그 말은 사실이었다. 멀리 떨어져 있었다고는 하나 진광 역시 송현과 표사들의 대화를 전혀 알아들을 수 없었기 때문이다.

진광은 더는 추궁하지 않았다.

박황이 말을 이었다.

"지금 그게 중요한 게 아니오. 송현이란 자는 포기하고 흑랑성에서 도망칠 방도를 찾는 게 좋을 거요."

"포기하라고?"

"그렇소. 아까 보지 않았소? 그자는 무림삼성인가 하는 소림승 망자가 질문하자 정신도 차리지 못한 채 입마저 열지 못했소. 그는 혈선충 모체의 영역에서 벗어나도 살 수 있게 개조됐으나, 실험이 성공리에 끝난 것 같지는 않소. 곧 다른 이들처럼 혼백이 사라진 망자가 될지도 모르는데 굳이 그자를 구할 필요가 있겠소? 내 한목숨 챙기기 힘든 세상이 아니오?"

박황은 말을 마치고 눈알을 굴려 일행의 눈치를 살폈다.

편복선생이 물었다.

"그 말은 이상하군."

"뭐가 말이오?"

편복선생은 진광에게 고개를 돌리며 물었다.

"듣자 하니 송 국주는 더는 강호에 미련이 없던 것으로 알고 있네. 맞는가?"

"맞소."

"그럼 이상하지 않은가? 망자가 된 무림삼성⋯ 자네 사형이 송 국주를 보고서 청위표국을 재건하겠다는 야심을 갖고 있을 거라는 말을 하지 않았는가? 한데 강호를 등지려 한 자가 무엇 때문에 표국에 집착을 가진다는 말인가?"

"……."

"저자의 말대로라면 송 국주가 흑랑성을 오히려 피했어야 된다는 얘기가 되지 않는가?"

"그렇소."

"그럼 송 국주가 대체 이 생지옥에 다시 온 까닭이 무엇인가?"

진광은 선뜻 대답할 수 없었다.

그는 생각했다.

'편복선생의 말이 옳다. 송 국주는 금분세수를 하고 강호를 떠나려 했었다. 흑랑성에서 멀어지려 한 것이라면 이해가 되는 일이다. 한데 그런 그가 무림맹의 일을 맡기로 한 까닭이 무엇일까? 단지 많은 보수를 받아 사매의 병환을 고치기 위해서인가?'

진광은 송현의 심중을 알 수 없었다.

그때 박황이 한마디 했다.

"실험이 성공한 것은 아니나 아주 수포로 돌아간 것도 아니란 소리 같군."

진광과 편복선생이 동시에 고개를 돌려 박황을 봤다.

박황이 말했다.

"그자는 아마 보통 사람으로 변해가는 중이었을 것 같소."

진광이 양미간을 구기며 물었다.

"그게 무슨 소리냐?"

"흑랑성에서 나간 지 오랜 시일이 지나서 혈선충 모체와 연결되었던 정신 지배의 줄이 거의 끊어지려던 것이 아닌가 싶소."

"송 국주가 정상적인 인간이 되었단 말이냐?"

"그건 아닐 거요. 다시 흑랑성에 돌아온 것으로 보아 필시 그자의 마음속에 무언가 걸리는 게 있었겠지. 사람과 망자 사이에서 오락가락했다는 얘기요. 하나 일단 흑랑성에 발을 들여놓으면서부터 다시 모체의 영향을 받았을 것이오. 또한 모체에 근접해 있는 시간이 오래 갈수록 뇌수에 뿌리내렸던 혈선충이 다시 그의 정신을 지배할 가능성이 높아지오."

"그럼 흑랑성에서 나가면 송 국주는 정상으로 돌아간다는 소리냐?"

그러자 박황이 퉁명스럽게 말했다.

"그럴 리가 없지 않소? 그자는 절반만 제대로 된 실패물이라는 걸 명심하시오."

평소 같으면 화부터 냈을 진광도 이번에는 침음하며 박황의 말을 곱씹었다. 그만큼 송현의 행동은 일행에게 이해되지 않는 무언가가 있었다.

일행이 굳은 얼굴로 침음하고 있자 박황이 계속해서 말을 이었다.

"문제는 또 있소. 그자는 피를 흡수하지 않고도 보통 사람처럼 살아갈 수 있소. 하나 그가 다시 피를 흡수하는 날에는 다른 망자들과 똑같이 변할 것이오."

"……"

진광은 잠시 침묵하다가 물끄러미 박황을 바라보며 말했다.

"말하고 싶은 게 그게 전부냐?"

박황은 진광이 무슨 의도인지 몰라 어리둥절했다.

"그렇소만?"

"그럼 됐다."

진광은 말을 끊고서 고개를 돌렸다. 그리고 천천히 일행을 한 명씩 바라본 다음 말했다.

"송 국주를 가능한한 빨리 구해야겠소."

박황이 깜짝 놀라며 말했다.

"뭐, 뭐요? 지금 제정신이오?"

"그렇다. 우리는 무림맹의 임무를 맡고 이곳에 왔다. 그리고 송 국주가 있어야 임무를 끝마칠 수 있지."

박황은 황망한 얼굴로 진광을 쳐다보다가 소리쳤다.

"지금 임무가 중요하오? 목숨이 중요하지! 그 많은 망자들 속에서 그자를 어떻게 구해낸다는 말이오?"

진광은 그에 대꾸하지 않고 일행을 보며 물었다.

"모두 결정하시오. 흑랑성을 탈출해서 목숨만 건지고 싶다면 굳이 말리지 않겠소."

그 말에 박황이 눈빛을 반짝이며 일행을 바라봤다. 그 딴에는 진광의 허황된 말에 반대하는 자가 있을 거라는 생각을 갖고 있는 듯했다.

하지만 유소운은 활짝 미소를 지었고, 임윤은 아무렇지도 않은 듯 어깨를 으쓱해 보였으며, 편복선생은 당연하다는 듯이 팔짱을 끼고 고개를 끄덕이는 것이 아닌가?

유소운이 말했다.

"서둘러야겠군요!"

박황은 어이가 없는지 입을 딱 벌렸다.

그러다가 이강을 보며 말했다.

"이보게, 십삼호. 당신은 저런 미친 자들과는 같지 않겠지? 나랑 같이 흑랑성을 빠져나가세. 내 황궁으로 돌아가면 자네한테 평생 부귀영화를 누리게 해줄 것을 약속하지!"

하지만 이강마저 그의 기대를 저버렸다.

"아까 못 들었나? 난 이미 소림 중놈한테 도움을 주고 빚을 받기로 약조했다. 어차피 내 눈을 가져간 네놈한테는 받을 빚이 있는 셈이다. 그 빚으로 부귀영화를 누리게 해준다면야 고맙게 받지, 후후후."

"……."

박황은 할 말을 잃었다.

진광이 말했다.

"늦기 전에 송 국주를 구하러 갑시다."

일행은 진지한 얼굴로 고개를 끄덕였다.

그런데 박황이 지금까지와는 달리 냉랭한 목소리로 한마디 하는 것이었다.

"시간이 그리 많이 남아 있지는 않을 거요."

　　　　　＊　　　＊　　　＊

　청위표국 표사들은 송현을 광장으로 끌고 갔다.

　광장은 여전히 배에 오르는 망자들로 혼잡했다.

　오층 누각이 있는 배는 이미 많은 수의 망자가 타고 있었으나 아직 빈 곳이 더 많았다. 그만큼 배는 엄청난 크기였다. 반대로 그 배의 뒤로 열을 이어 늘어서 있는 쾌속선은 하나씩 망자들로 채워지고 있었다.

　표사들이 송현을 끌고 배에 올랐다.

　송현은 천천히 배를 훑어봤다.

　배는 밑에서 볼 때도 커 보였으나 갑판에 오르자 그 장대함은 말로 설명하기 힘들 정도였다.

　좌우의 폭이 넓은 것은 물론, 앞뒤의 길이는 경공의 절정고수라 할지라도 한 걸음에 건너갈 수 없을 듯 보였다.

　무엇보다 배의 중앙에 우뚝 서 있는 오층 누각이 백미였다.

　누각은 전체가 검게 칠해져 있었는데, 처마에 홍등(紅燈)이 매달려 있어서 등불이 바람에 흔들릴 때마다 누각 전체에 붉은빛이 어른거리는 장관을 연출하고 있었다.

　마치 유명 도시의 홍루(紅樓)와 같은 누각.

　그러나 홍루가 기방 손님을 반기는 모습인 반면, 배의 오층 누각은 산 자가 본다면 즉시 고개를 돌려 버릴 듯한 모습이었다. 죽음의 냄새가 풍기는 사이한 분위기가 오층 누각을 감싸고 있었기 때문이다.

또한 누각에는 커다란 편액이 걸려 있었다. 편액에 새겨진 것은 다음과 같았다.

흑랑방주(黑狼方舟).

흑랑성의 망자들을 태우고 중원무림에 진출할, 오층 누각이 있는 거선에 걸맞는 이름이었다.

그런데 누각에서 고개를 돌리던 송현은 곧 이상한 곳을 발견했다.

누각의 정면, 흑랑방주의 갑판 중앙에 정사각형 모양의 커다란 구멍이 나 있는 것이었다.

송현은 구멍이 무엇인지 보려고 고개를 내밀었다.

그때 한 인영이 오층 누각의 꼭대기에서 뛰어내려 갑판에 사뿐히 착지했다.

그는 바로 멸천대주 정추산이었다.

그에 표사들 중에서 조장이 앞으로 나가 보고했다.

"송현 놈을 끌고 왔습니다."

정추산은 송현 쪽은 쳐다보지도 않고서 물었다.

"흑랑비서는?"

"놈은 갖고 있지 않았습니다. 다른 놈들 중 하나가 갖고 있는 듯합니다."

"빈손으로 왔다는 말이냐?"

정추산의 추상같은 호령에 조장은 몸을 한 번 움찔한 다음 재빨리 말을 이었다.

"무림삼성 중 진견이란 놈이 훼방을 놓는 바람에 내공진기를 급격히 소모할 수밖에 없었습니다. 놈들을 일망타진하려다가 자칫하면 진기가 모두 소모될 판이었습니다. 해서 일단 송현 놈을 잡은 뒤 후퇴한 것입니다."

박황이 설명한 것처럼, 청위표국 표사들은 모체의 뱃속에서 피를 흡수하여 일정 시간 동안 내공 수위를 비정상적으로 올려 송현 일행을 추격했다.

하지만 예상하지 못한 방해물이 있었다.

바로 무림삼성 진견이었다.

그들은 진견을 제압하는 데는 성공했으나 피를 흡수해 끌어올린 내공진기가 바닥나고 있었기 때문에 송현 이외의 다른 일행을 잡기는 쉽지 않다고 판단하고 물러났던 것이다.

정추산이 양미간을 구기며 말했다.

"그럼 다시 피를 흡수한 뒤에 흑랑비서를 찾아와라."

그때 제갈명이 끼어들며 말했다.

"그에 대한 설명은 제가 하겠습니다."

"무어냐?"

"실은 제가 일단 후퇴하라고 조언했습니다."

"뭐라? 네놈이 간이 부은 것이냐?"

"제가 감히 그럴 리 있겠습니까? 다만 제 비결이 그렇게 나왔을 뿐입니다."

그러자 정추산은 지금까지와는 달리 흥미롭다는 얼굴을 하며 물었다.

"제갈세가의 위명을 드높였다는, 미래를 예언한다는 그 비결 말이냐?"

"예."

"비결이 어떻게 나왔느냐?"

"하늘도 땅도 아닌 자를 보내면 흑랑비서가 뭍을 떠나 배 위로 올라온다고 나왔습니다."

"무슨 뜻이냐?"

제갈명이 사뭇 진지한 태도로 고개를 들었다. 만약 그의 두 눈이 있었더라면 필시 빛을 내며 반짝였을 것이 분명했다.

"하늘도 땅도 아니라는 것은 천지음양(天地陰陽)의 조화를 그르쳤다는 것을 뜻합니다. 사람으로 치면 사내도 계집도 아닌 자를 말합니다."

"환관 놈 말이냐?"

"예. 송현은 옆구리에 망자의 목을 하나 꿰차고 있었는데, 그놈이 바로 환관이었습니다."

조장이 끼어들며 말했다.

"제가 이자에게 박황 얘기를 해줬습니다."

"알겠다. 박황을 미끼로 하면 흑랑비서를 가진 놈이 따라와서 방주에 오를 것이라는 말이렷다?"

"바로 그렇습니다. 놈들은 제 발로 독 안에 들어올 것입니다."

"그 비결이란 걸 어떻게 믿지?"

"제 목숨을 걸겠습니다."

정추산은 잠시 제갈명을 노려보다가 말했다.

"네놈의 하찮은 목숨 같은 건 필요없다. 하나 무림맹이 비밀리에 만들었다는 창천육조의 수장이라니, 한 번 믿어보지."

"감사합니다!"

그는 이번에는 표사들을 보며 말했다.

"출항 준비를 해라. 그리고 나머지 놈들이 방주에 오를 것이라고 했으니 경계를 늦추지 마라."

"존명!"

표사들과 제갈명은 포권을 한 다음 자리를 떴다. 그들이 가버리자 자리엔 정추산과 송현만이 남았다.

정추산이 방주를 가리키며 말했다.

"방주를 본 소감이 어떠냐? 천하를 정벌할 본거지로 그럴듯하지 않느냐?"

송현이 담담하게 대답했다.

"준비는 완벽해 보이는군요."

"금일을 위해 일 년을 준비했다."

그러자 송현이 차갑게 식은 목소리로 말했다.

"중원 천하에 완벽한 것은 없는 법입니다."

정추산의 눈빛이 싸늘하게 변했다. 그의 두 눈에서 조금씩 시퍼런 안광이 새어 나오기 시작했다.

그가 말했다.

"네가 끌고 온 놈들은 정상적인 무림인이 아닌 것 같았다. 흑랑성 잠행을 위해 직접 사람을 모았겠지. 한데 그런 오합지졸을 데리고 잘도 창천육조를 물리쳤더군. 대체 어떤 수법을 쓴 것이냐?"

"수법이랄 것도 없습니다. 국주님의 가르침을 따랐을 뿐입니다."

"그게 무어냐?"

"적을 알고 나를 알면 백 번을 싸워도 위태롭지 않다[知彼知己 百戰不殆], 라는 병법을 말씀해 주셨죠."

"…네놈들 중 하나를 망자로 만들어서 반목을 야기하려던 것을 역이용했다는 말이냐?"

"그렇습니다."

정추산은 조용히 송현을 바라봤다.

하지만 그의 시선에 분노나 질타의 빛은 없었다. 오히려 그는 살짝 고개를 끄덕이기까지 했다.

그가 송현에게 손을 내밀었다.

"역시 내 제자답구나."

하지만 송현은 그의 손을 마주잡기는커녕 묵묵부답으로 꼼짝도 하지 않았다.

정추산은 송현이 반응하지 않자 양미간을 찌푸리며 손을 되돌렸다.

그가 말했다.

"그럼 다시 흑랑성에 온 이유가 무엇이냐?"

"……."

"네가 흑랑성에 돌아온 것은 결국 공적을 쌓아 중원무림에 방파를 세워 명성을 드높이기 위해서가 아니더냐?"

송현은 여전히 침음할 뿐이었다.

그러자 정추산이 오층 누각을 향해 몸을 돌리더니 두 팔을 활짝 펼치며 말했다.

"중원무림이 내 수중에 들어올 날도 머지않았다. 봐라, 네 동료들이 저기 있다. 그리고 내가 있다. 우리 사제가 함께 천하를 손에 쥐어보지 않겠느냐?"

송현의 눈빛이 흔들렸다.

그러나 송현에게서 대답이 없자 정추산의 표정이 조금씩 어두워졌다.

"아니면 네놈의 목을 베고 등뼈를 갈라서 혈선충의 비밀을 캐내기 위한 실험을 당하고 싶으냐?"

"……."

송현은 주저하며 좀처럼 입을 열지 못했다. 그러다가 입술을 떨며 무언가 말을 꺼내려 했다.

그때 정추산이 냉랭하게 말했다.

"네놈이 결정하는 데 도움을 주마."

스팟!

그의 말이 끝나기도 전에 한줄기 검광이 번쩍였다.

송현의 목이 정추산의 일검에 베어져서 공중에 떠올랐다. 베어진 목은 몇 바퀴를 선회하다가 아래로 떨어졌다. 공교롭게도 목이 떨어진 곳은 방주 중앙의 커다란 구멍이었다.

송현의 목이 밑으로 떨어지자 구멍의 가장자리에서 거대하고 날카로운 칼날 같은 것들이 몰려왔다.

칼날은 다름 아닌 짐승의 이빨이었다.

이빨들이 맞물리며 다물어졌다.

철컥!

이빨들은 굉음을 내며 부딪친 다음에 다시 천천히 양옆으로 벌어졌다. 그러자 구멍의 밑에서 퀴퀴한 냄새와 함께 뜨거운 숨결이 올라왔다.

퀴이이이… 후우우우…….

방주 중앙에 난 구멍 밑에 있는 것은 혈선충 모체의 아가리였던 것이다.

*   *   *

일행은 절벽에서 내려왔을 때 처음 몸을 숨겼던 통로로 이동했다. 근처에 쾌속선 행렬의 후미가 보이기 때문에 망자들에 뒤섞여서 그중 하나로 잠행하는 데 알맞은 장소였다.

통로에 도착한 일행은 몸을 숨기고 잠시 숨을 골랐다.

그들이 아직 이름조차 모르고 있는 오층 누각 객선, 흑랑방주에는 이제 더는 망자가 오르고 있지 않았다. 반면 방주의 뒤에 늘어서 있는 쾌속선으로는 아직 망자의 행렬이 이어지고 있었다.

일행은 멸천대나 주요 망자들이 모두 타고 있는 방주가 출항한 뒤에 쾌속선에 숨어들기로 결정했다.

진광이 모두에게 말했다.

"저 쾌속선에 들키지 않게 오르려면 어떤 작전이 있어야 할 것 같소?"

이강이 실소했다.

"십사호 흉내를 내는 거냐? 아서라, 후후."

"내 말은 앞으로 어떻게 하면 좋겠냐는 거다."

진광은 퉁명스럽게 말을 뱉었다.

기분이 이상한 것은 진광뿐만이 아니었다. 다른 이들도 송현의 부재가 어색하기만 했다. 지금까지 송현이 일행의 일거수일투족을 지시했는데 그가 없자 먼저 무엇부터 해야 될지 감이 잡히지 않았다.

유소운이 혁낭을 뒤적이며 말했다.

"송 국주님이 주신 벽력탄과 뢰전탄이 있는데……."

그러다가 실망한 얼굴로 고개를 숙였다.

"몇 발 안 남았군요. 남은 벽력탄은 송 국주님의 혁낭에 있습니다. 이럴 줄 알았으면 차라리 저한테 몽땅 주셨으면 좋았을 텐데요."

진광이 물었다.

"그 괴상한 기병은 아직 쓸 수 있냐?"

"매화뢰전 말입니까?"

일단 발사되면 절정의 경신법을 지닌 자라도 피할 수 없다는 매화뢰전. 그러나 빙하정에서 있었던 창천육조와의 결전 중에 이미 두 번을 써버렸으니, 송현의 말대로라면 마지막 한 번의 발사만이 남아 있을 터였다.

유소운이 혁낭 옆에 묶어둔 매화뢰전을 들어 보였다.

"이제 한 번밖에 남지 않았습니다."

"세 번만 쏠 수 있는 기병이라… 기가 막히군."

진광은 불만스럽게 말했다.

하지만 더는 불평할 수도 없었다. 유소운이 적시에 매화뢰전을 쏜 덕분에 둔갑술을 쓰던 팔문기영 남궁욱을 간신히 제압할 수 있지 않았는가.

유소운이 벽력탄에 대한 말을 꺼내자 일행의 대화는 자연스럽게 각자 지니고 있는 기병 얘기로 옮겨갔다.

이번에는 임윤이 말했다.

"나도 사정이 좋지는 않군. 만자도와 요자비검이 모두 박살 나 버렸거든."

그의 말대로 만자도는 팽자호와 싸우다가, 요자비검은 진견과 맞서다가 훼손되고 말았다.

진광이 물었다.

"대체 어떻게 할 생각이냐?"

임윤은 허리춤을 가리켰다.

"걱정 안 해도 돼. 아직 원앙쌍검 두 자루가 남아 있지."

그 말에 진광은 양미간을 구겼다.

그는 애초에 임윤더러 소림사 금강고의 기병을 훼손했으니 어떻게 돌려놓을 것이냐고 물은 것이었다.

하지만 지금 일행이 처한 상황에서 기병을 두고 갑론을박할 수 없으니, 진광은 평소의 그답지 않게 억지로 성정을 누르고 참을 수밖에 없었다.

진광이 말했다.

"난 여의선장이 있다. 혹 배에서 배로 건너뛸 일이 생기면 도움이 되겠지."

그의 말에 일행은 먼저 진광과 편복선생이 지하 도시에서 망자들에게 포위됐을 때 선장을 써서 빠져나왔던 일을 떠올렸다.

이강도 한마디 했다.

"다들 갖고 있는 멋진 기병(奇兵)에 비해 내 애병(愛兵)은 초라하군. 하지만 일 년 넘게 이놈이랑 지내고 나니 좀처럼 손을 뗄 수 없단 말야."

그가 양팔을 축 늘어뜨리자 소매 속에서 사슬이 철그럭거리며 빠져나왔다. 지하 뇌옥에서 자신의 거골과 비파골을 꿰고 있던 사슬을 이강은 여전히 무기로 삼고 있었다.

한 명씩 자신의 상황을 얘기하자 일행의 시선은 자연히 남은 자에게로 향했다.

바로 편복선생이었다.

그가 모두의 시선을 느꼈는지 가슴을 펴며 말했다.

"나는 내 분신과 같은 편복이 있네. 흑귀자는 송 국주가 챙겼다고 했는데 돌려받을 틈이 없었지. 사정이 그러니 당분간

수전(水戰)은 피하는 것이 좋겠군."

"……."

흑랑비서를 보고 만든 부적. 얘기를 기대하고 있던 일행은 어이가 없었다.

임윤이 말했다.

"박쥐와 거북은 됐고, 환관 놈의 도움을 받아서 새로 만든 부적은 어떤 것이오?"

"아, 부적 말인가?"

편복선생은 그제야 품속에서 부적 꾸러미를 꺼냈다.

"일단 먼저 만들었던 부적 두 종류가 있네. 하나는 산 자의 기척을 없애는 부적, 다른 것은 망자에게서 산 자의 냄새를 나게 하는 부적일세."

"그건 이미 알고 있으니 다른 부적이나 설명하시오."

편복선생은 회심의 미소를 지으며 꾸러미에서 부적 몇 장을 뽑아 들었다.

일행은 그의 말을 기다렸다.

그런데 편복선생이 검지를 까닥이며 한마디 하는 것이었다.

"생각보다 저 환관의 도움이 그리 크지는 않았네. 이 부적은 엄연히 삼라만상의 이치를 깨달은 내 학식 덕분에 만들 수 있었지. 유념해 두게."

그 말에 진광이 바닥에 내려둔 박황이 소리쳤다.

"무슨 소리요? 그거, 몽땅 내가 시킨 대로 그린 것 아니오?"

"이게 새로 만든 것이네."

편복선생은 박황을 무시해 버리고 말을 계속했다.
"이 부적은 망자에게 붙으면 절대 떨어지지 않네. 그런 다음 부적이 다른 곳에 붙으면 역시 떨어지지 않는다네."
"……."
일행은 그의 말이 감이 오지 않아서 조용히 편복선생을 바라보기만 했다.
유소운이 물었다.
"말씀은 잘 들었습니다만, 대체 그 부적을 어디다 쓰는 겁니까?"
"자네는 왜 그리 이해력이 부족한가? 약관의 젊은이가 그래서야 어디 학문을 배울 수 있겠는가?"
편복선생의 호통에 유소운은 연신 고개를 조아렸다.
하지만 일행의 눈에는 괴이한 술법 몇 가지밖에 아는 게 없어 보이는 편복선생이 문무관 과거시험을 모두 볼 만큼 재능이 있는 유소운에게 할 말은 아닌 듯 보였다.
편복선생이 다시 위엄을 차리며 말했다.
"이 부적을 배의 바닥에 떨어뜨려 놓으면 어찌 되겠나?"
"…누군가가 밟겠죠?"
유소운이 조심스레 답하자 편복선생이 고개를 끄덕였다.
"바로 그거야! 망자가 부적을 밟았을 때 부적은 배의 바닥에 닿아 있네. 그럼 어찌 될 것 같은가?"
"아아……!"
유소운이 그의 말을 이해하고 감탄했다.

임윤이 말했다.

"망자가 부적을 밟으면 바닥에서 발을 떼지 못한다는 소리군."

"바로 그렇다네."

일행은 편복선생이 들고 있는 부적을 살폈다.

망자가 밟으면 발이 바닥에서 떨어지지 않는 부적.

이강마저 고개를 내밀고 부적을 들여다볼 정도니, 얘기를 들은 것만으로도 신기하며 여러모로 쓸모가 있을 게 분명한 부적이었다.

이강이 부적과 박황을 번갈아보며 말했다.

"거참, 신기한 부적이군. 어디 저놈한테 한 번 실험해 보면 어떨까? 저놈 위에 부적을 깔아놓은 다음 목을 잡아당기는 거야. 재밌겠지?"

그 말에 박황의 안색이 창백해졌다.

진광이 고개를 저으며 나섰다.

"정신 차려라. 지금 부적 한 장이라도 아껴야 할 때다."

이강은 어깨를 으쓱한 다음 뒤로 물러섰다. 다행히 위기를 벗어난 박황은 안도의 한숨을 쉬었다.

유소운이 여전히 감탄을 금치 못한 얼굴로 말했다.

"일단 망자가 부적을 밟으면 그것으로 끝장이군요! 정말이지, 무적의 부적입니다!"

그런데 편복선생이 한마디 덧붙였다.

"무적의 부적이라, 듣기 좋은 말이네. 부적이 타버리기 전에는 무적 맞지, 암."

"예? 타다뇨? 설마 부적이 타버리면 효과가 사라진다는 말입니까?"

"당연하지. 부적이 탔는데 무슨 수로 망자의 발을 묶겠는가?"

"……"

잠시 기뻐하던 일행은 김이 팍 샜다.

진광이 박황에게 물었다.

"망자들이 그런 사실을 알고 있나?"

"모를 거요. 흑랑비서의 주문을 부적으로 만들 수 있는 자는 중원 천지에 나 말고는 없소."

그러다가 편복선생이 손가락으로 자신을 가리키자 박황은 한숨을 쉬며 정정했다.

"아니, 한 명 더 있군."

진광이 고개를 끄덕였다.

"좋소. 망자들이 부적을 태우면 된다는 사실을 알아차리기 전에 빨리 행동해야겠군. 다른 부적은 또 뭐가 있소?"

"가만 있자… 여기 있군."

편복선생은 꾸러미에서 부적 한 장을 꺼내 보였다.

"이것이네."

일행은 부적을 바라보다가 양미간을 좁히며 고개를 내밀었다.

지금까지 편복선생이 만든 부적은 글자도 그림도 아닌 이상한 도형이 복잡하게 그려져 있었다.

 하지만 지금 그가 꺼낸 부적은 그보다 더욱 괴이한 것이었다.

 그도 그럴 것이, 부적의 네 귀퉁이에는 복잡한 그림이 그려져 있는 반면, 정작 한가운데는 아무것도 없이 텅 비어 있는 것이 아닌가.

 일행이 이상해하는 것도 당연했다.

 진광이 물었다.

 "설마 부적을 그리다 만 거요?"
 "무슨 말인가? 이건 엄연히 완벽하게 완성된 부적이네."
 "그럼 종이짝 가운데는 왜 아무것도 그려놓지 않았소?"
 "이런, 이런. 그 급한 성미 좀 못 죽이겠나? 여기는 시각을 적는 곳이네."
 "시각?"
 "그거야말로 이 부적의 진정한 위력이지, 암!"

 계속해서 편복선생이 자화자찬을 하며 뜸을 들이자 박황이 한숨을 내쉬며 끼어들어서 대신 설명을 해버렸다.

 "저것은 폭혈화부(爆血火符)라는 주문을 부적으로 그려놓은 것이오."
 "그게 뭐냐?"

 박황은 침을 한 번 꿀꺽 삼킨 다음 말했다.

 "폭혈화부가 망자에게 붙으면… 전신의 피가 독혈(毒血)로 변해서 죽게 되오."

"……!"

일행은 놀란 눈으로 서로를 바라봤다.

"그게 사실이냐?"

"내가 거짓말을 할 처지가 아니지 않소."

진광은 재차 확답을 들었으나 좀처럼 믿기 힘들었다.

이번에는 임윤이 물었다.

"피가 독혈로 변한다는 말은 중독된다는 뜻이냐, 아니면 망자의 몸에 다른 변화가 있단 말이냐?"

그 말에 일행은 정신이 번쩍 들어서 박황을 바라봤다.

박황은 말하기 싫은지 뜸을 들이다가 진광의 서슬 푸른 눈빛을 보고는 얼른 입을 열었다.

"…폭혈화부가 붙은 망자는 전신의 기혈이 끓어오르게 되오. 그러다가 전신이 커다란 공처럼 부풀어서 끝내 살이 찢기면서 폭발하오. 그 살점과 핏물은 강한 독혈로 변해서 주변에 있는 것들을 몽땅 녹여 버리오. 게다가……"

"모두 실토해라."

"게다가 독혈이 몸에 묻은 망자 역시 중독되어 곧 폭발해 버리오."

일행은 놀라우면서도 동시에 어이가 없었다.

박황의 말대로라면, 폭혈화부 부적만 있으면 더는 망자가 두려울 게 없지 않은가? 흑랑비서의 주문이라는 것이 그처럼 대단한 위력을 가졌다는 점이 놀라웠다.

반대로 지금까지 흑랑성에 잠행하여 숱하게 생사를 넘나들었는데, 망자를 퇴치하는 수법이 너무도 간단히 발견되자 어이가 없었던 것이다.

편복선생이 일행의 기분을 알아차렸는지 말했다.

"이 폭혈화부만 있으면 무서울 게 없네. 내 한 가지 더 알려주지. 여기 중앙의 여백에는 시각을 적는다고 했지?"

그는 부적을 잘 보이게 펼친 다음 손가락으로 여백에 글자를 그려 보였다.

"여기다 정(正) 자를 적어 넣으면 부적이 망자에게 붙은 뒤 다섯 센 뒤에 폭발하게 되지. 정 자를 여럿 적으면 그만큼 폭발하는 시각을 늦출 수 있다는 말이네. 어떤가, 내 능력이?"

유소운이 기쁜 얼굴로 말했다.

"그럼 제 화살에 부적 한 장을 묶어서 망자를 맞추면……"

"다섯 센 뒤에 망자 놈이 폭발하는 거지! 재수없이 주위에 있던 놈들도 몽땅 중독될 테고 말야!"

"이야아! 정말 대단하세요!"

유소운이 칭송하자 편복선생은 웃음을 멈추고 근엄한 얼굴이 되어 수염을 한차례 쓸어내리는 것이었다.

그런데 임윤이 한마디 했다.

"그렇게 대단한 부적을 왜 무림삼성… 창천육조 세 명을 상대할 때 쓰지 않은 거냐?"

편복선생은 금세 굳은 얼굴이 되어 눈살을 찌푸렸다.

"그럴 경황이 없었네. 난 무림인도 아닌데 갑자기 나타난 자들에게 무엇을 할 수 있었겠는가?"

흑랑방주(黑狼方舟) 53

"시도라도 해봤어야지?"

그러자 편복선생은 그답지 않게 기운 빠진 목소리로 말하는 것이었다.

"나는 송 국주의 명만 기다리고 있었네."

"……."

임윤은 그 말에 편복선생을 더는 질타하지 못했다.

진광과 유소운도 마찬가지였다.

무림인이 아닌 그가 진견이나 창천육조에게 부적을 붙일 수도 없거니와, 송현의 지시가 없이는 일행이 무기력하다는 점을 익히 깨닫고 있었기 때문이다.

새삼 송현의 부재가 뼈저리게 실감됐다.

그때 이강이 입을 열었다.

"내친김에 나도 한마디 할까?"

그는 편복선생 쪽으로 고개를 돌렸다.

"여백에다 폭발하는 시각을 적을 수 있는 부적이라… 과연 중원 천지에서 찾아보기 힘든 기물(奇物)이군."

"알면 되었네."

"하면 왜 정 자를 미리 적어놓지 않았지? 망자들이 달려오면 그때 적으려고?"

"……!"

이강의 지적에 편복선생의 얼굴이 굳었다.

이강은 말을 계속했다.

"저놈은 멀리 떨어져 있어서 접근하려면 한참 걸릴 테니 정

자를 다섯 개 적으면 되겠군. 아차, 저놈은 당장 코앞에 왔네? 금세 터질 수 있게 당장 딱 하나만 그려야겠군. 혹시 그런 생각을 한 거냐?"

그 말에 다른 일행의 안색도 나빠졌다.

이강의 말은 단순한 비아냥이 아니었다.

편복선생이 특별한 부적을 만들었다는 감회에 젖어 자화자찬을 하는 바람에 실제 상황에서 어떻게 될지 전혀 생각지 못한 것을 질책한 것이다.

그의 비난은 이어졌다.

"애송이 놈이 화살에 부적을 묶어서 쏘면 주위 놈들까지 합쳐서 망자 십여 명은 끝장내겠지. 근데 그 뒤에 어쩔 건데? 망자가 나 보란 듯이 폭발하면 멸천대 놈들은 뒷짐 지고 못 본 체 해주려나? 그걸 예상한 거냐? 쿡쿡쿡."

이강은 못 참겠다는 듯 어깨를 들썩이며 웃어젖혔다.

일행은 할 말을 잃었다.

그의 말이 일리가 있었기 때문이다.

망자를 쥐도 새도 모르게 처치하는 것이 아니라 대놓고 폭발시킨다면 잠행 자체가 무의미해지는 것이 아닌가? 게다가 유소운의 궁술이 제아무리 절정의 수준이라고 하나 수천이 넘는 망자를 모조리 저격하는 것은 불가능할 게 뻔하지 않은가?

이강의 날선 비난에 좋았던 분위기는 금세 식어버렸고 일행은 입을 다물고 침음했다.

잠시 후 진광이 말했다.

"부적은 그게 전부요?"

"그렇네."

"다른 부적은 없소?"

박황이 대답을 대신했다.

"다른 주문들은 거의 망자의 능력을 높이는 것들이오."

"……."

일행은 다시 침음했다.

박황이 황상의 명을 받아 천하를 지배하려고 만든 것이 망자이니, 흑랑비서에 그 망자의 약점보다 장점을 살리는 주문이 많은 것은 당연한 일이었다.

진광은 편복선생을 보며 말했다.

"어쨌든 수고했소. 후에 기회를 봐서 그 폭탄인지 뭔지 하는 부적에다 시각을 적도록 하시오."

"알았네."

진광은 통로 바깥으로 살짝 고개를 내밀어 광장을 바라봤다.

그곳에는 이미 망자가 모두 승선한 흑랑방주와 아직도 행렬이 이어지고 있는 쾌속선들이 있었다.

"그럼 저 중 하나로 숨어드는 일만 남았군."

일행은 드디어 새로운 잠행이 목전에 닥친 것을 깨닫고 긴장했다.

그런데 이강이 다시 끼어드는 것이었다.

"쾌속선에 오른 다음은 생각해 뒀냐?"

"…송 국주를 구하려면 일단 쾌속선에 숨어든 다음 저 배로 옮겨타야 되겠지."

그러자 이강이 어깨를 으쓱했다.

"거기는 멸천대 놈들이 득실거릴 텐데? 후후후."

"……."

진광은 말문이 막혔다.

다른 일행도 묵묵부답으로 서로를 쳐다봤다.

쾌속선에 잠행하여 흑랑성을 빠져나가자는 작전은 애초에 송현이 세운 것이다. 방주에는 멸천대가 있을뿐더러 혈선충 모체가 실려 있어서 경비가 삼엄할 것으로 예상되었기 때문이다.

그런데 송현이 표사들에게 잡혀가는 바람에 그를 구하려면 결국 방주에 올라야 하는 꼴이 된 것이 아닌가?

박황이 말했다.

"아무래도 그자는 놔두고 우리라도 여길 빠져나가는 게 어떻소? 내 황궁에 도착하면 서운하지 않게 포상을 할 터이니……."

그는 다시금 일행을 매수하려다가 진광의 서슬 푸른 눈빛을 마주하고서 말을 흐렸다.

이강이 말을 이었다.

"편복 놈의 부적도 저 배에서는 소용없다. 산 자의 기척을 숨긴다고 해도 멸천대와 표사들은 제정신이기 때문에 놈들 눈에 띄면 들키고 말 거다."

그러면서 그는 일행을 하나씩 가리켰다.

"게다가 네놈들 꼴을 좀 봐라. 이게 어디 제대로 된 무사들이냐? 봉두난발의 망나니에, 젖비린내 나는 애송이에, 말코도사 나부랭이까지. 세 살박이 어린애가 봐도 눈치챌 만큼 괴이하지 않냐?"

"……."

이강은 차례대로 임윤, 유소운, 편복선생을 비꼰 다음 진광으로 넘어갔다.

"제일 가관인 것은 소림 땡초 놈이지. 장삼과 가사야 그렇다 치더라도 소림사의 계인이 찍힌 민대머리는 대체 어떡할 거냐? 밖은 아침이다. 흑랑성 안에서야 몰랐지만, 밖에 나가서 계인 찍힌 대머리에 햇빛이 번쩍거리면 멸천대가 아니라 정신 나간 망자라도 알아차리겠다. 후후후."

망자 중에는 삭발한 승려도 간혹 있었기 때문에 이강의 말은 지나치게 과장된 것이었다.

하지만 일행은 딱히 맞받아칠 말이 생각나지 않았다.

그런데 임윤이 툭 말을 내뱉었다.

"네놈도 만만치 않아."

그 말에 일행은 자기도 모르게 피식, 실소했다.

붉은 옥관을 쓰고 적의를 입은 이강이야말로 눈에 확 띄는 차림새가 아닌가?

유소운이 그답지 않게 양미간을 구기며 말했다.

"남의 결점만 말하고 자신의 흠은 보지 못하시는군요."

이강이 어깨를 으쓱했다.

"흥이라… 옷이야 갈아입으면 그만이지. 하지만 대머리는 어쩔 거냐? 그리고 착각하지 마라. 난 배에 숨어들자고 한 적 없으니까."

"치사합니다!"

"뭐어?"

유소운의 순진한 반응에 이강은 어이가 없다는 얼굴이었다.

"이것참, 중원무림의 사대마인한테 바라는 것도 많군."

그때였다.

이강의 갖은 비아냥을 듣고도 침음하고 있던 진광이 입을 열었다.

"이강, 고맙다."

"뭐? 이놈은 또 왜 이래?"

이강은 진광이 어떻게 된 게 아니냐는 듯이 머리 옆에 검지를 빙글빙글 돌렸다.

하지만 진광의 눈빛은 어느 때보다도 반짝이고 있었다.

그가 말했다.

"네놈이 해법을 알려줘서 고맙다는 소리다."

第二十六章
끝없는 악몽

潛行武士
잠행무사

*진*광 일행이 새로운 잠행을 앞두고 있을 때,
흑랑성에 들어온 지 막 이십사 시진째가 지나고 있었다.
원래 무림맹의 지시대로 하자면 십이 시진 이전에 흑랑성에서 탈출했어야 됐다.
하지만 정해진 시각에 늦은 건지 아니면 누군가의 음모 때문인지 흑랑성의 입구는 폭파되어 막혀 버렸고, 일행은 다시 왔던 길을 되돌아가 새로운 출구를 찾아야 했다.
그렇게 다시 십이 시진이 지나갔다.
도합 이십사 시진. 햇빛 한 점 들어오지 않는 지하에서 만 이틀을 보낸 것이다.
일행은 물주머니로 목을 축이고 벽곡단을 씹어 삼켰다.

망자들에게 쫓기느라 처음으로 하는 요기였다.

대충 목에 거미줄만 치운 뒤에는 한 명씩 통로 안으로 들어가서 볼일을 봤다. 하지만 제대로 먹은 것도 없고 잔뜩 긴장해서인지 큰일을 보는 자는 아무도 없었다.

진광은 박황을 혁낭에 넣었다.

그런 다음 혁낭의 중간을 검을 빌려 가로로 찢었다. 박황이 밖을 볼 수 있도록 한 것이다.

박황을 배려한 것은 아니었다. 흑랑성을 만든 장본인인만큼 무언가 일행에게 도움이 될 것을 발견할지도 몰라서였다.

진광이 말했다.

"무언가 이상한 것을 보면 빼놓지 말고 보고해라."

"그러겠소."

"혹, 내게 혈선충을 뿜는다면 묵사발을 내줄 테다."

"…알았소."

진광이 주먹을 들어 보이자 박황은 침을 꿀꺽 삼켰다.

모든 준비를 끝마치자 일행은 통로를 나섰다.

"그럼 시작하겠소."

진광이 선두에 서고 다음으로 이강, 유소운, 편복선생, 마지막으로 임윤이 섰다.

광장은 많이 한산해져 있었다.

망자들은 줄을 지어 늘어선 쾌속선에 꾸역꾸역 몰려들었다.

하지만 수천 명의 망자가 고작 십여 척의 쾌속선에 모두 탈 수는 없는 일. 때문에 한산한 광장과는 달리, 쾌속선 앞은 서로

타려고 밀치는 망자들로 혼잡했다.

그 바람에 일행은 생각보다 쉽게 광장의 가장자리를 지나 쾌속선으로 접근할 수 있었다.

산 자의 기척을 없애는 부적을 지녔으나 다시 망자들 속으로 들어가려니 불안한 것은 여전했다.

게다가 망자들은 지하 도시에서 실혼인과 같은 모습을 보이던 것과 다르게 눈빛을 반짝이는 것이, 마치 제정신을 갖고 있는 듯 보였다.

유소운이 말했다.

"저들이 혹시 멸천대 같은 망자처럼 이성을 되찾은 걸까요?"

혁낭의 찢어진 틈으로 두 눈만 내놓고 있는 박황이 답했다.

"그럴 리는 없소. 망자들의 주인이 중원에 나가느라 기뻐하고 있기 때문에 저들 또한 그 기분에 젖어 있는 것이오."

"망자들의 주인이라면, 멸천대주란 자 말입니까?"

"지금 말한 것은 저들의 진정한 주인 얘기요."

진광이 역정을 냈다.

"왜 이랬다 저랬다 하냐? 황상 대신에 멸천대주가 저놈들 주인이 됐다고 하지 않았냐?"

그 말에는 임윤이 답했다.

"그게 아니라 모체라는 괴물 얘기겠지."

"내 말이 그거요."

일행은 기분이 묘했다.

수천의 망자가 정체 모를 괴물의 욕구에 따라 행동한다고 생각하자 섬뜩한 느낌이 들었던 것이다.

하지만 박황의 말대로 일행을 눈치채는 망자는 없었다.

일행은 멸천대가 오른 방주를 옆으로 끼고 지나갔다. 그러자 멀리서는 볼 수 없었던 배의 웅장함이 한눈에 들어왔다.

임윤이 누각을 보다가 편액을 발견하고서 말했다.

"흑랑방주? 이름 한번 그럴듯하군."

일행은 자기도 모르게 고개를 끄덕였다.

멸천대를 태우고 중원천하를 집어삼키려 출정하는 배.

갑판 위에 오층짜리 누각이 있으며 얼마나 많은 수의 망자들이 탔는지 알 수 없을 만큼 거대한 크기를 자랑하고 있으니, 방주라는 말이 잘 어울려 보였던 것이다.

일행이 멍하니 방주를 쳐다보고 있자 이강이 말했다.

"얼른 가지? 멸천대 놈들한테 들키고 싶으냐?"

그 말에 일행은 정신을 차리고 발을 뗐다.

일행은 쾌속선을 하나씩 지나치며 뒤로 이동했다. 방주에서 멀리 떨어지고자 하는 이유도 있었으나, 다른 이유가 하나 더 있었다.

그러다가 드디어 그들이 찾고 있던 쾌속선을 발견했다.

일행은 재빨리 망자들 틈을 비집고 들어갔다.

망자들은 쾌속선에 오르려고 서로 밀치면서 난동을 부렸으나 실혼인처럼 몸동작이 굼떴기 때문에 일행이 새치기하는 데 어려움은 없었다.

일행이 막 쾌속선에 올랐을 때,
흑랑방주가 굉음을 내며 천천히 앞으로 나아갔다.
콰아아아!
바야흐로 멸천대의 중원 진출이 시작된 것이다.
거대한 방주가 전진하자 수면이 크게 요동치더니 곧 세차게 갈라지며 엄청난 파도를 만들었다.
파도가 아직 쾌속선에 오르지 못한 망자들을 덮쳤다.
처얼썩!
망자들은 물줄기에 휩싸여 바닥을 뒹굴었다. 강 속으로 떨어져 버리는 망자들도 있었다.
방주가 움직이며 생겨난 파도는 계속해서 뒤에 있는 쾌속선 행렬로 밀려왔다. 파도가 휩쓸고 지나가자 쾌속선들은 폭풍우에 날리는 낙엽처럼 공중으로 떠올랐다가 다시 떨어졌다.
수면이 잠잠해지자 쾌속선에 탄 망자들이 배를 고정시켜 둔 밧줄을 풀었다. 이내 쾌속선들은 한 척씩 흑랑방주의 뒤를 따라가기 시작했다.
하지만 진광 일행은 차례를 기다리지 않았다.
수면이 잠잠해지기 전에 임윤이 검을 뽑아 밧줄을 끊어버린 것이다.
일행이 탄 쾌속선은 이미 타고 있던 십여 명의 망자 외에 다른 망자를 떨구어내고 앞으로 나아갔다.
흑랑방주가 지상으로 향하는 동혈로 들어가자 쾌속선의 행렬이 이어졌다.

쾌속선에 오르지 못하고 광장에 남은 망자들이 멍한 얼굴로 배의 행렬을 바라보고 있었다.

유소운이 그들을 보며 말했다.

"저들은 이제 영원히 흑랑성에 남겠군요."

박황이 퉁명스럽게 답했다.

"그럴 리 없소. 저놈들은 모체랑 떨어지게 됐으니 얼마 있지 않아 전신의 피가 말라붙어 죽을 거요."

"……"

생전에 중원무림을 종횡했을 망자들.

그들이 넋을 잃고 배의 행렬을 쳐다보는 광경은 어딘가 모르게 쓸쓸함이 감돌고 있었다.

그러나 망자를 동정할 여유는 없었다.

어느새 일행이 탄 쾌속선도 동혈로 들어갈 순서가 되었다.

동혈은 일 장 앞도 보이지 않을 만큼 캄캄했다. 원래 동혈의 끝에는 지상에서 비치는 햇빛이 보였으나, 지금은 거대한 흑랑방주가 맨 앞에 있기 때문에 그나마 동혈을 밝히던 한 점의 빛도 가려진 상태였다.

쾌속선이 막 동혈 속으로 들어갈 때,

진광이 소리쳤다.

"지금이다!"

일행이 머리에 두른 천에서 육안룡을 꺼냈다. 그러자 네 개의 빛줄기가 쾌속선 위를 밝혔다.

동시에 진광의 선장과 이강의 사슬이 공중을 날았다.

퍼퍼퍽!

둘은 사정없이 선장과 사슬을 휘둘렀다. 망자들은 캄캄한 어둠 속에서 기병이 갑자기 날아오자 영문도 모른 채 하나씩 배 밖으로 날아가 강에 떨어졌다.

계속해서 이번에는 임윤의 원앙쌍검이 바람을 갈랐다.

그는 쌍검으로 망자의 목을 벤 다음 그 밑둥을 한 번 더 베어버렸다.

촤촤악!

짙은 어둠 속에서 혈선충이 위치한 망자의 급소를 한 번에 베어내기 힘드니 아예 검을 두 번 써서 확실하게 숨통을 끊고자 한 것이다.

진광, 이강, 임윤 셋이 기병을 쓰자 배 위의 망자들은 순식간에 정리되어 갔다.

망자가 몇 남지 않자 일행은 재빨리 육안룡을 천 속으로 집어넣었다. 잠깐 그림자가 어른거리던 쾌속선은 다시 어둠에 뒤덮였다.

동혈 속은 일 장 앞도 제대로 보이지 않았고, 흑랑방주가 내는 굉음 때문에 귀가 멍멍할 정도였다. 때문에 다른 쾌속선에 탄 망자들은 무슨 일이 벌어지는지 전혀 눈치채지 못한 채 잠깐 주위를 둘러보다가 다시 앞으로 고개를 돌리는 것이었다.

임윤이 배 위에 남은 마지막 망자의 목을 베었다. 망자의 목이 공중을 선회하며 강에 떨어졌다.

그러나 혈선충의 심맥을 정확히 베지 못했는지, 망자의 남은 몸뚱아리가 두 팔을 치켜들며 임윤에게 달려들었다.

순간 유소운이 활을 쏘았다.

푹!

화살이 목 밑둥을 꿰뚫자 망자의 몸은 한 번 부르르 떨더니 통나무처럼 모로 쓰러져 버렸다.

유소운은 임윤의 검이 빗나갈 때를 대비해 활을 겨냥하고 있었던 것이다.

그러나 임윤은 불쾌한 얼굴을 했다.

"화살이 빗나가서 나한테 맞으면 어쩌려고 이 어둠 속에서 활을 쏘냐?"

"육안룡이 망자를 비출 때 미리 망자들 위치를 파악하고 있었습니다······."

유소운이 기어들어 가는 목소리로 대답했다. 하지만 임윤은 그를 무시하고 고개를 돌렸다.

이제 쾌속선에 두 발로 서 있는 자는 일행이 전부였다.

다른 망자들은 진광과 이강이 배 밖으로 떨궈 버렸으며, 그 외에 임윤이 목을 벤 망자들의 사체가 바닥에 뒹굴고 있을 뿐이었다.

목이 없는 망자는 정확히 다섯 구였다.

진광이 이강에게 말했다.

"해법을 알려줘서 고맙다."

"······."

이강은 아무 말 없이 입꼬리를 말며 냉소했다.

통로에서 잠행을 준비할 때 이강은 일행의 독특한 차림새 때문에 멸천대에게 발각될 거라고 말했다. 특히 진광의 삭발한 머리를 지적했다.

진광은 그 말을 듣고 계책을 떠올린 것이다.

바로 망자들을 처치한 뒤 그들의 옷으로 바꿔 입는 방법이었다.

일행은 쾌속선에 오르기 전에 망자들을 유심히 살폈다. 그러다가 한 쟁자수 무리가 시야에 들어왔다.

쟁자수들은 눈에 띄지 않는 평범한 흑의(黑衣)를 입고 있었으며, 흑건(黑巾)까지 쓰고 있어서 진광의 삭발한 머리를 감추는 데 제격이었다.

또한 그들은 비교적 체구가 커서 무림인인 진광 등에게 옷이 맞지 않을지도 모른다는 염려가 필요없었다.

진광은 일행을 끌고 쟁자수들의 뒤를 따라 쾌속선에 올랐다. 그리고 동혈 속으로 들어가는 틈을 노려서 쾌속선에 있는 다른 망자들을 처리하는 동시에, 임윤에게 쟁자수 다섯 명의 목을 베도록 명했던 것이다.

진광이 말했다.

"시작하시오."

일행은 제각기 자신의 신장과 체구에 맞는 망자를 고른 다음 옷을 벗겼다..

그런데 편복선생이 고집을 부렸다.

"우주삼라만상의 이치를 깨우친 내가 이런 시시한 의복을 입어야 하는가?"

 진광은 편복선생의 투정에 짜증이 일었다.

 하지만 그를 탓할 수만도 없었다.

 그도 그럴 것이, 쟁자수들의 흑의가 남루하기 짝이 없었던 것이다. 흑의는 잔뜩 낡고 군데군데 올이 풀려 있어서 잘못 힘을 주면 금세라도 찢어질 듯 보였다.

 편복선생이 쟁자수의 흑의를 들어 보이며 말했다.

 "주문을 외울 때 혹 옷이 찢어져서 맨살이 드러나기라도 한다면 술법은 도로아미타불이 되고 말 걸세."

 "……."

 도가의 인물인 그가 아미타불을 운운하니, 평소였다면 진광은 크게 광소했을 것이다. 하지만 지금은 웃지도 울지도 못하는 심정이었다.

 임윤이 해결책을 제시했다.

 "그럼 도복 위에다 그냥 껴입으시오."

 유소운이 말했다.

 "아, 그럼 되겠군요?"

 진광도 고개를 끄덕였다.

 "그 말이 맞다. 좀 있으면 동혈을 빠져나갈 테니, 제대로 갈아입을 자신없으면 그냥 위에다 걸쳐라."

 실은 진광도 내심 소림사의 장삼과 가사를 벗고 쟁자수의 흑의로 갈아입기 싫은 터였던 것이다.

 그가 승복 위에다 흑의를 껴입자 다른 일행도 주섬주섬 흑의를 겹쳐 입기 시작했다.

일행이 옷을 겹쳐 입었으나 다행히 몸에 끼지는 않았다. 쟁자수들의 체구가 비교적 컸기 때문이다. 불평을 하던 편복선생은 일행 중에 체구가 가장 작았기 때문에 오히려 소매가 남고 바짓자락이 바닥에 끌릴 정도였다.

유소운이 바지를 추켜올리며 말했다.

"정말 멋진 계책입니다. 송 국주님 못지않으세요."

이강은 여전히 비아냥거렸다.

"상판이 그대로인데 옷 좀 바꿔 입었다고 뭐가 달라질 듯싶냐? 후후후."

그런데 결과가 기대 이상이었다.

제각기 다른 행색을 해서 눈에 확 띄던 일행이 흑의를 두르자 평범한 쟁자수들과 다를 게 없어 보였던 것이다.

유소운과 편복선생은 다른 일행에 비해 키와 체구가 비교적 왜소했으나 평퍼짐한 쟁자수 옷을 걸치자 보통 성인과 구분이 안 되었다.

임윤은 낡아빠진 자기 옷 위에 쟁자수 옷을 걸치자 오히려 더 폼이 났다.

특히 진광과 이강은 딴사람이 된 것 같았다.

소림사의 장삼과 가사를 입고 있던 진광과 전신을 붉은 복색으로 도배했던 이강은 쟁자수의 흑의를 두르자 언뜻 봐서 알아보기 힘들 정도였다.

일행은 신기하다는 눈빛으로 서로를 쳐다봤다.

공교롭게도 진광의 계책을 비웃던 이강은 두 눈이 없는 바람에 일행의 변화를 눈치채지 못했다. 그러다가 일행의 생각을 읽고서야 어깨를 으쓱해 보이는 것이었다.

마지막으로 일행은 흑건을 눌러썼다.

그러자 신분과 출신이 제각기 다른 무사들은 온데간데없고, 강호 어디서나 흔히 볼 수 있는 평범한 쟁자수 무리가 자리에 있었다.

유소운이 말했다.

"이렇게 복색을 갖춰 입으니 마치 같은 문파라도 된 것 같습니다!"

나이는 약관이나 아직 어린애 같은 성정을 지닌 유소운다운 말이었다. 임윤이나 편복선생도 내심 싫지만은 않은지 별다른 말 없이 조용히 있었다.

단지 이강은 이번에도 한마디 했다.

"옷 하나 바꾼다고 사람이 바뀌냐?"

뜻밖에도 유소운이 반박했다.

"물론입니다! 고래로 사람을 알려면 그 의복을 보라고 했습니다. 옷이 바뀌면 마음이 바뀌고, 마음이 바뀌면 사람이 바뀌게 된다구요!"

"웃기는 소리로군."

이강은 코웃음을 쳤다.

콰아아아!

쾌속선은 계속해서 동혈 속을 통과했다.

동혈 안은 갈수록 어두워졌다, 막 해가 뜨기 직전의 새벽하늘이 가장 어두울 때처럼.

그러다 갑자기 동혈의 앞에 새하얀 점이 나타났다. 흑랑방주가 동혈을 빠져나가자 빛이 다시 들어온 것이다.

점은 조금씩 커지더니 곧 원이 되었다.

동혈의 끝이 다가오자 물살이 세어져서 쾌속선이 빠르게 미끄러졌다.

어느 순간 일행이 탄 쾌속선이 빛의 원 속으로 들어갔다. 그러자 사방천지가 강렬한 섬광으로 뒤덮였다. 일행은 자기도 모르게 눈을 감았다.

그들은 한참 후에야 간신히 실눈을 떴다.

세상은 온통 청색(靑色)이었다.

눈앞에는 드넓은 강이 펼쳐져 있고, 양옆에는 녹색의 숲이 자리하고 있었다.

다시는 볼 수 없었을지도 모르는 창천(蒼天)과 청하(靑河).

일행은 크게 숨을 들이마셨다. 그러자 맑고 차가운 공기가 폐 속을 가득 채웠다. 흑랑성에서는 맡아볼 수 없었던 생명의 기운이었다.

편복선생이 말했다.

"이것으로 우리가 흑랑성에서 최초로 살아 나온 사람이 되는 것인가?"

"……!"

그 말에 일행은 묘한 기분이 들었다.

일단 한 번 들어가면 다시는 강호에 나오지 못한다는 괴소문이 떠도는 흑랑성.

그 흑랑성에 잠행을 시작한 지 이틀 만에 기적처럼 세상으로 다시 나온 것이다!

하지만 감회가 새롭던 것도 잠시,

일행의 얼굴은 금세 차갑게 굳어버렸다.

흑랑방주가 멀리서 유유히 강을 내려가고 있는 광경이 시야에 들어왔기 때문이다. 또한 방주의 뒤로는 쾌속선들이 줄을 이어 물살을 타고 있었다.

일행은 생각했다.

'흑랑성에서는 탈출했으나 아직 잠행은 끝나지 않았다.'

무림맹의 임무를 완수하기 위해서는 일행의 수장인 송현이 반드시 필요했다. 그가 없이는 설령 소림사로 돌아간다고 해도 무엇을 얻을 수 있을지 불분명했다.

애초에 송현에게 생사를 포함한 모든 것을 맡기고 흑랑성 잠행에 따라나서지 않았는가?

진광, 임윤, 유소운, 편복선생.

네 명의 결심은 확고했다.

단지 한 명, 이강만이 다른 생각을 갖고 있었다.

일행이라고 할 수 없는 박황이 다른 이들의 눈치를 보며 한마디 했다.

"아직 늦지 않았소. 지금이라도 도망친다면……."

진광이 말했다.
"한 번만 더 지껄이면 입에 재갈을 물리겠다."
"……."
그러자 박황은 잠시 침음하더니 기운 빠진 목소리로 말을 계속했다.
"좋소. 그럼 이것 하나만 명심하시오."
"말해라."
"멸천대주와는 절대 맞서지 마시오. 그 대단했던 소림승 망자도 그자와는 상대가 안 될 것이니까."
"무어라?"
진광은 박황이 사형의 무위를 낮춰 보는 듯한 말을 하자 인상을 찌푸렸다. 그러나 박황은 이번에 꺼낸 말은 엄연한 사실이라는 듯, 말을 바꾸지 않았다.
"멸천대주는 최강의 망자요. 그 어떤 무림인도 그를 당해낼 수는 없을 것이오."
"……."
박황의 목소리는 평소와 달리 진지했다.
진광은 그를 무시하고서 앞을 바라봤다.
흑랑방주는 방주라는 이름에 걸맞게 길쭉한 목갑과 같은 모습을 하고 있었다. 물을 가르고 앞으로 나아간다기보다 물의 흐름을 타고 하류로 내려가고 있었다.
반면에 쾌속선은 유선형의 몸체를 하고 있었다.
때문에 망자들이 작은 돛을 펴자 쾌속선들은 마침 불어온 순풍을 타고 빠르게 물살을 가르며 앞으로 나아갔다.

쾌속선들은 그렇게 한 척씩 방주를 따라잡더니, 마치 방주를 호위라도 하려는 양 주위를 둥글게 에워싸기 시작했다.

임윤이 말했다.

"우리만 늦장부릴 수는 없지."

일행도 돛을 펴고 방주를 향해 배를 몰았다.

차 한 잔 마실 시간이 지났을 무렵, 일행이 탄 쾌속선이 방주의 뒤를 따라잡았다.

흑랑성의 광장에는 횃불만 걸려 있었기에 흑랑방주의 모습을 자세히 살피기 힘들었다. 반면 지상으로 나와 강한 햇빛을 받은 방주는 그 자태를 숨김없이 드러냈다.

특이하게도 방주의 벽면에는 창문이 하나도 없었다.

그것은 두 가지를 의미했다.

일행이 갑판에 오르기 전에 창문을 통해 발각될 위험은 없다는 뜻이다. 반면 벽면을 올라 갑판을 통해 잠행하는 것 외에는 방주에 숨어들 방법이 없다는 뜻이기도 했다.

일단 방주에 오른다면 쟁자수인 척하며 어떻게 망자들 속으로 숨어들어 갈 수 있으리라.

하지만 갑판에는 멸천대가 삼엄하게 경비를 서고 있을 것이 뻔하지 않은가? 무턱대고 갑판으로 오르는 것은 자살행위나 다름없었다.

진광이 편복선생에게 말했다.

"선생, 부탁하겠소."

"알았네."

일행은 언제부터인가 편복선생을 업신여기지 않고 꼭 선생을 붙여서 말하기 시작했다.

편복선생이 품에서 박쥐를 꺼냈다.

박쥐가 오랜만에 밖으로 나와서 기쁜지 날개를 펄럭이며 당장에라도 날아갈 듯 보였다.

편복선생이 뜻 모를 주문을 외우자 그의 몸이 뻣뻣하게 굳어지더니 박쥐가 손바닥에서 높이 날아올랐다.

푸드드득!

박쥐가 금세 벽면을 지나 갑판 위로 날아갔다. 그리고 갑판 위의 공중을 크게 한 바퀴 선회했다.

일행은 편복선생의 말을 기다렸다. 그런데 그가 좀처럼 입을 열지 않는 것이었다.

한참을 기다려도 편복선생이 침음하고 있자 진광이 기다리다 못해 물었다.

"선생? 술법이 제대로 통한 거 맞소? 아니면 왜 말이 없는 거요?"

"……."

하지만 편복선생은 입을 굳게 다문 채 여전히 묵묵부답이었다.

일행은 서로를 쳐다봤다.

유소운이 말했다.

"무언가 일이 잘못된 것 같습니다!"

그때 편복선생이 갑자기 입을 열었다.

"…이상하군."

"뭐가 말이오?"

일행은 편복선생의 말에 귀를 기울였다. 그런데 이어지는 그의 말이 뜻밖이었다.

혼백이 박쥐에게 옮겨간 편복선생이 입술을 뻣뻣이 움직이며 말했다.

"갑판 위에 아무도 보이지 않네. 멸천대든 표사든 혈풍각 경비병이든… 망자라고는 한 놈도 없다는 말이네."

　　　　*　　　*　　　*

송현은 이해할 수 없었다.

청위표국의 다른 표사들도 영 내키지 않아 하는 얼굴이었다. 국주인 정추산이 무림맹에서 받아온 이번 임무가 괴이하기 짝이 없었던 것이다.

송현이 청위표국에 몸담은 지도 어언 구 년이 되었다. 아직 십 년을 채우지는 못했으나 그동안 표사 일을 하면서 경험한 일이 적지 않았다.

청위표국의 일은 단지 중요 인사나 기진이보를 호송하는 것에 그치지 않았다.

흑도의 마두를 잡아오는 것은 오히려 평범한 일에 속했다.

귀찮은 일은 주로 유명세가나 고관대작이 엮일 때 생겼다.

눈이 맞아 도망친 젊은 남녀를 잡아오는 일, 집을 나가 버린 애완동물을 찾아오는 일 등등.

강호의 삼류 방파인 하오문 같은 무리도 맡지 않을 일들이 끝없이 이어졌다.

한 번은 고관대작의 애첩이 잃어버린 반지 하나를 찾으러 산속 깊숙이 자리한 흑도 무리의 산채에 잠행했다가 표사들이 몰살당할 뻔한 일도 있었다.

그러나 국주 정추산은 그 어떤 일도 거절하지 않았다. 어려운 일을 하나씩 처리할 때마다 중원무림에 청위표국의 이름이 조금씩 알려졌다.

그러던 중 정추산은 무림맹의 이번 일을 맡기로 결정했다. 청위표국이 중원무림에 확실하게 발판을 닦기 위해서는 무림맹과의 연줄이 필요하다고 생각한 것이다.

표사들은 물론 반대할 이유가 없었다.

그런데 무림맹의 첫 임무가 들어본 적도 없는 기기괴괴한 일이었던 것이다.

아니, 그것은 임무라고 할 수도 없었다.

무림맹의 일은 구륜사 결전에서 목숨을 잃은 무림인의 시체를 흑랑성이라는 곳으로 옮기는 것이었다.

자연 표사들의 분위기가 이상해졌다.

"시체를 옮긴다고? 아무리 무림맹의 임무라지만 이런 일을 우리가 해야 되나?"

조장인 강평(姜平)이 분위기를 다잡았다.

"국주님이 결정한 일이다. 불평을 할 거면 일단 임무를 끝마치고 하자."

표사들은 그의 말에 잠시 불만을 접어두었다.

구륜사와의 마지막 결전이 벌어졌던 벌판은 처참하기 그지없었다. 구륜사 승려들과 중원무림인들의 시체가 바닥이 보이지 않을 만큼 벌판에 널려 있었다. 벌판이 그들이 흘린 피로 온통 붉게 물들어 있을 정도였다.

청위표국 외에도 여러 표국이 무림맹의 일을 맡고 있었다.

수많은 표사와 쟁자수들이 살 썩는 냄새를 피하기 위해 천으로 코를 틀어막고서 시체를 수레에 실었다.

그런 다음 시체가 썩지 않도록 백분을 잔뜩 뿌리고 흑랑성으로 출발했다.

백분이 눈에 들어가면 자칫 실명할 수 있었다. 때문에 바람이 불 때마다 사람들은 잠시 고개를 돌린 채 걸음을 멈춰야 했다.

자연히 표국의 행렬은 느려질 수밖에 없었다.

한 달이 넘어서야 그들은 흑랑성에 도착했다.

흑랑성 방파를 만든 장본인들, 즉 흑랑성인(黑狼城人) 역시 임무만큼이나 괴이했다. 그들은 전신에 온통 시커먼 흑의를 입은 것도 모자라 얼굴에 흑가면까지 뒤집어쓰고 있었다.

그들이 표국 행렬을 흑랑성 안으로 인도했다. 그러나 흑랑성의 기괴한 기관진식 때문에 평소보다 몇 배의 시간을 더 들여서야 시체를 모두 옮길 수 있었다.

최종 목적지는 지하 도시였다.

사람들은 지하 깊은 곳에 자리한 대도시를 보고 놀라움을 금하지 못했다.

흑랑성인은 표국 행렬을 숙소로 안내했다.

청위표국의 표사들은 숙소에 들자 금세 곯아떨어졌다. 시체를 옮긴다는 괴이한 임무와 천외비처인 흑랑성에 대한 호기심이 피로를 더했던 것이다.

그들은 두 시진가량 눈을 붙였다.

그런데 개봉으로 돌아가기 위해 그들이 다시 거리로 나왔을 때였다.

정체 모를 인영들이 그들의 앞을 막아섰던 것이다. 악재가 끊이지 않는 표국 일에 익숙한 표사들도 이번만큼은 간담이 서늘하지 않을 수 없었다.

거리를 막은 자들이 바로 자신들이 운반했던 무림인의 시체였던 것이다!

전신에 피 칠갑을 한 것으로도 모자라, 사지가 제대로 붙어 있지 않은 시체들. 그들이 괴성을 지르며 표사들에게 달려들었다.

"키에에엑!"

표사들은 검을 빼 들고 되살아난 시체들을 상대했다.

시체들은 생전에 무림인이었던 기억을 모두 잊어버렸는지 막무가내로 공격해 왔다. 두 팔을 좌우로 휘젓는 자가 있는가 하면, 얼굴을 들이밀고 물어뜯으려는 자도 있었다.

표사들은 대형을 갖추어 그들을 상대했다. 뒤로 한 걸음씩 물러서면서 반원을 유지하며 검을 휘둘렀다. 천라지망 속으로 뛰어드는 시체는 표사들의 검에 난자되었다.

그러나 시체들의 공세는 끊이지 않았다.

또한 시체들은 아무리 검을 맞아도 다시 일어섰다.

검에 팔이 떨어져도 미친 듯이 달려들었다. 다리가 베여져 나가면 두 팔로 바닥을 기어왔다. 사지가 모두 떨어진 시체마저 몸뚱이를 비틀며 뱀처럼 다가와 표사들을 물어뜯으려 하는 것이었다.

지하 도시 어딘가에서 시체들이 끝없이 꾸역꾸역 몰려나왔던 것이다.

그때였다.

거리 멀리에 있는 건물 위에서 흑랑성인 한 명이 팔짱을 낀 채로 청위표국과 시체들의 싸움을 조용히 지켜보고 있는 것이 아닌가?

그제야 모든 상황이 분명해졌다.

조장 강평이 국주 정추산에게 말했다.

"흑랑성이 살인멸구(殺人滅口)할 속셈이었군요."

"……."

정추산은 잠시 침음하다가 말했다.

"무림맹에서 맡은 임무는 없던 것으로 한다. 지금부터 이곳을 탈출하는 것이 제일 우선이다."

"존명!"

표사들은 시체들의 공세를 막으며 일사불란하게 후퇴했다. 그들은 잠깐 눈을 붙였던 숙소로 들어가 입구를 막았다.

하지만 농성은 미봉책에 불과했다.

시체들은 숙소로 들어오지 못하자 아예 주위를 둘러싸기 시작했다. 숙소 건물은 금세 시체들에게 포위되고 있었다. 시간을 지체할수록 숙소가 표사들의 무덤이 될 가능성이 더욱 높아질 것은 분명했다.

정추산이 결정을 내렸다.

"유인책을 쓰겠다. 한 명이 저들의 주위를 끌고 도주할 때 뒤쪽의 창문을 통해 건물을 빠져나간다."

표사들은 긴장한 얼굴로 서로를 바라봤다.

강평이 말했다.

"제가 하겠습니다."

정추산은 고개를 저었다.

"유인할 자는 검술보다 경신법이 더욱 중요하다. 또한 임기응변에 능해야 한다."

그 말에 표사들의 시선이 한 명에게 집중됐다.

그는 바로 송현이었다.

정추산이 송현의 어깨를 짚으며 말했다.

"저들을 유인할 수 있는 것은 너밖에 없다."

"예."

"지하 도시에서 위로 올라가는 계단을 집결지로 하겠다. 우리는 그곳에서 매복하고 있을 테니, 저들을 가능한한 멀리 유인해서 떨쳐 버린 다음 그곳으로 합류해라."

"존명!"

"반 시진까지 기다리겠다. 반 시진이 지나도 오지 않으면⋯ 알겠느냐?"

"물론입니다."

송현은 굳은 얼굴로 고개를 끄덕였다.

그는 혁낭과 활 등 모든 짐을 다른 표사에게 넘겨서 최대한 몸을 가볍게 했다.

정추산은 잠깐 무언가를 조장 강평과 논의하고 있었다.

그 순간 송현은 무심코 정추산의 말을 들었다.

"⋯지룡(地龍)을 명심해라."

그는 그 말이 무슨 뜻인지 그때는 알지 못했다.

정추산은 송현이 작전을 수행하기 전에 무언가를 건넸다.

"이것을 갖고 가라."

그것은 청위표국의 신물인 청연검이었다.

청연검은 청위표국 대대로 전 국주가 신임 국주에게 물려주는 것으로써 내공진기를 검에 불어넣으면 신묘한 위력을 발휘한다는 기병이었다.

"국주님, 제가 감히 어떻게⋯⋯."

송현이 만류했지만 정추산의 뜻은 확고했다.

송현은 마지막으로 표사들을 한 번 둘러본 다음 건물 일층으로 내려갔다.

그는 청연검으로 창문을 박살 내고 밖으로 뛰쳐나갔다. 그리고 달려드는 시체 두 구의 목을 벤 뒤 담벼락을 밟으며 건물의 지붕 위로 올라갔다.

그때부터는 도주와 추격의 연속이었다.

청위표국과 함께 시체를 운반해 온 다른 표국의 표사와 쟁자수들도 거리의 시체들에게 포위되어 있었다. 송현은 그들을 동정할 겨를이 없었다.

송현은 건물의 지붕을 타고 다니며 시체들을 유인했다. 시체들은 동작이 굼떴기 때문에 어렵지 않게 유인할 수 있었다.

그러나 그것도 잠시,

구륜사 결전 장소에서 운반해 온 시체 말고도 또 다른 무림인들이 어딘가에서 나타나 송현을 뒤쫓는 것이었다.

시체들은 말 그대로 되살아난 송장이었다. 하지만 새로 나타난 무림인들은 달랐다.

그들 역시 정상적인 인간으로 보이지는 않았다. 하지만 혼백과 기억을 갖고 있는지, 제대로 된 중원무림의 무공과 경공을 써서 송현을 추격해 왔다.

시간이 지날수록 포위망을 뚫기 위해 검을 섞는 횟수가 잦아졌다.

송현은 청연검의 위력에 의지해서 간신히 버텨냈다.

반 시진이 마치 한나절 같았다.

그리고 천신만고 끝에 시간이 지나기 전에 지하 도시에서 위로 올라가는 계단에 도착할 수 있었다.

송현의 뒤에는 정체 모를 무림인들이 서슬 퍼런 눈빛을 하며 뒤따르고 있었다.

그는 마지막 계단을 밟으며 옆으로 몸을 날렸다.

청위표국의 표사들이 계단 밑으로 쏠 불화살 세례를 피하기 위해서였다.

송현은 바닥을 뒹굴며 소리쳤다.

"지금입니다!"

그런데 시위를 놓는 소리가 들리지 않았다. 불화살이 계단을 태워 버리는 광경도 보이지 않았다.

계단 위의 공터, 그곳에는 송현 이외에 아무도 없었던 것이다.

송현은 잠깐 멍하니 있다가 이내 정신을 차리고 주위를 둘러봤다. 표사들이 숨어서 매복하고 있을지도 몰라서였다.

하지만 불화살은 날아오지 않았다.

계단 밑에서 서서히 무림인과 시체들이 뒤섞여 올라왔다.

송현은 청연검을 들고 청위표국의 독문무공인 벽운검법을 시전했다.

파파팟!

검무가 피어나자 살점과 핏물이 사방에 튀었다.

그러나 벽운검법은 내공진기의 소모가 극심한 무공이었다.

탈진한 송현은 하마터면 청연검을 놓칠 뻔했다. 하지만 이를 악물고 검을 다시 움켜쥐었다.

그때 눈앞이 번쩍였다. 누군가의 육모봉이 송현의 뒤통수를 강타한 것이다.

그는 정신을 잃었다.

송현은 눈을 떴다.
주위가 어두웠다. 밤인 것 같았다.
처음에 그는 꿈을 꾼 것이 아닌가 하고 생각했다.
하지만 꿈은 아니었다. 단지 칠흑같이 어두워서 한 치 앞도 보이지 않을 뿐이었다.
갑자기 목 밑에서 극심한 통증이 밀려왔다.
"크으윽……"
송현은 신음을 흘렸다.
그러나 전신에 힘이 하나도 없어 몸이 마음대로 움직이지 않았다.
그는 문득 정신을 잃기 전의 일이 생각났다.
청위표국의 동료들이 어딘가에서 그를 기다리고 있을 것이다. 이대로 시간을 낭비할 수는 없다. 빨리 그들에게 합류하지 않으면…….
그때 눈이 어둠에 익숙해졌는지 주위의 윤곽이 어렴하게 시야에 들어왔다.
그곳은 작은 동혈 안이었다.
송현은 눈을 가늘게 뜨고 주위를 살피다가 깜짝 놀랐다.
일 장 앞에 목이 베여진 시체가 있는 것이 아닌가?
다시 바라보자 시체의 손목과 발목에 강철로 된 수갑이 채워져 있는 것이 보였다. 또한 수갑에 연결된 사슬이 벽면에 박혀 있었다. 때문에 시체는 목이 베이고서도 수갑에 매달린 채로 쓰러지지 않고 벽면에 세워져 있을 수 있던 것이었다.

송현은 시체에게서 눈을 돌리다가 무언가를 발견했다. 동혈의 끝에 쇠창살이 촘촘하게 수직으로 박혀 있었다.

그제야 모든 상황이 이해됐다.

자신은 흑랑성 지하 깊숙한 어딘가에 있는 뇌옥에 시체와 같이 갇혀 있는 것이었다.

송현은 일단 창살로 다가가서 밖을 보려고 했다.

그런데 몸이 움직이지 않았다. 전신과 손발에 여전히 감각이 돌아오지 않았다.

문득 이상한 느낌에 시선을 밑으로 내렸다.

송현은 경악했다.

아래에 있어야 할 자신의 몸통과 사지가 보이지 않는 것이 아닌가?

그때 무서운 생각이 뇌리를 스치고 지나갔다. 그는 두려운 나머지 그 생각을 확인할 수 없었다.

하지만 알 수 있었다, 사슬에 묶여 있는 목이 베인 시체가 바로 자신의 몸이라는 것을…….

송현의 목은 반듯하게 잘려진 채로 머리칼이 천장에 묶여서 공중에 떠 있었던 것이다.

퐁… 퐁…….

잘린 목의 단면에서 흘러내리는 핏방울이 바닥에 고인 피웅덩이로 떨어지고 있었다.

실험은 계속됐다.

처음에는 고문인 줄로만 알았다.

하지만 흑의 차림에 가면을 쓴 흑랑성인들은 아무것도 묻지 않았다. 애초에 실토할 것도 없었다.

어느 순간부터 송현은 그들이 계획을 세워 단계를 밟아가며 자신의 신체를 다룬다는 것을 깨달았다.

흑랑성인은 그의 목 밑을 검으로 가르고 무언가를 쑤셔 넣었다가 빼기를 반복했다. 그때마다 뇌 속을 헤집는 듯한 고통을 느꼈다.

실험은 머리가 아닌 몸에도 행해졌다.

송현은 똑똑히 볼 수 있었다.

그들은 목을 베고 잘린 단면에 괴이한 벌레를 집어넣었다. 몸체가 길쭉한 게 꼭 뱀과 같았다.

끔찍한 것은 목과 몸이 떨어져 있는 데도 불구하고 손과 발이 자신의 의지대로 움직인다는 것이었다. 때문에 몸이 실험 받을 때마다 그 고통이 전해졌다.

게다가 흑랑성인은 벌레를 집어넣은 뒤에는 반드시 송현의 머리를 몸 위에 올려 꿰맸다. 그때마다 신기하게도 목이 들러붙었다. 하지만 그들은 상처가 아물기도 전에 다시 머리를 칼로 뜯어냈다.

송현의 목은 몸과 붙었다가 떨어졌다를 수없이 반복했다.

흑랑성인들은 서로 교대해 가며 송현을 실험했다. 송현은 눈을 뜬 이후로 한숨도 잘 수 없었다.

며칠이 지났는지도 몰랐다. 어두운 뇌옥 속에 처박혀 있기 때문에 낮과 밤의 구분도 할 수 없었다.

송현은 수단과 방법을 가리지 않고 탈옥하려 했다.

그러던 중……

기회가 왔다.

한 흑랑성인이 송현의 목을 꿰매다 방심하는 틈을 타서 그를 제압하는 데 성공한 것이다.

그는 순순히 수갑을 풀고 창살문을 열었다.

송현은 뇌옥을 나왔다. 그곳에는 송현이 갇혀 있던 곳 말고도 다른 뇌옥이 좌우로 늘어서 있었다.

그는 맞은편 뇌옥을 바라봤다. 입구 위에 십삼호(十三號)라고 새겨져 있는 곳이었다.

누군가가 그 속에서 중얼거렸다.

"이름이 기억나지 않아? 문파도 모르겠어? 병신 같은 놈. 네놈의 문파는… 황상의 암살을 꾀하는 자들이 있다고? 걱정 마라. 그놈 하나 죽는다고 세상 안 망한다… 백면서생과 청면살수가 자웅을 겨뤄? 무슨 헛소리… 삼십 년 동안 치른 방사 중에서 제일은 동정호 홍화루의 매정이라고? 쿡쿡쿡, 뇌옥에 갇힌 주제에 방사를 추억해? 네놈은 천하제일색마(天下第一色魔)라 해서 오대마인에 넣어도 손색이 없겠군……."

십삼호에 갇힌 자는 뜻 모를 말을 쉬지 않고 중얼거렸다.

송현은 그가 뇌옥에 갇혀 중암갑을 이기지 못하고 실성했을 거라 생각했다.

문득 정신이 번쩍 들었다.

뇌옥에 청위표국의 표사들이 갇혀 있을지도 모른다는 생각이 든 것이다.

송현은 십삼호는 놔두고 다른 뇌옥으로 달려갔다.

마침 허리춤에 청연검을 그대로 차고 있었다. 흑랑성인들은 송현을 실험하면서 그의 의복과 기병을 압수하지 않고 그대로 놔두었던 것이다.

송현은 진기를 끌어올려 청연검으로 뇌옥의 창살을 갈랐다. 그리고 안으로 뛰어들어 가 묶여 있는 자의 수갑을 잘랐다.

하지만 그는 동료가 아니었다.

그가 말했다.

"이거 고맙군. 당신은 누구신지?"

"청위표국의 송현… 동료를 구해야……."

"뭐라고?"

송현은 횡설수설하다가 밖으로 나왔다. 그는 미친 듯이 뇌옥을 번갈아가며 동료를 찾았다. 하지만 어디에도 동료들은 보이지 않았다.

그러는 사이에 송현이 풀어준 자가 뇌옥에 갇힌 자를 하나씩 밖으로 빼냈다. 그들은 창살을 검으로 가르거나 맨손으로 박살 내면서 다른 이들을 구했다.

곧 십삼호를 제외한 모든 이들이 밖으로 나왔다.

그들은 서로 대화를 주고받았다.

"저자는 대체 뭐지? 실성한 건가?"
"아냐, 그놈이다! 십사호에 갇혔던 놈이야!"
"뭐? 십사호?"
"그럼 아마 망자겠군."
"미친놈들. 정말 망자를 만들다니."
"이럴 때가 아니다. 빨리 흑랑성을 빠져나가야 된다."
"뭐가 그리 급하냐? 오랜만에 손발이 풀렸는데 솜씨가 녹슬었는지 확인해야지?"
"망자가 뇌옥에서 나와 있다는 게 무슨 뜻인지 모르겠냐?"
"……!"
"그럼 흑랑성은 이제?"
"끝난 셈이지."
그들은 대화를 멈추더니 어디론가 사라져 버렸다.
송현은 동료들이 어디에 잡혀 있을지 몰라 정신없이 찾아 헤맸다.
"국주님! 조장! 다들 어디 있습니까?"
그는 이성을 잃고 동혈 속을 방황했다.
동혈은 끝없이 이어졌다. 얼마나 시간이 흘렀는지, 지금 있는 곳이 어디인지 알 수 없었다.
송현이 동혈의 모퉁이 하나를 돌았을 때였다.
"끄아아악!"
맞은편에서 인영 하나가 불쑥 튀어나왔다. 인영은 다짜고짜 몸을 던지며 두 팔로 송현의 목을 조르려 했다.

송현은 몸을 회전하며 인영의 목을 베고 지나갔다.

스팟!

그런데 검이 살짝 빗나갔는지 인영의 목이 일검에 떨어지지 않았다.

그러자 인영이 반쯤 베인 목을 어깨 위에 매달고 있는 채로 계속해서 달려드는 것이 아닌가.

지하 도시에서 일행을 공격했던 되살아난 시체와 흡사했다.

송현은 그때 시체를 아무리 도륙해도 계속해서 움직였다는 사실을 떠올렸다. 그는 시체의 공격을 피하면서 바닥을 굴렀다. 동시에 검을 휘둘렀다.

턱!

시체의 발목 하나가 떨어져 나갔다.

그럼에도 시체는 비틀거리면서 계속 다가왔다.

하지만 그것은 송현의 예상대로였다. 그는 일부러 시체의 발목을 베어서 제대로 걷지 못하게 한 다음 끝장을 보려 한 것이다.

송현이 검을 수직으로 그어 시체를 일도양단했다.

촤악!

시체가 좌우로 갈라지며 쓰러졌다.

그런데 시체의 목뼈와 척추 한가운데에서 뱀처럼 생긴 희뿌연 벌레가 튀어나왔다. 그것은 벌레라고 하기에는 너무 크고 괴물이라고 하기에는 너무 작았다.

송현이 시체를 정확하게 반으로 벤 바람에 그것 역시 두 조각이 나 있었다. 그것은 반으로 갈라진 채로 꿈틀거리다가 곧 움직임을 멈추고 죽어버렸다.

송현이 다시 동료를 찾으려고 몸을 돌릴 때였다.

터억!

바닥에 떨어져 있던 시체의 발목이 공중으로 튀어 오르는 것이 아닌가.

동시에 발목의 단면에서 정체 모를 촉수들이 뿜어져 나왔다.

쐐애애액!

촉수들은 쓰러진 시체 쪽으로 뻗어나갔다. 그리고 시체의 발을 친친 감고서 잡아당겼다. 잘린 발목을 다시 단면에 붙이려는 것 같았다.

하지만 발목의 주인 격인 시체가 완전히 절명해 버린 마당이라 소용이 없었다. 발목에서 빠져나온 촉수들은 잠깐을 그렇게 꿈틀거리다가 곧 축 늘어지고 말았다.

그때 뇌리를 스치는 생각이 있었다.

바로 정추산이 강평에게 건넨 한 마디였다.

"…지룡(地龍)을 명심해라."

지룡이란 사막이나 황무지에 사는 도마뱀을 뜻한다.

도마뱀은 천적에게 쫓기면 꼬리를 떼어주고 도망친다. 머리와 몸통만 살아남는다면 꼬리가 다시 재생하는 것은 시간문제일 뿐인 것이다.

송현은 자기도 모르게 중얼거렸다.

"지룡은 꼬리를 희생하고 도망간다······."

송현은 왜 정추산과 표사들이 매복하고 있지 않았는지 알 수 있었다.

그들은 유인책을 쓴 것이 아니었다.

송현을 미끼로 삼아 적들의 시선을 돌린 다음 지하 도시를 빠져나가 흑랑성을 탈출하려 한 것이다.

그것을 깨닫자 의문이 하나 더 생겼다.

청연검은 왜 준 것일까?

해답은 금세 나왔다.

청연검을 써서 조금이라도 더 시간을 끌 수 있게 만든 것이 아닐까? 꼬리를 적에게 내준 청위표국이 안전하게 흑랑성을 빠져나갈 수 있도록······.

"······."

송현은 멍하니 그 자리에 서 있었다.

그의 눈빛은 점점 싸늘하게 식어가 어느새 살아 있는 사람처럼 보이지 않게 됐다.

그 순간, 동혈에서 또다시 되살아난 시체들이 몰려왔다.

송현은 무차별로 그들을 도륙했다. 그의 손속에는 일말의 인정도 남아 있지 않았다.

"허억!"

끝없는 악몽 97

송현은 외마디 비명을 지르며 잠에서 깼다.

그는 숨을 가쁘게 몰아쉬었다. 전신이 식은땀으로 축축하게 젖어 있었다.

그는 천천히 주위를 둘러봤다.

자신은 침상 위에 누워 있었다. 그 외에도 방의 모습이 눈에 익숙했다.

방문이 열리며 사매 정수연이 들어왔다.

"사형, 일어났어요? 또 악몽을 꾼 거예요?"

"이곳이… 어디지?"

정수연은 아미를 찡그리며 답했다.

"청위표국의 장원이잖아요. 여기는 사형의 방이고요."

"내 방?"

"그래요."

송현은 멍청히 사매를 바라봤다.

"흑랑성은? 내가 어떻게 흑랑성을 나왔지?"

정수연은 살짝 한숨을 쉬더니 침상에 앉으며 송현의 손을 잡았다.

"사형이 돌아온 지 벌써 일 년이 다 됐어요."

"그런가……."

송현은 잠시 멍하니 있다가 고개를 끄덕였다.

"그래, 이제 기억나. 삼 일 뒤에 금분세수하고 운남으로 떠나기로 했었지?"

"예, 그래요."

정수연은 입가에는 미소를 띠고 있었으나 목소리 어딘가에는 서글픈 느낌이 담겨 있었다.

그러다가 송현은 문득 무언가를 떠올렸다.

"아, 아냐. 흑랑성에 돌아가야 돼."

정수연의 아미가 활처럼 휘어졌다.

"사형, 이제 그만 잊어요."

"청위표국을 되살려야 해. 이대로 떠날 수는 없어."

"금분세수를 결정한 건 사형이잖아요. 그리고 운남에 가서도 얼마든지 다시 표국을 재건할 수 있다고 했잖아요."

송현은 고개를 저었다.

"흑랑성에서 동료들을 찾을 수 없었어. 그들이 아직 그곳에 남아 있을지도 몰라. 적어도 그들의 생사는 확인해야 돼."

정수연이 자세를 꼿꼿이 하며 말했다.

"어느 쪽인지 결정하세요."

"사매?"

"금분세수하고 저랑 같이 사형 고향인 운남으로 갈 거예요, 아니면 청위표국에 미련을 버리지 못한 채로 평생 이렇게 살 거예요?"

"……."

송현이 망설이며 결정을 하지 못할 때였다.

갑자기 정수연이 표독스럽게 그를 노려봤다.

"지금쯤 산송장이 됐을 놈들을 구한답시고 흑랑성에 다시 들어가서 개죽음을 당할 셈이냐?"

끝없는 악몽 99

"사매? 그게 무슨 말……."

주루룩!

정수연의 두 눈에서 피눈물이 흘러내렸다. 눈만이 아니라 코, 입, 귀 등… 그녀의 얼굴에 난 모든 구멍에서 핏물이 줄줄 흐르기 시작했다.

그녀가 입을 활짝 벌렸다.

목구멍에서 굵은 촉수가 시뻘건 핏물을 뒤집어쓴 채로 삐져 나왔다.

송현은 다시 눈을 떴다.

주위를 둘러봤다. 이번에는 창문 하나 없는 허름한 창고였다. 벽에 걸린 횃불 하나가 창고 안을 밝히고 있었다.

그는 생각했다.

'드디어 꿈에서 깨어난 건가, 아니면 계속해서 꿈을 꾸고 있는 건가?'

그는 꿈과 현실을 구분할 수 없었다.

문득 고향을 떠날 때 아버지가 했던 말이 기억났다.

"강호의 정리(正理)란 차고 기우는 달[月]과 같다는 점을 명심해라."

그는 천천히 고개를 끄덕였다.

횃불 때문인지 창고 안이 온통 붉게 보였다.

*　　　*　　　*

편복선생이 말했다.

"갑판 위에 망자가 아무도 없네."

뜻밖의 일에 일행은 침음하며 서로를 쳐다봤다.

박황이 말했다.

"망자도 잠을 자기는 하오."

"정말입니까? 그렇다면 망자의 약점으로 봐도 되겠군요? 제 아무리 망자가 많아도 그들이 잠들어 있을 때 잠행하면 아무 문제가 없지 않겠습니까!"

유소운이 기뻐하며 말했다.

하지만 박황이 코웃음을 치며 냉소했다.

"망자의 약점? 흥, 핏물을 빨면서 쉰다는 소리요. 피를 흡수한 다음 망자가 어떻게 변하는지는 아시오?".

그 말에 진광이 대답했다.

"내공 수위가 일순 높아지지."

"알고 있었소? 한데 일순이 아니라 한참이오. 아니, 망자에 따라 며칠이 가는 자도 있소. 그렇게 높아진 공력이 얼마나 지속되는지는 난 무림인이 아니라 잘 모르오."

"……"

일행은 놀란 눈으로 서로를 쳐다봤다.

임윤이 말했다.

"그럼 놈들이 잠에서 깨기 전에 일을 해치워야겠군."

진광이 유소운에게 말했다.

"소운, 밧줄을 화살에 묶어서 배 위로 쏴라."

"예."

그런데 임윤이 유소운을 막으면서 혁낭에서 무언가를 꺼냈다.

"그럴 필요없어."

그가 꺼낸 것은 다름 아닌 사슬 달린 식칼이었다.

이강이 비웃었다.

"괴상한 비검만 골라 쓰더니, 이젠 식칼이냐?"

"명숙수는 칼을 가리지 않는 법이지."

휘리릭! 턱!

임윤이 팔을 휘두르자 식칼이 날아가 방주 벽면의 끝에 깊숙이 박혔다.

그는 밧줄을 입에 문 다음 식칼에 연결된 사슬을 잡고 단숨에 방주 위로 올라갔다. 그리고 밧줄을 난간에 묶어 고정한 뒤 밑으로 내려뜨렸다.

그런 다음 진광에게 말했다.

"혁낭은 내게 넘겨라."

진광은 혼백이 나간 편복선생을 맡아야 하니, 박황의 머리가 든 혁낭을 대신 들겠다고 한 것이다.

진광이 혁낭을 임윤에게 던졌다. 혁낭을 받아 든 임윤은 박황에게 진광처럼 위협하지 않았다. 대신에 식칼을 얼굴로 가져가서 천천히 수염을 밀었다.

서걱서걱.

얼굴에 물 한 방울 묻히지 않았는데도 수염이 깨끗이 밀려 나갔다.

임윤이 힐끗 쳐다보자 박황은 얼굴이 새파랗게 질려서 머리를 끄덕이는 것이었다.

유소운과 이강이 먼저 방주 위로 올라갔다.

진광은 편복선생을 등에 업은 다음 아예 밧줄을 몇 번 돌려서 단단히 묶었다. 가슴과 등이 갑갑해서 숨쉬기에 불편한 대신 두 팔을 자유롭게 쓰기 위해서였다. 그런 뒤에 방주로 올라갔다.

편복선생은 혼자서라면 밧줄을 타기 힘들 것이나, 진광이 등에 업고 올라갔으므로 문제가 되지 않았다.

갑판에서 보는 흑랑방주의 위용은 밑에서 보던 것과는 천지차이였다.

일행은 잠시 제자리에 서서 멍하니 방주를 바라봤다.

갑판은 무림대회를 열어도 될 만큼 넓었으며, 홍등이 걸린 오층 누각은 대도시의 유명 주루라고 해도 손색이 없어 보였다.

그러나 그 넓은 방주 위에 사람 한 명 보이지 않는 광경은 어딘가 모르게 오싹함을 안겨주었다.

임윤이 말했다.

"귀기(鬼氣) 서린 곳이군."

"차라리 귀신이 나오는 배라면 좋겠군요. 망자는 산 사람도 죽은 귀신도 아니니까요."

유소운이 한마디 덧붙였다.

그때 진광의 등에 업힌 편복선생이 말했다.

"선미에 밑으로 내려가는 계단이 양쪽으로 두 개 있네."

뒤를 돌아보자, 그의 말대로였다.

이강이 말했다.

"진광 스님, 결정하시지? 왼쪽으로 갈까, 오른쪽으로 갈까?"

"……."

진광은 금세 결정하지 못했다.

보통 배라면 계단 밑이 통로로 연결되어 있어서 어디로 내려가도 상관없을 일이다. 하지만 흑랑방주의 크기를 감안하면 양쪽 계단 밑은 필히 다른 곳이 나올 것 같았다.

유소운이 말했다.

"어디로 내려가면 좋을지 선생님께서 길흉화복을 점치시는 건 어떨까요?"

진광은 양미간을 구겼다.

편복선생의 혼백이 돌아왔다가 다시 박쥐로 옮겨가려면 번거롭기도 하거니와, 애초에 그의 술법 말고 점괘에는 믿음이 가지 않았기 때문이다.

그런데 임윤이 앞으로 나섰다.

"내가 길흉을 알아보지."

"예?"

유소운이 멍하니 그를 바라봤다. 진광과 이강도 그가 무엇을 할지 궁금했다.

임윤이 두 계단의 중앙으로 걸어갔다.

그는 손바닥에 침을 탁, 뱉었다. 그리고 두 손바닥을 합쳤다.

철썩!

"왼쪽이 길하다는군."

"……."

일행이 뭐라 말을 꺼내기도 전에 편복선생의 박쥐가 왼쪽 계단 밑으로 날아갔다.

편복선생이 말했다.

"망자는 안 보이네."

아마 오른쪽 계단 밑에도 망자는 없을 것이다. 하지만 진광은 이러쿵저러쿵 따지는 것이 귀찮았다.

"내려가자."

그는 왼쪽 계단으로 걸음을 옮겼다. 일행은 별다른 반대 없이 그의 뒤를 따랐다.

이강이 임윤에게 말했다.

"점괘 한번 신통하군. 우리 중에 누가 살아남을지 점쳐 보는 건 어때?"

"복채 먼저 받아야겠는걸."

"후후후."

일행은 편복선생의 박쥐를 따라 방주 밑으로 내려갔다.

방주 안은 전후좌우, 네 방향으로 복도가 나 있었다. 방주의 크기를 짐작할 때 모퉁이를 돌면 또다시 복도와 계단이 복잡하게 이어질 것은 분명했다.

임윤이 말했다.

"이제 복도나 통로만 봐도 지긋지긋하군."

일행도 동감이었다.

복도는 모퉁이마다 횃불이 걸려 있었다. 혹 그림자 때문에 망자에게 발각되지 않도록 일행은 편복선생의 박쥐가 선행한 다음에 뒤를 따라갔다.

그때 복도 저편에서 길게 늘어진 그림자가 나타났다.

일행은 얼른 모퉁이 뒤에 숨었다.

곧 망자 하나가 검을 들고 나타나더니 복도 중간에 멈춰 서서 주위를 두리번거렸다. 망자는 혈풍각 경비병이었다. 그는 혈풍각을 지키던 것처럼 복도를 규칙적으로 왕복하며 보초를 서고 있는 것이었다.

유소운이 속삭였다.

"우리는 선생님이 만드신 산 자의 기척을 없애는 부적이 있지 않습니까? 멸천대가 아닌 다른 망자한테는 들킬 위험이 없으니 굳이 숨을 필요가 있을까요?"

일행도 그 말이 일리가 있다고 생각했다.

하지만 이강이 비웃었다.

"하긴, 저놈은 멸천대도 도시의 망자도 아니라 한낱 혈풍각을 지키던 경비병이지. 네놈이 먼저 저놈 앞에 가서 시험해 보지그래?"

"……."

유소운은 말문이 막혔다. 이강의 말대로 괜한 위험을 자초할 이유가 없었다.

그런데 망자가 고개를 돌리다가 횃불에 비쳐 얼굴이 훤히 드러날 때였다.

망자의 얼굴이 시뻘겋게 달아올라 있는 것이 아닌가?

박황이 혁낭 속에서 밖을 보며 말했다.

"봤소? 저게 바로 피를 흡수한 망자요. 당신들이 얼마나 대단한 무림인인지는 모르나 지금 저 망자와 맞서려면 일대일로는 어림도 없을……."

"시끄럽군. 재갈을 물릴까?"

임윤의 말에 박황은 입을 다물었다.

일행은 숨을 죽이고 망자의 면면을 바라봤다. 박황의 말마따나 망자는 확실히 평소와 달라 보였다.

망자의 얼굴 전체는 물론 귓불이나 목 아래까지 새빨갛게 물들어 있었다. 또한 눈자위에 핏줄이 올라 있어 눈알이 마치 붉은 천에 까만 점을 찍어놓은 듯했다.

특히 놀라운 것은 망자가 흘리는 땀이었다.

망자의 귀밑으로 땀방울이 송송 새어 나와 흘러내리고 있었는데, 그것 역시 붉은색이었다.

그것은 땀이 아니라 핏물이었다.

망자는 잠깐 복도를 살피다가 곧 몸을 돌려 가버렸다.

피를 빨아들여서 공력을 높인 망자들이 복도를 지키고 있으니 일행의 잠행은 더욱 조심스러워졌다.

복도는 끝없이 이어졌다. 또한 복도의 양쪽에는 수많은 방이 늘어서 있었다.

임윤이 말했다.

"송 국주도 여기 있는 방 중 어딘가에 있지 않을까? 그를 복도에 놔두었을 리는 없겠지."

"흐음……."

진광은 난감했다.

방주에 올랐던 그 많은 수의 망자들이 하나도 보이지 않는 판이니, 함부로 방을 조사할 수 없었던 것이다.

만약 방에 들어갔다가 그곳에 있는 망자가 깨어난다면?

생각하기도 끔찍했다.

유소운이 무언가 생각났는지 말했다.

"혹시, 송 국주님은 여기 있는 방이 아니라 그 누각에 계신 것이 아닐까요?"

"그럴 수도 있겠군."

임윤이 고개를 끄덕였다.

신경 쓸 것이 더 늘어나자 진광은 골치가 아팠다.

그는 편복선생의 술법이 있으니 먼저 혈풍각을 잠행할 때처럼 어렵지 않게 송현을 찾아낼 수 있으리라고 생각했다.

하지만 현실은 딴판이었다. 편복선생의 박쥐가 복도를 날아다니며 정보를 알려주고는 있지만, 무엇을 어떻게 해야 할지 전혀 감이 오지 않았다.

　새삼 송현의 부재를 강하게 느꼈다.

　임윤과 유소운도 진광의 기분을 알아차리고서 침음했다.

　다들 아무 말이 없자 편복선생도 박쥐를 되돌린 다음 혼백을 옮겨왔다.

　편복선생이 말했다.

　"이제 어찌하면 좋겠나?"

　"……."

　진광이 해결책을 찾지 못하고 있을 때, 이강이 편복선생에게 뜻 모를 말을 했다.

　"거리가 얼마나 떨어져 있어도 박쥐에 혼백을 옮길 수 있냐?"

　"무슨 소린가?"

　"술법을 쓰려면 박쥐를 반드시 네 손에 들고 있어야 되느냐는 말이다."

　"그건 아니네. 박쥐가 근처에 있으면 내 술법은 문제없지."

　"근처라는 게 몇 장까지냐?"

　"해본 적이 없어서 그것까지는 잘 모르겠군."

　"그럼 해봐라."

　편복선생은 이강의 말뜻을 몰라 진광을 쳐다봤다.

　진광이 말했다.

　"또 무슨 헛소리를 하는지 모르겠다만 그럴 시간없다."

끝없는 악몽 109

그러자 이강이 한숨을 쉬면서 말했다.
"환장하겠군. 박쥐가 아니라 거북으로 해보란 소리다."
"거북? 오오! 그렇지, 내 흑귀자가 있었지!"
편복선생이 감탄사를 내뱉었다. 일행은 무슨 영문인지 몰라 어안이 벙벙했다.
"말했지 않은가? 흑랑성에서 잠영했을 때 내 거북, 흑귀자를 송 국주가 챙겼다고. 만약 내가 술법을 써서 혼백을 흑귀자에게 옮길 수 있다면 송 국주가 근처에 있다는 소리가 아니겠는가!"
"……!"
일행은 정신이 번쩍 들었다.
진광이 툭 말을 뱉었다.
"웬일로 도움이 다 되는군."
그러자 이강은 어깨를 으쓱했다.
"착각하지 마라. 나는 빨리 이 유령선을 나가고 싶은 것뿐이니까, 후후."
편복선생이 눈을 감고 두 손을 모아 손가락으로 괴이한 모양을 만들며 주문을 외웠다.
"홈치홈치……."
그는 잠깐 동안 주문을 외우다가 말했다.
"여기는 아닌 듯싶네. 흑귀자의 기척이 전혀 느껴지지 않는군."
편복선생의 술법이 실패하자 일행은 다시 복도를 이동했다.

일행은 복도를 십 장쯤 전진하다 잠시 멈춰 서서 편복선생이 주문을 외우는 것을 반복했다.

하지만 술법은 매번 실패할 뿐이었다.

어느새 술법 시도는 여덟 번을 넘어가고 있었다.

편복선생이 아홉 번째로 술법을 시도할 때였다. 혈풍각 경비병 하나가 복도 모퉁이에서 돌아 나왔다.

한데 이번에는 하나가 아니었다.

그들은 모두 셋이었다. 셋은 각자 다른 세 방향으로 나뉘어서 복도를 가로질러 왔다.

일행은 황급히 왔던 길을 되돌아갔다.

그런데 복도 멀리에서 다른 경비병의 그림자가 바닥에 나타나는 것이 아닌가?

이대로라면 꼼짝없이 망자들에게 포위될 상황.

이강이 말했다.

"망자 놈들이 깨어나고 있군."

"......"

일행은 침을 꿀꺽 삼켰다. 방주를 지키는 망자들의 수가 조금씩 많아지고 있다는 것을 모두 느낄 수 있었다.

그러는 중에도 망자들은 일행이 몸을 숨긴 모퉁이로 점점 접근해 왔다.

진광이 말했다.

"할 수 없다. 놈들과 싸우자."

그러나 이강이 고개를 저었다.

"난 빠지겠다."
"뭐라? 송 국주를 구하는 일을 돕겠다고 하지 않았냐?"
"내 손으로 무덤을 팔 수야 없지. 지금 무작정 저놈들이랑 싸웠다가는 우리는 전멸이라는 걸 왜 모르냐?"
"네놈이 정말……."
그때 편복선생이 말했다.
"나는 지금… 송 국주의 품속에 있네."
"……!"
편복선생이 거북에게 혼백을 옮기는 데 성공한 것이다.
"거기가 어디요?"
편복선생은 뻣뻣한 동작으로 손을 들어 올리더니 검지로 복도에 있는 어느 한 방을 가리켰다.
"이쪽이네."
임윤이 꼼꼼하게 확인했다.
"거기에 다른 망자는 없소?"
"지금 고개를 내밀었는데… 방에 아무도 없는 것 같군."
일행은 편복선생의 말이 끝나기도 전에 움직였다.
방문은 잠겨 있지 않았다. 그들은 방에 들어가서 얼른 문을 닫았다.
그러자 경비병 둘이 막 방 앞으로 와서 무슨 일이 있었는지 살피다가 다시 몸을 돌려 가버렸다. 일행이 몇 걸음만 늦었어도 그들에게 발각될 뻔한 순간이었다.
방은 허름한 창고였다.

일행이 송현을 찾으려고 애쓸 필요도 없었다. 그는 방 한가운데에 몸을 돌리고 서 있었다.

진광은 그제야 안도의 한숨을 내쉬었다.

"휴우……."

그는 송현에게 다가가 어깨를 잡았다.

"송 국주, 내가 뭐랬소? 반드시 구하러 온다고 하지 않았소! 대소림의 제자는 한 번 꺼낸 말은……."

그때 송현이 천천히 고개를 돌렸다.

진광은 차갑게 얼어붙었다.

혁낭의 찢어진 틈으로 밖을 내다보던 박황이 냉소했다.

"이미 늦었군."

송현의 얼굴이 선혈을 뒤집어쓴 것처럼 붉게 달아올라 있었던 것이다.

第二十七章
추격자들

潛行武士
잠행무사

송현이 천천히 고개를 돌렸다.

그의 얼굴이 잔뜩 피를 흡수하고 복도를 지키던 혈풍각 경비병처럼 붉게 상기되어 있었다.

진광은 멍하니 그를 바라봤다.

"송 국주……?"

그는 눈앞에 벌어진 상황을 믿을 수 없었다. 아니, 마음 깊은 곳에서 그럴 리가 없다고 부인하고 있었다.

그때 무언가가 진광의 눈에 들어왔다.

송현의 목에 가로로 빙 둘러서 붉은 선이 그어져 있었다. 선은 자로 잰 것처럼 반듯했다.

그것은 검으로 베인 뒤에 다시 붙은 상처였다. 제갈명이나 박황이 그랬듯이 목을 자르고 그 단면으로 피를 빨아들였던 흔적임이 분명했다.

다른 일행도 송현의 상처를 본 듯했다.

편복선생이 말했다.

"한발 늦은 것 같군."

그는 송현의 품속에 있는 거북에게서 혼백을 되돌린 것 같았다.

진광이 그의 말에 발끈했다.

"늦다니, 무엇이 말이냐?"

"보고도 모르겠는가? 송 국주는 박황의 말대로 돌이킬 수 없는 강을 건넌 듯 보이네."

"……"

그러자 진광은 아무 말 없이 편복선생을 묶었던 밧줄을 풀어버렸다.

"자네, 왜 그러나?"

편복선생은 영문을 모르고 두 발로 바닥을 디뎠다. 그러자 진광이 차가운 눈매로 편복선생을 응시했다.

편복선생은 자기도 모르게 움찔했다.

진광은 분노하면 진기를 끌어올려 안광을 번뜩이며 노려보는 게 일쑤였는데, 평소의 그답지 않게 냉랭한 눈빛을 하자 어딘가 모르게 섬뜩함이 일었던 것이다.

진광이 나직하게 말했다.

"사람 목숨을 구하는 일에 늦고 빠르고가 어디 있소? 그게 우주삼라만상의 이치를 깨우쳤다는 도사란 작자가 할 말이오?"

"……"

편복선생은 의표를 찔렸는지 말을 삼켰다.

진광이 송현에게 말했다.

"송 국주, 우리가 왔소. 얼른 이곳을 나갑시다."

"……"

송현은 아무 말이 없었다.

다만 그는 일행을 한 명씩 둘러봤다. 그런데 그의 눈빛은 일행을 본다기보다 멍하니 허공을 응시하는 쪽에 가까웠다.

송현이 입을 열었다.

"당신들은 누구요?"

"……!"

일행은 황망했다.

중원무림에서 송현과 같이 변한 자들을 일컫는 말이 있었다.

바로 실혼인(失魂人)이다.

실혼인은 그냥 실성한 자들과 달랐다. 진기의 흐름이 잘못되는 바람에 주화입마에 들어 광인이 된 자들, 기이한 사술에 걸려 혼백을 잃고 강시처럼 술사의 명령에 복종하는 자들을 주로 실혼인이라 불렀다.

일행은 피를 흡수한 송현이 꼭 실혼인 같다는 느낌을 지워버릴 수 없었다.

진광이 초조한 말투로 물었다.

"우리를 모르겠소? 송 국주를 구하러 왔단 말이오."

"본인을 구하러?"

"그렇소!"

그런데 송현의 대답이 이상했다.

"왜 이제야 왔소?"

"뭐요?"

진광이 당황해서 말을 잇지 못하자 유소운이 해명했다.

"송 국주님이 표국의 전 동료들에게 잡혀가고 바로 온 것입니다. 이 흑랑방주에 숨어드는 것만 해도 얼마나 힘들었는지 모릅니다."

하지만 송현의 말은 여전히 이상했다.

"일 년 동안 당신들을 찾아 헤맸소. 왜 이제야 돌아온 것이오?"

그러다가 송현은 일행을 유심히 보더니 말했다.

"당신들은… 본인이 기다리던 자들이 아니군."

"……."

일행은 영문을 몰라서 서로를 쳐다봤다. 그러나 아무도 송현이 무슨 말을 하는 건지 설명할 수 없었다.

진광이 이강에게 말했다.

"송 국주가 무슨 생각을 하고 있는지 알겠냐?"

"…잘 모르겠군."

"정말 모르는 것이냐, 아니면 또 무슨 수작을 부리는 것이냐?"

이강은 두 팔을 활짝 펼쳤다.

"망자들은 생각을 하지 않거든. 십사호 놈은 지금 어떤 생각을 하는 게 아니라 그냥 망자의 욕구대로 말하고 있는 거다."

"……."

"한 가지는 알려줄 수 있다."

"그게 뭐냐?"

"십사호는 네놈들이 자신을 구하러 왔다는 것을 믿지 않는 것 같다. 내가 말했었지? 진광, 네놈이 강호의 정리 운운하지만, 십사호에게는 개소리나 마찬가지라고 말이야, 쿡쿡쿡."

이강은 어깨를 들썩이며 웃음을 흘렸다.

진광은 이강을 노려보다가 다시 송현에게 고개를 돌렸다. 그리고 말했다.

"이럴 때가 아니오. 망자들에게 들키기 전에 이 방주를 떠나야 하오."

송현이 대답했다.

"그럴 수 없소."

"송 국주!"

진광은 답답해서 미칠 것 같았다.

그는 무슨 말을 해야 송현이 정신을 되찾을지 생각하다가 문득 떠오르는 대로 말을 꺼냈다.

"개봉에서 기다리고 있을 당신의 사매는 걱정이 안 되시오?"

"이보게, 진광! 그 말은 하지 말게!"

편복선생이 손사래를 치며 진광을 막았다.

하지만 진광은 이미 말을 모두 해버린 뒤였다.

"…송 국주는 사매를 위해 금분세수까지 하려다가 무림맹의 임무를 맡은 것이 아니었소?"

그 말에 갑자기 송현의 눈빛이 달라졌다.

그는 지금까지 멍한 눈초리를 하던 것과는 달리 평소처럼 싸늘하게 식은 얼굴을 하며 말했다.

"본인은 동료들을 구할 것이오. 그전에는 떠날 수 없소."

진광은 아차 싶었다.

송현은 먼저 무림삼성 진견에게도 사매와 청위표국 중 하나를 선택하라고 강요당하다가 실혼인처럼 정신을 놓아버리지 않았는가?

편복선생은 그것을 깨닫고 진광을 막으려 했으나, 이미 물은 엎질러진 뒤였다.

진광은 자신이 무심코 실수를 하게 되자 오히려 화가 치밀었다.

안 그래도 소림사 십팔나한 중에 가장 성정이 다급하기로 유명한 진광이었다. 흑랑성 잠행 동안에 송현의 냉정한 처사에 자신의 성정을 꾹 누르고 참던 그는 일이 막다른 곳에 부딪치자 이성을 잃고 말았다.

그가 주먹을 들어 보이며 말했다.

"당신의 동료라는 자들은 모두 망자가 됐소! 게다가 놈들은 내 사형을 해쳤소! 그들을 구하겠다고? 어림없는 소리. 내 그들을 다시 만나면 몽땅 요절을 낼 것이오!"

진광의 말에 일행은 아연실색했다.

아니나 다를까, 기분 나쁜 예상은 그대로 들어맞았다.

스릉!

송현이 청연검을 뽑아 든 것이다.

"지금 본인의 동료들을 해치겠다고 했소?"

진광은 이성을 잃고 송현에게 맞섰다.

"그렇다! 당신 동료는 세상천지에 없다! 모두 제 욕망에 굶주린 망자일 뿐이다!"

"그 말, 취소하시오."

"웃기지 마라! 내 손수 그들의 생명을 끊어서 악행을 멈추고 내생에서는 극락왕생하도록 도울 것이다!"

스팟!

청연검이 진광의 목을 노리고 날아들었다.

까앙!

진광은 몸을 회전하며 선장으로 검을 후려쳤다. 동시에 그는 두 손을 뒤집어 선장을 돌리며 송현에게 달려들었다.

"제 발로 가지 않겠다면 때려눕혀서라도 데려가마!"

쉬쉬쉬쉭!

진광이 송현의 사지에 있는 요혈을 향해 선장을 네 번 내질렀다.

시간을 끌면 언제 망자가 들이닥칠지 모르는 일이다. 때문에 송현의 사지를 단숨에 무력화하여 방주를 나갈 작정이었던 것이다.

그런데 송현은 신형을 날려 선장을 피하지도, 청연검으로 초식을 막아내지도 않았다.

우두두둑!

송현의 사지가 뼈마디 어긋나는 소리와 함께 괴이하게 비틀어졌다. 한 몸뚱이에 붙어 있는 팔다리라고는 볼 수 없는 모습이었다.

그러자 진광이 내지른 네 번의 공격은 송현의 요혈을 아슬아슬하게 빗나가고 말았다.

"……!"

진광은 그 동작이 어떤 것인지 알 수 있었다.

인간의 것이라고 볼 수 없는 기이한 몸놀림.

먼저 초류영을 단 일 초식에 제압했으며, 임윤과 곽영이 다툴 때 중간에 끼어들어 둘의 공세를 멈추게 했던 바로 그 동작이었다.

진광은 깜짝 놀라 선장을 되돌리려 했다.

그러나 청연검을 든 송현의 팔은 이미 기이하게 휘어지며 선장의 범위를 비집고 들어오고 있었다.

'당했구나!'

진광은 죽음 직전에 오히려 두 눈을 부릅떴다. 소림의 제자로서 꼴사나운 모습을 보이고 싶지 않았다.

청연검이 진광의 양미간을 파고들 때,

뒤에서 한줄기 검광이 날아들었다.

채앵!

임윤이 원앙쌍검을 날려서 송현의 일검을 막은 것이다.

원앙쌍검은 청연검에 부딪치자 옆으로 튕겨나가 벽에 박혔다.

푹!

검은 벽에 박히고도 멈추지 않고 부르르 진동했다. 청연검에 깃든 진기가 얼마나 강한지 알 수 있는 장면이었다.

그런데 임윤은 손에 든 원앙쌍검의 자루를 돌려서 벽에 박힌 검을 되돌리려 하지 않았다. 그는 멈추지 않고 남은 원앙쌍검을 마저 송현에게 던졌다.

쌔액!

검이 바람을 가르고 송현에게 날아들었다.

진광은 등을 돌린 채로도 임윤의 뜻을 알아차렸다.

피를 흡수하여 내공 수위가 높아졌을 송현에게 반격의 기회를 주었다가는 승리를 기대할 수 없었다. 오직 일격필살만이 송현을 제압할 유일한 길이었다.

"하아압!"

진광은 선장을 풍차처럼 돌리며 송현에게 달려들었다.

부우우웅!

진광의 선장과 임윤이 날린 검이 동시에 송현을 노렸다.

그때 송현의 팔이 다시 한 번 기이하게 늘어났다.

청연검이 선장에게 비스듬히 겹쳐지는가 싶더니 어느새 선장과 같은 방향으로 돌기 시작했다. 순간, 청연검이 전광석화처럼 빠르게 회전했다.

청연검이 선장에 붙은 채로 폭풍우를 맞은 바람개비처럼 미친 듯이 돌아갔다.

피이이잉!

진광은 그 속도를 이기지 못하고 선장을 놓치고 말았다.

송현이 청연검으로 기다란 호선을 그었다. 그러자 선장이 허공에 붕 떠서 회전하며 날아갔다. 공교롭게도 임윤이 날린 검이 선장의 회전 속에 말려들었다.

까까깡!

선장과 검은 서로 뒤엉키더니 멀리 날아가 버렸다.

송현은 단 일검으로 진광과 임윤의 공세를 막아냄과 동시에, 그들의 기병을 없애 빈손으로 만든 것이다.

진광은 놀랍기보다 어이가 없었다.

'저게 피를 흡수한 망자의 위력인가?'

그는 박황의 말을 반신반의하고 있었다. 그러나 막상 눈앞에서 송현의 무위를 목격하자 그의 호들갑이 절대 빈말이 아니었음을 깨달았던 것이다.

진광은 곧 이어질 송현의 공세 때문에 뒤를 돌아볼 수도 없었다. 그는 고개를 돌려 임윤에게 묻고 싶었다.

'이제 어떡하면 좋으냐?'

그때 뒤에서 누군가가 진광의 어깨를 살짝 차며 공중으로 날아올랐다.

그는 뜻밖에도 이강이었다.

진광은 의아했다.

'이강, 네놈이?'

이강이 손에 든 사슬을 크게 휘둘렀다. 사슬은 끝이 살아 있는 뱀처럼 꿈틀대며 송현에게 날아갔다.

진광은 평소 일행에게 도움을 주지 않던 이강이 나서자 속으로 쾌재를 불렀다.

'이강 놈까지 우리를 돕고 있으니 송 국주를 제압하는 것은 시간문제다!'

그는 이강과 협공을 하려고 자세를 잡았다.

그런데 송현이 태연자약하게 왼손을 들어 올리는 것이 아닌가.

사슬이 송현의 어깨뼈를 부수려는 찰나, 그의 손바닥이 반원을 그리며 기이하게 뒤집어졌다. 그러자 뱀처럼 꿈틀거리던 사슬이 속절없이 송현의 손에 틀어잡히고 말았다.

콱!

생사의 위기에 처해도 용기를 잃지 않는 진광마저 그 광경에 아연실색했다.

중원무림의 사대마인으로 악명 높은 이강. 그가 진기를 실어 출수한 사슬의 위력이 어느 정도일지는 상상하기 힘들었다.

한데 송현은 그 사슬을 평범한 밧줄 쥐듯 틀어잡았으니…….

그런데 이상했다.

공세가 단숨에 파해된 이강이 뜻밖에도 실소하는 것이었다.

"흐흐흐, 망자 놈은 생각이 없는 게 약점이라니까."

진광은 무슨 영문인지 알 수 없었다.

이강이 사슬 끝을 가리키며 말했다.

"아직도 모르겠냐? 하긴, 네놈도 머리를 못 쓰는 건 마찬가지긴 하지."

"뭐라?"

진광은 사슬을 바라보다가 다시 한 번 놀랐다.

사슬의 끝에 부적 한 장이 묶여 있는 것이 아닌가?

이강이 편복선생 쪽으로 고개를 돌렸다.

"부적의 효력을 믿어도 되겠지?"

"물론이네. 내 부적은 천하 그 무엇과도 바꿀 수 없네."

진광과 임윤이 송현과 대적할 때 이강은 편복선생에게 부적을 빌려 사슬 끝에 묶어서 송현을 공격했다. 또한 그는 일부러 사슬에 진기를 적당하게 실어 송현이 쉽게 잡을 수 있도록 했던 것이다.

그리고 이강이 사슬에 묶은 것은 바로 망자에게 붙으면 절대로 떨어지지 않는다는 부적이었다.

"……!"

진광은 그 사실을 깨닫고 크게 감탄했다.

송현은 부적이 어떤 것인지는 모르나 상황이 잘못됐다는 것을 짐작한 것 같았다.

그는 팔을 크게 흔들어 사슬을 떨궈 버리려 했다. 하지만 그의 손바닥은 사슬에 묶인 부적에 붙어 떨어지지 않았다.

송현은 사슬이 손바닥에서 떨어지지 않는 것을 깨닫고는 아예 세차게 잡아당겼다. 사슬 반대쪽을 잡고 있는 이강을 끌어당기려는 의도였다.

그러나 이강이 한 수 위였다.

그는 사슬을 그냥 놓아버렸다.

촤르르르!

팽팽하게 당겨지던 사슬은 이강이 손을 놓자 송현에게 날아갔다. 그 바람에 송현은 균형을 잃고 세 걸음을 뒤로 물러서야 했다.

순간, 사슬이 송현의 몸을 가로질러 뒤로 돌아갔다. 사슬은 멈추지 않고 송현의 몸 주위를 빙글빙글 세 바퀴를 돌았다.

이강이 사슬을 그냥 놓지 않고 진기를 실어서 튕겨냈기 때문이다.

그의 계책은 그것으로 끝이 아니었다.

그는 편복선생에게 부적을 두 장 받았다. 그리고 사슬의 양쪽 끝에 한 장씩 묶어두었던 것이다.

사슬이 송현의 몸을 세 번 돌자 그의 양팔이 자연히 사슬에 포박되었다. 그런 뒤에야 사슬은 그의 가슴팍에 부딪치며 멈췄다.

철그르륵!

송현은 몸부림을 치며 사슬을 풀려고 했다.

그러나 송현은 사슬에 묶인 부적 한 장을 손에 쥐고 있는데다 나머지 한 장은 반대쪽 끝에 묶인 채 그의 가슴팍에 붙어버렸다. 결국 그는 속절없이 사슬에 묶여 꼼짝 못하게 포박당한 셈이 된 것이다.

송현은 잠시 그렇게 몸부림을 쳤다. 하지만 사슬이 풀리지 않자 조금씩 잠잠해졌다.

그러다가 그는 먼저처럼 멍한 얼굴이 되어 허공을 바라보는 것이었다.

마치 다시 실혼인이 되어버린 것 같은 모습이었다.

일행은 그제야 안도했다.

진광이 이강에게 말했다.

"…고맙다."

이강이 냉소하며 답했다.

"네놈을 도울 생각은 없었으니 인사는 필요없다. 십사호를 구하는 것을 돕겠다고 했지? 난 약조를 지켰을 뿐이다. 나한테 빚이 있다는 거나 잊지 말아라."

"……"

"그 대단한 부적을 만들어서 고작 한다는 게 십사호를 잡는 일이라니, 강호의 앞일은 정말 예측하기 힘들단 말야? 안 그런가, 편복선생? 후후후."

이강이 비아냥대며 웃자 진광은 잠시나마 그에게 고마워하던 마음이 금세 사라져 버렸다.

하지만 그의 말을 부인할 수 없었다.

망자를 제압하기 위해 만든 부적. 그런데 그 부적을 처음 사용한 목표가 하필이면 송현이 되어버린 것이다.

일행은 힘이 빠졌다.

다들 침음하고 있자 이강이 말했다.

"뭣들 하냐? 십사호을 구했으니 얼른 도망쳐야지? 음, 구한 것이 아니라 붙잡은 건가?"

"……."

일행은 이강의 비웃음에 반박할 기운도 없었다.

수장인 송현을 구하기 위해 망자로 가득 차 있을 흑랑방주에 잠행했다. 그런데 천신만고 끝에 찾아낸 송현이 지하 도시의 망자처럼 점점 실혼인이 되어가고 있으니……

진광이 송현에게 다가갔다. 그리고 그를 번쩍 들어 어깨에 멨다.

진광은 차라리 송현이 반항이라도 했으면 싶었다.

그러나 송현은 정말 실혼인이 되었는지 멍한 얼굴로 가만히 있었다.

박황이 말했다.

"그자를 꼭 데리고 가야겠소? 이미 완전히 정신 나간 망자가 된 듯한데 말이오."

"네놈을 놔두고 갈까?"

"아, 아니오."

진광이 차갑게 응수하자 박황은 입을 다물었다.

진광은 참담했다.

그는 생각했다.

'사형이 입적하실 때 송 국주를 보고 악인이 아니라고 하셨다. 사형의 유언이 거짓일 리 없다. 송 국주는 지금은 피를 흡수해서인지 정신을 못 차리고 있으나 곧 예전처럼 돌아올 것이다. 아니, 반드시 돌아와야 한다.'

그는 사형의 말을 떠올리며 마음을 다잡았다.

하지만 정말 송현이 정신을 되찾을지 확실할 수 없었다.

진광은 송현을 둘러메고서 문으로 향했다.

"모두 이곳을 뜨자."

그런데 편복선생이 검지로 자신을 가리키는 것이 아닌가?

그의 뜻을 알아차린 진광은 양미간을 구겼다.

밖의 복도에는 경비병들이 돌아다니고 있을 것이 뻔하다. 그들을 피하기 위해서는 편복선생의 박쥐 술법이 필요한데, 진광이 송현을 매고 있으니 편복선생은 누가 맡아야 할지 고민에 빠진 것이었다.

임윤은 자칫하다 상처가 다시 터질지 몰랐고, 유소운은 송현이나 편복선생을 책임지기에는 체구가 작았다.

진광은 이강을 바라봤다.

이강이 그의 시선을 느꼈는지 말했다.

"두 눈 잃은 소경한테 짐짝까지 맡기려는 거냐?"

"……."

그때 진광의 고민을 덜어주는 일이 터졌다.

갑자기 문이 벌컥 열리더니 경비병 하나가 방에 들어온 것이다.

일행은 움찔하며 경비병을 쳐다봤다.

만약 송현이 제정신이었다면 망설임없이 일검에 경비병의 목을 베었을 것이다.

하지만 생각지도 못한 일이 터지자 일행은 순간 당황하여 누가 먼저 나서야 할지 모르고 멈칫거렸다.

경비병이 붉게 충혈된 눈으로 일행을 바라봤다.

유소운이 용기를 내어 말했다.

"역시 그렇군요. 부적 때문에 우리를 알아보지 못하는 모양입니다."

일행도 그의 말에 고개를 끄덕였다.

도시에 있던 망자처럼 경비병도 일행의 존재를 눈치채지 못한다면 큰 짐이 줄어든 셈이다. 그러면 청위표국의 표사들과 멸천대만 조심하면 되는 일.

일행은 서로를 보며 고개를 끄덕였다.

임윤이 먼저 경비병에게 다가갔다.

그는 여차하면 날리기 위해 검을 굳게 움켜잡았다. 하지만 경비병은 임윤을 멀뚱멀뚱 쳐다볼 뿐, 이렇다 할 반응을 보이지 않았다.

임윤이 경비병의 옆을 돌아 방을 나가는 데 성공했다.

일행은 편복선생의 부적이 더욱 믿음이 갔다.

계속해서 이강, 유소운, 편복선생이 차례로 경비병의 옆을 지나 방을 나왔다.

특히 편복선생은 경비병에게 바싹 다가가서 그의 면면을 자세히 살피는 것이었다.

유소운이 물었다.

"왜 그러십니까?"

"피를 흡수한 망자가 무엇이 달라지는지 살펴봤네. 한데 겉으로 봐서 얼굴이 붉어지는 것 말고는 차이점을 아직 모르겠군."

"선생님, 정말 대단하십니다."

유소운은 그 와중에도 망자의 비밀을 공부하는 편복선생에게 혀를 내둘렀다.

마지막으로 진광이 경비병을 지나쳤다.

일행이 모두 방을 나왔는데도 경비병은 여전히 멀뚱한 얼굴로 방을 들여다보고 있었다.

임윤이 말했다.

"걱정거리가 하나 줄었군."

편복선생이 수염을 쓰다듬으며 말했다.

"내 부적이 도시의 망자는 물론, 경비병들까지 속여 넘길 줄은 몰랐네. 사정이 이러니 굳이 박쥐로 혼백을 옮겨서 길을 안내할 필요는 없겠군."

일행은 뜻하지 못한 성과에 사기가 올랐다.

그때였다.

경비병이 고개를 돌려 일행을 노려보는 것이 아닌가. 그는 특히 진광이 둘러메고 있는 송현을 유심히 살폈다.

일행은 일이 틀어졌다는 것을 직감했다.

경비병이 보기에 일행은 망자를 사슬로 포박하여 납치하고 있는 불청객일 것이 뻔한 일.

아니나 다를까, 경비병의 얼굴이 조금씩 일그러지더니 금세 성난 맹수처럼 돌변했다.

"키에에에엑!"

그가 일행을 가리키며 입이 찢어져라 괴성을 질렀다.

"제길!"

진광이 욕지거리를 내뱉으며 경비병을 처치하려 했다.

그러나 임윤이 그의 어깨를 잡았다.

"이미 늦었다. 그냥 가자."

"……."

일행은 몸을 돌리고 복도를 달리기 시작했다.

그런데 경비병의 괴성이 갑자기 뚝 끊겼다.

진광은 궁금함을 참지 못하고 뒤를 돌아보다가 깜짝 놀라고 말았다.

방금까지만 해도 십 장 넘게 떨어진 방 앞에서 괴성을 지르던 망자가 어느새 진광의 바로 등 뒤에서 쫓아오고 있는 것이 아닌가.

진광은 선장을 뒤로 후려쳤다.

하지만 경비병은 검으로 간단하게 선장을 쳐냈다.

까앙!

"……!"

진광은 하마터면 선장을 놓칠 뻔했다. 선장을 쥐고 있는 손아귀가 찢어질 듯이 아팠다.

경비병의 내공 수위는 결코 우습게 볼 만한 것이 아니었다. 어쩌면 자신보다 높을지도 모른다는 생각이 들었다.

진광은 그 사실을 인정할 수 없었다.

그는 분노하여 소리쳤다.

"감히 산송장 따위가 소림의 제자를 넘보는 것이냐?"

하지만 진광은 호기로운 말과는 달리 경비병에게 등을 보이며 도망쳤다.

경비병이 검을 높이 치켜들어 그의 등을 가르려 했다.

진광은 뒤를 흘깃 보며 쾌재를 불렀다. 등을 보인 것은 그의 노림수였던 것이다.

"너무 짧다!"

진광이 공중에서 몸을 회전하며 선장을 찔렀다. 긴 선장이 짧은 검보다 먼저 상대에게 적중했다.

선장이 경비병의 양미간을 강타했다.

와지직!

목뼈가 박살나는 소리가 들리며 경비병의 머리가 선장에 맞아 뒤로 넘어갔다.

하지만 경비병은 두 손으로 머리를 잡더니 곧추 세웠다. 그러자 그의 목은 언제 부러졌냐는 양 원래대로 돌아오는 것이었다.

계속해서 경비병이 허리를 굽혀서 몸을 낮췄다. 그리고 발을 뻗어 세차게 바닥을 박찼다.

텅!

경비병의 신형이 화살처럼 앞으로 튕겨 나갔다. 그러자 그는 십 장 넘게 떨어진 거리를 건너뛰면서 순식간에 진광의 등 뒤로 다시 날아들었다.

진광은 난감했다.

송현을 어깨에 둘러메고 있는 터라 두 손이 자유롭지 못한 상황이다. 한데 혈선충의 심맥을 정확히 베지 못하면 죽지 않는 망자가 피까지 흡수하여 내공 수위를 높이고 추격해 오고 있는 것이다.

선두에 있던 임윤이 진광의 난처함을 알아차리고 달려왔다.

"피해라!"

진광은 허리를 숙이면서 앞으로 미끄러졌다. 동시에 임윤이 식칼을 날렸다. 식칼은 진광의 머리를 아슬아슬하게 스치면서 뒤에 있는 경비병에게 날아갔다.

퍽!

경비병의 이마가 식칼을 맞아 수박처럼 반으로 쪼개지며 두개골 틈으로 질척한 뇌수가 흘러내렸다.

임윤은 사슬을 잡아당겨 식칼을 회수했다. 진광은 고맙다는 뜻으로 고개를 끄덕였다.

그런데 이마가 갈라졌는 데도 불구하고 경비병은 아직 쓰러지지 않았다.

진광과 임윤은 설마 하는 심정으로 그를 쳐다봤다.

불길한 예상은 항상 들어맞는 법.

경비병은 두 손을 들더니 반으로 쪼개진 이마를 다시 닫아버렸다.

덜컥!

이마에는 여전히 뇌수가 흐르고 있었으나, 경비병은 두 눈알을 희번덕거리며 진광과 임윤을 노려봤다.

임윤이 기막힌 얼굴로 말했다.

"화타가 되살아나기라도 했나? 저놈 손은 못 고치는 게 없나 보군."

그는 경비병이 쓰러지지 않자 화가 났는지 아예 끝장을 내려는 심산으로 한 걸음 다가갔다.

진광이 임윤의 앞을 막아섰다.

"저놈은 내가 박살을 내겠다. 넌 송 국주나 맡고 있어라."

"그렇게는 못하지. 놈은 내 몫이야."

둘은 때 아닌 실랑이를 벌였다.

그때였다.

복도 멀리의 모퉁이에서 십여 명이 넘는 경비병이 돌아 나왔다. 앞서 동료의 괴성을 듣고 침입자를 잡기 위해 몰려온 것이었다.

진광과 임윤은 아차 싶었다.

"……."

둘은 조용히 몸을 돌린 다음 미친 듯이 달아났다.

"키에에엑!"

경비병들이 일제히 괴성을 지르더니 일행을 추격했다.

무림인인 진광과 임윤은 유소운과 편복선생을 금세 따라잡았다.

그런데 유소운이 갑자기 자리에 멈춰 서더니 몸을 돌리는 것이었다.

다시 보니 그는 화살 한 대를 시위에 올리고 있었다.

진광이 소리쳤다.

"소용없다! 그냥 도망쳐라!"

유소운은 그의 말을 못 들었는지 활을 밑으로 향했다. 그리고 무언가 문장을 읊으며 활을 겨냥했다.

선두에 선 경비병이 먼저처럼 바닥을 차려고 발을 높이 치켜들었다.

진광은 경악했다.

경비병이 발을 굴러 십 장 너비를 건너뛰면 설령 화살이 명중하더라도 유소운의 코앞으로 날아들 것이 뻔했다.

"이런 멍청한 자식!"

다급해진 진광은 몸을 돌려 유소운을 잡아채려 했다.

그때 유소운이 시위를 놓았다.

피잉!

화살이 날아가는 순간, 진광은 무언가를 목격했다.

화살촉에 부적 한 장이 묶여 있는 것이었다.

퍽!

화살이 경비병이 발을 구르려는 바닥에 한 치의 오차도 없이 명중했다.
 경비병의 발이 부적을 밟았다. 그러나 그는 아무것도 알아채지 못한 채 그대로 몸을 날렸다.
 발은 바닥에서 떨어지지 않는데 그대로 몸을 날렸으니, 결국 경비병은 자신의 힘을 이기지 못하고 나뒹굴었다.
 콰직!
 발목뼈가 박살나며 살을 찢고 밖으로 튀어나왔다.
 선두를 달리던 자가 갑자기 쓰러지자 바로 뒤에 따라오던 경비병들이 좁은 복도에서 서로 뒤엉켜서 줄줄이 넘어졌다.
 진광은 통쾌했다.
 "잘했다!"
 한데 유소운은 몸을 돌리지 않고 두 번째 화살을 꺼내 들었다.
 "이제 됐으니 그만 가자!"
 "아닙니다."
 뜻밖에도 유소운이 진광의 말에 반대하며 단호하게 고개를 저었다. 그가 뒤로 손을 내밀며 말했다.
 "아직입니까?"
 진광이 고개를 돌리자 편복선생이 자신의 손가락을 벤 다음 흐르는 피로 부적에다 정(正) 자를 쓰고 있는 것이 아닌가?
 진광은 한심했다.
 '진작 써놓지 그랬나!'
 편복선생은 글자를 다 쓰자 그는 손가락을 움켜쥐며 부적을 건넸다.

"여기 있네."

유소운은 부적을 받아 화살촉에 묶었다.

어느새 발목이 부러졌던 경비병이 다시 몸을 일으키고 있었다. 그는 검을 들어 자신의 발목을 잘라 버렸다.

뎅겅.

그런 다음 비틀거리면서 복도를 걸어왔다.

그때 유소운의 화살이 그의 양미간을 꿰뚫었다.

푹!

경비병이 충격을 받았는지 전신을 부르르 떨었다.

하지만 목뼈가 부러지고, 이마가 갈라지고, 발목이 박살나도 끄떡없던 만큼, 경비병은 머리를 두어 번 좌우로 흔들어 정신을 차리더니 다시 일행을 쫓아오는 것이었다.

진광은 고개를 절레절레 흔들었다.

"쇠심줄보다 더 질긴 놈들이군."

"이제 가요!"

유소운이 진광을 잡아끌었다. 그들은 다시 복도를 달렸다.

편복선생이 달리면서 손가락을 하나씩 접으며 수를 셌다.

"하나, 둘, 셋, 넷, 다섯……"

하지만 아무 일도 일어나지 않았다.

진광이 물었다.

"망자가 폭발하는 부적이 아니었소?"

편복선생이 고개를 갸웃했다.

"나도 그게 이상하네. 터질 때가 되었는데?"

"부적이 잘못된 거 아니오? 그러기에 그놈의 정 자인지 뭔지 미리 좀 써놓지 그랬소!"

"미리 써놨다가 시간 조절이 필요한 때가 생기면 어찌하려고 그러는가?"

"웃기는 소리! 터지지도 않는 부적 갖고서 시간 조절을 해봤자 무슨 소용이 있소?"

진광이 역정을 낼 때였다.

퍼엉!

경비병이 묵직한 굉음을 내며 폭발했다.

선혈과 살점이 사방에 튀어 복도가 금세 시뻘겋게 변했다.

경비병들은 앞서 가던 동료가 갑자기 폭발하여 핏물로 변해 버리자 멈칫거렸다. 하지만 그들은 곧 다시 일행을 노려보며 복도를 달리기 시작했다.

그들 중 하나가 동료가 폭발하여 생긴 피 웅덩이를 지나갈 때, 핏물을 밟은 발이 희뿌연 연기를 내며 타들어갔다.

치지지직!

핏물을 밟은 경비병은 고통을 느끼지 못하는지 걸음을 멈추지 않았다. 하지만 독혈(毒血)이 발가락을 모두 녹여 버리고 발목까지 올라오자 더는 걷지 못하고 바닥에 쓰러져 뒹굴었다.

독혈이 묻은 그의 전신이 타들어갔다.

"꾸웨에엑!"

경비병은 그제야 비명을 질렀다. 그는 금세 먼저 동료처럼 둥그런 피 웅덩이 하나를 만들고는 사라져 버렸다.

동료 둘이 독혈이 되자 경비병들은 자리에 멈춰 섰다.

독혈은 방주의 두터운 바닥을 녹이며 타들어갔다. 바닥에 크기가 일 장 가까이 되는 커다란 구멍을 내고서야 독혈은 효력을 다했는지 말라 버렸다.

하지만 경비병들은 생존 본능이 발동했는지 멍청하게 선 채로 동료가 사라진 곳을 그저 바라보고 있었다.

일행은 부적의 엄청난 위력에 혀를 내둘렀다.

이때쯤이면 자화자찬을 할 편복선생도 예상하지 못한 결과에 침음할 뿐이었다.

임윤이 말했다.

"위력이 쓸데없이 대단하군."

박황이 그 말을 칭찬으로 착각하고 말했다.

"이제 알겠소? 나는 망자를 만들었으나 망자를 통제하는 방법 또한 마련해 두었소. 모두 나에게 감사해하시오."

일행은 그의 말이 귀에 거슬렸다.

진광이 말했다.

"아무래도 재갈을 물려야겠군."

그때 편복선생이 조용히 임윤에게 다가가서 부적을 건넸다. 임윤이 영문을 몰라 하며 그를 바라보자, 편복선생은 천천히 검지를 입가에 가져갔다.

임윤은 씨익, 미소를 지으며 혁낭을 열었다. 그리고 박황의 머리칼을 잡고 혁낭에서 꺼낸 다음 다짜고짜 부적을 입에 붙여 버렸다.

편복선생이 건넨 것은 다름 아니라 망자에게 붙으면 떨어지지 않는 부적이었다.

"……!"

길쭉한 부적이 입을 가로로 막아서 들러붙자 박황은 숨소리도 내지 못했다.

임윤이 말했다.

"망자를 통제하는 방법을 마련해 두었다더니, 네놈 말이 사실이었군."

일행은 실소했다.

그들은 아직까지 정신을 차리지 못한 경비병들을 뒤로하고서 계단을 올라가 방주의 갑판으로 향했다.

그러나 진광 일행이 미처 알지 못한 사실이 있었다.

일행이 송현을 찾았을 때, 창고 구석의 그림자 속에서 그들을 바라보는 두 개의 눈동자가 있었다.

눈동자의 주인은 사람도, 망자도 아니었다.

짙은 회색빛 털이 난 짐승. 그것은 바로 청위표국의 표사들이 길들인 뒤 척후의 용도로 쓰는 흑서(黑鼠)였다.

흑서는 작은 콧구멍을 벌름거리며 연신 냄새를 맡았다.

일행이 송현을 제압하고 방을 나서자 흑서는 창고 구석에 난 구멍으로 들어갔다.

흑서는 층간에 있는 틈새를 달렸다.

이윽고 목적지에 도착한 흑서는 밖으로 난 구멍을 빠져나갔다.

그곳에는 일련의 망자들이 흑서를 기다리고 있었다. 바로 청위표국의 표사들과 제갈명이었다.

표사들의 조장인 강평이 손을 내밀자 흑서가 그 위로 올라갔다.

강평이 흑서를 살핀 다음 말했다.

"놈들이 송현을 데려갔군."

제갈명이 답했다.

"이미 예상한 바요."

"놈들이 쾌속선을 타고 흑랑성을 빠져나올 것은 짐작했다. 하나 방주까지 숨어들 줄은 솔직히 몰랐는걸. 송현 놈도 없는데 제법이군."

"어차피 놈들의 일거수일투족은 내 비결이 모두 예견한 일이오."

제갈명이 품에서 무언가를 꺼냈다.

그것은 손바닥에 쏙 들어길 만큼 작은 참새였다.

제갈명은 참새의 머리를 손가락으로 쓰다듬었다. 참새가 기분이 좋아져서 그의 손에 고개를 기댈 때였다.

우드득.

그는 참새의 머리를 비틀어서 분질렀다. 그런 다음 엄지의 손톱으로 참새의 목을 땄다. 그의 손톱은 마치 검날처럼 길고 날카로워 연약한 참새의 살가죽은 쉽게 벗겨졌다.

뚝뚝뚝.

핏방울이 바닥에 떨어졌다.

제갈명은 바닥에 그려진 핏방울의 모양을 유심히 살폈다. 그러다가 고개를 한 번 갸웃하더니 말했다.

"이상하군. 놈들은 제 발로 범굴로 뛰어들 것이오."

"그걸 몰라서 말하냐? 놈들이 이미 방주에 올라왔으니 범굴에 들어온 셈이 아니냐?"

제갈명이 고개를 저었다.

"그게 아니오. 비결에 놈들은 방주를 한 번 떠났다가 다시 되돌아올 것이라고 나와 있소."

"뭐라고?"

강평과 표사들이 서로를 쳐다봤다.

"감히 흑랑방주에 두 번이나 숨어든다고? 놈들은 간을 배 밖에 내놓기라도 했나?"

그들은 실소했다.

"어이가 없군. 제 놈 맘대로 들락날락한다니, 흑랑방주가 무슨 기방이라도 된다는 말이냐? 흐흐흐."

제갈명이 양미간을 구기며 반박했다.

"내 비결은 분명 그렇게 말하고 있소."

"하! 그럼 네놈들 창천육조의 비결도 미리 봐두지 그랬냐? 그럼 송현 놈에게 일패도지하여 전멸하지 않았어도 되지 않았냐?"

"하하하하!"

강평이 제갈명을 비꼬자 표사들이 웃음을 터뜨렸다.

제갈명은 입술을 깨물며 분을 삼킬 뿐, 더는 반박하지 못했다.

강평이 말했다.

"어쨌든 좋다. 아직 피를 덜 빨았으니, 네놈의 비결을 믿어 보도록 하지."

그가 표사 하나에게 명했다.

"놈들이 방주에서 떠나는 것을 막지 말도록 해라."

"예."

표사는 명을 받고 방을 나갔다.

강평이 표사들을 보며 말했다.

"놈들이 방주에 다시 오르면 끝장을 낸다."

"재미있겠군요."

제갈명이 양미간을 구기며 끼어들었다.

"놈들을 얕보지 마시오. 내 비결은 놈들이 흑랑방주에 다시 오를 것이라고 했지, 놈들이 숨어든다고 하지는 않았소. 혹 놈들이 어떤 심계를 꾸미고 온다면 어떻게 상대할 것이오?"

그는 송현의 심계에 창천육조가 당한 것을 심중에서 지우지 못하고 있었다.

그러자 강평이 미소를 지우더니 냉랭한 목소리로 말하는 것이었다.

"네놈이나 잘해라. 놈들의 수법은 이미 꿰뚫고 있으니까."

*   *   *

　일행은 계단을 올라와서 갑판을 달렸다.
　먼저 타고 왔던 쾌속선이 밧줄에 매달려 방주 뒷 켠에서 따라오고 있었다.
　진광이 소리쳤다.
　"뛰어내려라!"
　경비병들이 언제 등 뒤로 따라올지 몰랐다. 진광은 송현을 둘러멘 채로 쾌속선을 향해 몸을 날렸다.
　터엉! 출렁!
　그가 방주에서 뛰어내려 착지하자 쾌속선이 요동을 치며 파도를 일으켰다. 이어서 다른 일행도 하나씩 쾌속선에 내려왔다. 무림인이 아닌 편복선생은 임윤이 옆구리를 잡고 함께 뛰어내렸다.
　임윤이 식칼로 방주와 연결된 밧줄을 잘랐다.
　밧줄이 끊어지자 쾌속선은 강물의 흐름을 타고 방주를 앞서 나갔다.
　임윤이 키를 왼쪽으로 틀자 쾌속선이 비스듬히 옆을 향했다. 쾌속선은 조금씩 방주와 멀어졌다.
　그제야 경비병들이 갑판으로 올라왔다.
　그들은 멍청한 얼굴로 방주에서 멀어져 가는 일행을 바라볼 뿐이었다.

이강이 말했다.
"닭 쫓던 개가 지붕 쳐다보는 꼴이군."
그의 말은 항상 일행의 눈살을 찌푸리게 하는 것이었으나, 이번만큼은 속을 시원하게 긁어주었다.
그런데 편복선생이 방주에서 눈을 떼지 않으며 중얼거렸다.
"이상하군."
유소운이 물었다.
"네? 무엇이 말입니까?"
"일이 너무 쉽게 풀리는 것 같지 않은가?"
"운이 좋았긴 하지만, 흑랑방주 잠행이 그리 쉽지만은 않았잖습니까?"
"아니야. 무언가 이상하네."
편복선생은 품에서 점통을 꺼냈다. 그는 점통을 빙글빙글 돌리다가 점봉을 하나 꺼내고서 유심히 들여다봤다.
일행은 그의 술법은 인정하나 점괘는 신뢰하지 않았다. 하지만 그가 무슨 말을 할지 궁금했다.
그런데 편복선생이 양미간을 구기며 중얼거리는 것이었다.
"거자필반(去者必返)?"
유소운이 말했다.
"떠난 사람은 반드시 돌아온다는 뜻이군요. 한데 무슨 점괘가 그런가요?"
"자네는 이게 정말 무슨 뜻인지 모르겠나?"
"……"

"지금 우리가 방주에서 떠나고 있지 않은가? 하지만 거자필반이니, 우리가 다시 저 방주로 돌아가게 될 거라는 말이 아니고 무엇이겠는가?"

"예? 그게 정말입니까?"

유소운이 깜짝 놀라며 말했다.

"간신히 도망쳤는데 다시 흑랑방주로 되돌아간다고요? 설마 그럴 리가요?"

편복선생이 고개를 저었다.

"아니네. 점괘가 그리 나온 이상 반드시 그렇게 될 걸세."

둘의 얘기를 듣던 임윤이 피식, 실소했다.

"걱정 마라. 어떤 놈이 미쳤다고 다시 저기로 돌아갈 생각을 하겠냐?"

그러자 편복선생이 심통을 부렸다.

"감히 나보고 미쳤다고 하는 것인가?"

"그런 건 아니오. 단지 선생의 점괘가 너무 이상하지 않소?"

"내 술법을 봤으면서 왜 점괘는 그리 믿지 못하는가?"

"믿을 만해야 믿지."

"흥!"

편복선생은 팔짱을 끼며 고개를 돌렸다.

그때 편복선생의 걱정을 확인시켜 주는 일이 벌어졌다.

쿠구구구!

흑랑방주가 서서히 방향을 틀기 시작한 것이다.

일행은 설마 하는 심정으로 방주를 바라봤다. 그러나 일행의 기대를 비웃기라도 하듯, 방주는 일행이 탄 쾌속선과 일직선을 이루더니 더는 방향을 바꾸지 않았다.

일행을 추격하고 있는 것이었다.

유소운이 편복선생에게 물었다.

"만약에 말입니다. 방주에 다시 오르지 않으면 어떻게 됩니까?"

"우주삼라만상의 이치를 거역할 수는 없네."

"그래도, 우리가 그냥 도망칠 수도 있지 않습니까?"

편복선생이 잠깐 뜸을 들이다가 답했다.

"방주에 다시 오르지 않으면 모두 죽을 걸세."

"……"

유소운은 자기도 모르게 침을 꿀꺽 삼켰다.

강은 황하에 가까워지는지 점점 폭이 넓어졌다.

하지만 바람도 불지 않고 배에 노도 없는지라 강물의 흐름에 따라 흘러갈 뿐, 다른 방법이 없었다.

때문에 일행이 탄 쾌속선은 흑랑방주와 거리를 벌리지도 못했지만 동시에 따라잡히지도 않았다.

임윤이 말했다.

"중원 천하를 집어삼키겠다는 놈들이 왜 우리 몇 명을 잡지 못해 저 난리지?"

"……"

그러나 일행은 이미 대답을 알고 있었다.

그들의 시선이 송현에게 향했다.

진광은 배에 오르자 송현을 한 켠에 내려놓았었다.

하지만 송현은 선미에 서서 여전히 멍하니 허공을 바라볼 뿐, 정신을 차리지 못하고 있었다.

편복선생이 말했다.

"저들이 노리는 것이 송 국주 말고도 하나 더 있네."

그는 품속에서 흑랑비서를 꺼내 들었다.

일행은 잠시 잊고 있었던 흑랑비서의 존재를 깨닫고는 침음했다.

살아나온 자가 없다는 흑랑성에서 탈출했다. 또한 멸천대가 있을 흑랑방주에 들어가 송현을 데리고 무사히 빠져나오는 데 성공했다.

그러나 흑랑성의 망자에게서 완전히 벗어났다고 할 수 있을까?

대답은 부정적이었다.

유소운이 말했다.

"이 악몽이 언제쯤 끝날까요?"

"……"

아무도 그 물음에 답하지 못했다.

쾌속선은 여전히 물살을 가르며 하류로 향했다.

감숙의 공동산 근처를 흐르는 황하의 지류.

그곳에 한 부두가 있었다.

부두는 정박해 있는 배가 몇 척 안 될 정도로 작은 크기였다. 중원의 끝에 위치하여 배의 왕래가 적은 만큼, 부두 역시 크지 않았다.

그 부두의 옆에 대영루(大永樓)라는 객잔이 있었다.

대영루는 자주 개보수를 거듭했는지 겉모습은 일견 허름해 보였다. 그러나 그 안에는 상당수의 방이 있으며, 이삼층은 각각 주루와 기루를 겸하고 있었다.

중원의 끝자락에서는 보기 드문 대형 객잔이었다.

또한 대영루는 바로 옆에 황하의 지류가 흐르고 있었다.

주루에 자리하면 주변 경치가 한눈에 들어왔으며, 옆에 강물까지 흐르고 있으니 제법 운치가 있다고 할 수 있었다.

작은 부두에 비하면 비정상적으로 큰 객잔이 아닐 수 없었다.

그런데 대영루는 중원의 객잔과 다른 점이 있었다.

대영루의 점소이들은 제각기 허리춤에 청룡도를 차고 있었다. 객잔이나 부두에서 문제가 생기면 그들이 청룡도를 들고 점소이에서 무사로 변하여 사태를 수습하는 것이다.

때문에 대영루는 그냥 객잔이 아니라 실질적으로 부두를 지배하고 있는 방파와 같았다.

송현 일행의 쾌속선이 부두에 도착했다.

그들은 배에서 내려 지상에 발을 디뎠다.

유소운이 말했다.

"이틀 만에 처음으로 밟아보는 땅이군요."

흑랑성의 지하도 엄연히 땅인만큼 유소운의 말은 논리에 어굿난 것이었으나, 일행은 그 말에 공감했다.

하지만 기뻐하는 것도 잠시, 그들은 배를 대충 정박한 뒤에 서둘러 자리를 떴다.

자욱하게 안개가 끼어 십 장 앞이 안 보이는 강물 위.

그곳에서 흑랑방주가 언제 안개를 뚫고 나타날지 몰랐기 때문이다.

일단 송현부터 처리하는 것이 급선무였다.

방주에서 진광이 송현을 둘러메고 지나가자 경비병이 괴성을 지르며 반응을 보였지 않은가.

편복선생의 부적을 지녀서 경비병들은 일행을 산 자로 느낄 수 없었다. 하지만 그들의 눈에 이상한 모습, 망자인 송현을 납치하는 듯한 행동을 보인다면 또다시 발각되는 것은 시간문제로 보였다.

게다가 송현은 망자가 된 청위표국의 전 동료들과 같은 복색을 하고 있지 않은가.

때문에 송현을 묶어놓은 사슬과 부적을 풀어준다 하더라도 경비병은 속일 수 있지만 청위표국 표사나 멸천대에게는 단박에 들킬 것이 뻔했다.

일행은 부두에 있는 좁은 골목으로 들어갔다.

골목에는 상인들이 늘어앉아서 좌판을 벌이고 있었다.

그러나 진광이 송현을 둘러메고 황급히 골목을 지나가도 신경 쓰는 이는 아무도 없었다. 상인들은 일행에게 잠깐 눈길을 던지다가 금세 고개를 돌리는 것이었다.

유소운이 말했다.
"아무도 우리를 신경 쓰지 않는군요?"
임윤이 답했다.
"무림인에게 괜한 참견을 했다가 손해를 보기 싫어서지. 금전 손해가 문제가 아니라 목이 달아날지도 모르거든."
"그렇군요."
이강이 냉소하며 덧붙였다.
"그게 바로 강호란 곳이지."
일행은 혹시 송현의 정체를 숨길 만한 것이 있을지 몰라 좌판을 살폈다. 그러나 작은 부두의 골목이라 그런지 의복을 파는 상인은 없었다.
진광은 생각했다.
'이게 다 내가 미숙해서다.'
먼저 쾌속선에서 진광은 임윤에게 쟁자수 다섯 명의 목을 베도록 명했다. 진광, 임윤, 이강, 유소운, 편복선생. 다섯 명이 그들의 흑건과 흑의를 바꿔 입기 위해서였다.
한데 지금 와서 다시 생각해 보니, 일행은 송현까지 여섯 명이지 않은가?
애초에 흑랑방주에 숨어든 것은 송현을 구하기 위해서였다. 그러니 쟁자수 한 명을 더 처리해서 의복을 챙겨놓았으면 되는 일이었다.
진광은 미처 그 생각을 못한 자신을 책망했다.
'나는 아무래도 부족하다. 역시 송 국주가 있어야 된다.'

하지만 송현은 여전히 실혼인을 못 벗어나고 있었다. 그는 진광의 어깨에서 뜻 모를 말을 연신 중얼거렸다.

진광은 답답했다.

그때 임윤이 골목의 한 켠을 보며 말했다.

"저기 좋은 물건이 있군."

그곳에는 열두어 살이나 됐을 법한 어린 소녀가 자기보다 더 어린 남동생을 업은 채 물건을 팔고 있었다.

진광은 소녀가 펼쳐 놓은 좌판을 둘러봤다. 하지만 어디에도 의복이나 모자는 보이지 않았다.

진광이 물었다.

"뭐가 좋다는 것이오?"

"송 국주를 숨기려면 굳이 옷이 아니라도 되겠지. 지금 갈아입히기도 뭐한 상황이고 말야."

임윤이 좌판의 구석을 가리켰다.

그가 가리킨 것은 아무렇게나 말아놓은 천이었다.

진광도 고개를 끄덕였다.

어차피 송현은 정신을 놓고 있으니, 차라리 검은 천으로 둘둘 말아서 어깨에 메고 다니는 것이 나아 보였다.

진광이 소녀에게 물었다.

"이 천은 얼마나 하냐?"

"그, 그게……"

체구가 건장한 진광이 험상궂은 말투로 묻자 소녀는 놀라서 말을 더듬었다.

"그 천은 살 사람이 없을 거 같아 값을 정해놓지 않았어요."
"우리가 살 테니 값을 정해라. 얼마면 되냐?"
그러면서 진광은 고개를 돌려 편복선생을 봤다.
"편복선생."
"왜 그러는가?"
진광은 아무 말 없이 손을 내밀었다.
그러자 편복선생은 잠깐 무어라 투덜대더니 품속에서 주섬주섬 금전을 꺼내는 것이었다.
"내가 돈이 있는 것은 어떻게 알았는가?"
"선생은 중원 천하가 금일 없어져도 금전을 챙길 위인 아니오?"
"…잘 아는군."
진광은 편복선생의 돈을 소녀에게 건넸다.
임윤이 천을 바닥에 활짝 펼치자 진광은 송현을 천에 내려놓았다. 그때까지도 송현은 정신을 차리지 못한 얼굴이었다.
진광은 한숨을 쉬며 송현을 천으로 둘둘 말았다. 천은 너무 넓지도 않고 송현을 숨기기에 딱 맞춤했다.
그가 다시 송현을 어깨에 둘러메자 사람이 아니라 꼭 짐짝을 든 것처럼 보였다.
"다 끝났으니 가자."
진광은 일행에게 고갯짓을 하고 앞장을 섰다.
소녀가 진광이 큰돈을 내고서 그냥 가버리자 깜짝 놀라며 말했다.

"여기 거스름돈 가져가셔야죠?"

진광은 소녀가 부르는 것을 듣지 못했는지 그대로 걸어갔다.

편복선생이 돈을 받으려고 몸을 돌렸다. 그러자 진광의 손이 날아왔다.

콱!

진광이 편복선생의 뒷덜미를 우악스럽게 잡아챘다.

"자네, 왜 이러는가?"

"망자 놈들이 오고 있지 않소? 얼른 갑시다."

"그래도 거스름돈은 받아야……."

"시간이 없소."

진광이 편복선생을 잡아끌고 걸어갔다.

편복선생은 그에게 끌려가면서도 아쉬운 눈빛으로 연신 좌판 쪽을 바라봤다.

그러다가 편복선생이 다급하게 말했다.

"잠깐만! 이보게, 잠깐 멈추게!"

"시간이 없다고 하지 않았소?"

"그게 아니네. 저기를 보게나."

"……?"

진광은 고개를 돌리다가 양미간을 구겼다.

멀리 부두에서 작은 배 한 척이 안개를 뚫고 나오고 있었다. 배에 타고 있는 자들은 다름 아닌 혈풍각 경비병들이었다. 그들은 흑랑방주에서 일행을 놓친 뒤에 방주에 있는 배를 내려서 뒤쫓아온 것이었다.

유소운이 말했다.

"쉴 틈을 주지 않는군요."

일행은 절로 한숨이 나왔다.

이강이 모두의 생각을 읽었는지 말했다.

"네놈들, 원한을 단단히 샀나 보군. 사대마인인 나도 이렇게까지 쫓겨본 적은 없었는데 말야, 후후후."

임윤이 골목 끝에 보이는 객잔, 대영루를 가리켰다.

"저기로 피하는 것이 좋겠군."

일행은 고개를 끄덕였다.

객잔에는 무림인이 많을 것이다. 일단 무림인들 속에 섞이는 것이 중요했다. 그런 다음 부적을 지니고 옷까지 바꿔 입은 일행을 표사들이 알아채지 못하기만을 바라는 수밖에 없었다.

"가자."

진광이 앞장서자 일행은 대영루로 향했다.

"어서 옵쇼!"

대영루의 점소이가 허리를 수평으로 눕히며 일행을 안내했다.

일행은 일부러 구석진 곳에 있는 탁자에 자리 잡았다.

"뭘 드릴까요?"

진광은 경비병들의 추격이 신경 쓰여서 주문할 마음이 생기지 않았다.

그런데 임윤이 덜컥 주문을 해버렸다.

"사람 수대로 국수와 만두를 주게. 그리고 백건아(白乾兒)도 두 병 내오게."

점소이가 가버리자 진광이 임윤을 쏘아봤다.

"망자 놈들이 쫓아오고 있는 판에 음식이 목구멍으로 넘어가냐?"

"이런 곳에서 아무것도 시키지 않고 자리를 차지하고 있으면 눈에 더 잘 띈다. 먹기 싫으면 시늉이라도 해라."

"……."

임윤의 말은 듣고 보니 과연 그럴듯했다.

객잔은 빈 탁자가 없을 만큼 붐볐다.

손님들은 각양각색이었다. 병장기를 하나씩 지닌 무림인은 물론, 상인이나 여행객의 모습도 보였다.

그들은 다른 이들은 신경 쓰지 않고 술과 음식을 먹는 데 열중하고 있었다. 일행이 만약 아무것도 시키지 않고 앉아 있으면 임윤의 말대로 금세 눈에 들어올 듯했다.

곧 술과 음식이 나왔다.

일행이 이틀 동안 배에 넣은 것은 벽곡단이 고작이었다. 자연히 입에 군침이 돌았다.

먼저 젓가락을 든 것은 편복선생이었다.

"배불리 먹고 죽은 귀신이 때깔도 고운 법이지."

편복선생이 만두를 집어 들고 먹기 시작하자 다른 일행도 허겁지겁 배를 채우기 시작했다.

진광도 마음은 편치 않으나 음식 앞에서 허기가 지는 것을 부인할 수 없었다. 그는 국수 사발을 들어 씹지도 않고 후루룩 들이켰다.

이강이 백건아를 사발에 가득 따른 다음 단숨에 들이켰다.

"크으! 이 맛에 두 눈이 뽑혀도 죽지 못한단 말씀이야."

그가 진광에게 말했다.

"이제 어떡할 셈이냐?"

"뭘 말이냐?"

"망자 놈들을 어떡할 거냔 말이다."

"…놈들을 일망타진할 것이다. 무림인이라면 당연히 그래야 되는 것 아니냐?"

"그래?"

이강이 입꼬리를 말며 냉소한 다음 말을 이었다.

"네놈들의 원래 목적이 뭐냐? 무림맹이 부여한 임무 말이다."

"네놈에게는 얘기 못한다."

"이거 미안하군. 십사호의 생각을 읽어서 이미 알고 있다."

"뭐라?"

진광이 역정을 내려 하자 이강이 손을 들어 막았다.

"일단 얘기를 들어봐라."

"……"

"첫 번째 임무는 흑랑성에 잠행한 창천대와 무림삼성의 생사를 확인하는 거였다. 한데 그들은 죄다 망자가 됐다. 특히 창천대는 멸천대로 이름을 바꾼 다음 정추산이란 놈을 수장으로 하여 중원을 집어삼키려는 중이니, 차라리 죽어버린 것만 못한 꼴이 됐지. 어쨌든 네놈들은 임무를 제대로 수행한 거다. 창천대가 망자가 되어 무림맹을 배신한 사실도 알아냈으니 뜻하지 않은 공적도 세운 셈이지."

이강의 말은 반박할 곳이 없었다. 아니, 오히려 다른 이가 말했다면 고개를 끄덕이며 수긍할 내용이었다.

하지만 진광은 이강에게 동의한다는 뜻을 비치기 싫었.

그는 팔짱을 끼며 말했다.

"계속해 봐라."

"두 번째 임무는 창천육조를 구하는 것이었는데, 네놈들은 아예 창천육조를 끝장내 버렸다. 하지만 창천육조 역시 멸천대처럼 정추산의 명에 따라 무림맹을 배신했다. 사정이 그러니 네놈들은 두 번째 임무 역시 달성했다고 볼 수 있다."

진광은 자기도 모르게 고개를 끄덕일 뻔했다.

그는 이강이 자신의 생각을 읽을까 봐 얼른 다음 말을 독촉했다.

"임무가 하나 더 있는 것은 알고 있냐?"

"물론이다. 무림맹의 마지막 임무는……."

이강이 자신을 가리켰다.

"지하 뇌옥 십삼호에 갇힌 자를 호송해 오는 것이었지. 바로 나 말이야, 후후후."

"알면 됐다."

"그래, 나를 어떡할 셈이냐?"

"몰라서 묻냐? 네놈을 무림맹에 호송할 것이다."

"역시 그렇다는 말이지……."

이강은 잠깐 무언가를 생각하더니 말했다.

"그거 생각해 봤냐? 송현 놈은 지하 뇌옥 십사호에 갇혀 있었다. 난 십삼호지. 그 얘기가 무슨 뜻인지 아냐?"

"무슨 소리를 하고 싶은 거냐?"

진광은 그가 갑자기 화제를 바꾸자 짜증이 났다.

그때 편복선생이 눈빛을 반짝이며 말했다.

"지하 뇌옥에 수감되어 있던 다른 자들 말인가?"

이강이 고개를 끄덕였다.

"네놈이 그나마 똑똑하군. 지하 뇌옥에는 나랑 송현 말고도 다른 놈들이 열두 명 더 있었다."

"……!"

진광을 포함한 일행은 정신이 번쩍 들었다.

먼저 지하 뇌옥에 갔을 때 동혈의 창살이 기이하게 부서져 있지 않았던가? 창살이 열쇠로 연 것이 아닌 만큼 동혈에 있던 자들이 탈옥했다는 것은 그때도 짐작하고 있던 일이었다.

이강이 말을 계속했다.

"지하 뇌옥에 갇혀 있는 동안 놈들 생각이 읽혀 머리가 터질 것 같았지. 놈들이 누구인지는 중요하지 않아. 내가 말하고 싶은 것은, 무림맹은 놈들의 생각을 알고 싶어한다는 거다. 놈들에게 중요한 정보가 있기 때문이겠지."

진광이 물었다.

"그게 무어냐?"

이강은 어깨를 으쓱했다.

"열두 명이나 되는 놈들의 생각이 한데 뒤섞여서 머리에 들어오는 통에 어떤 게 무림맹 놈들이 원하는 정보인지 알 수가 있겠냐? 후후후."

"그럼 그 얘기는 왜 꺼낸 것이냐?"

"서론이 길었군. 본론으로 들어가지."

이강은 잠시 말을 멈추고서 일행을 천천히 둘러봤다.

그는 두 눈이 없으니 일행을 볼 수 있을 리 없다.

하지만 일행은 이강이 자신들의 의견을 묻고 있는 듯한 느낌을 받았다.

이강이 입을 열었다.

"실은 무림맹이 무엇을 원하는지 짐작 가는 것이 있다. 내가 그 얘기를 적어주마."

일행은 영문을 알 수 없었다. 이강이 순순히 일행에게 협조하는 것이 뜻밖이었기 때문이다.

그러나 이강은 속셈을 바로 드러냈다.

"내가 정보를 건네면 무림맹의 세 가지 임무를 완수한 셈이 된다. 그러니 이제 도망치자."

"……!"

일행은 정신이 번쩍 들었다.

도망치자는 말.

따지고 보면 일행의 임무는 흑랑성에서 정보를 알아낸 뒤 도망치는 것이었다. 이강의 말대로 무림맹의 세 가지 임무를 모두 완수한 셈이라면, 일행에게 남은 것은 무사히 도주하는 것뿐이라고도 할 수 있었다.

일행이 심중에 묻어둔 채 선뜻 꺼내지 못하던 말을 이강이 대신 말해 버린 것이었다.

하지만 일행은 진광의 반응이 어떨지 걱정이 들었다.

예상대로 진광은 고개를 저었다.

"그럴 수 없다."

"왜지?"

"망자 놈들이 흑랑성에서 나와 무슨 일을 벌일지 모르는 판에 우리만 살자고 도망칠 수는 없다."

이강이 한숨을 한 번 내쉬더니 말했다.

"마음대로 해라. 난 이제 발을 빼겠다."

그 말에 일행은 침을 꿀꺽 삼켰다.

혼자 도망치겠다는 이강을 진광이 그냥 놔둘 리가 없었기 때문이다.

그런데 진광의 반응이 뜻밖이었다.

그가 고개를 끄덕이더니 말했다.

"좋다. 네놈 가고 싶은 곳으로 가라."

"뭐라고?"

이강도 진광의 말이 의외라는 듯한 얼굴을 했다.

"송 국주를 구하는 것을 도왔으니 빚을 갚으라고 말하려는 것이 아니냐?"

"……"

이강은 의표를 찔렸는지 잠시 침음하다가 입을 열었다.

"네놈한테도 남의 생각을 읽는 능력이 있었나?"

"소림 제자의 말은 만금과 같다. 약조를 지키겠으니 네놈 좋을 대로 해라."

"듣던 중 반가운 소리군."

"단지 명심해라. 소림사에 돌아가면 바로 네놈을 잡으러 강호 출행을 할 것이다. 내 손수 십팔나한을 대동하고 네놈을 잡아서 소림사 참회동에 처넣을 테니 그리 알아라."

진광의 말은 나직하나 진기가 서려 있어서 그의 진심이 담겨 있음을 알 수 있었다.

하지만 이강은 중원사대마인답게 표정 하나 변하지 않았다.

"네놈과 십팔나한을 기다리지, 후후후."

이강은 다시 백건아를 사발에 따라 들이켰다. 그리고는 자리에서 일어났다.

"그럼 나는 가겠다. 이틀 동안 심심하지 않았던 점은 고맙다고 해두지."

"……"

진광을 제외한 다른 일행은 내심 난감했다.

그들은 물론 이강을 따라 나 몰라라 하고 도망칠 생각은 없었다.

하지만 이대로 망자들과 맞서는 것도 무모하다는 생각이 들었던 것이다.
 그들은 생각했다.
 '송 국주가 제정신이었다면 어찌했을까?'
 일행은 송헌이 없는 지금, 계속해서 진광을 수장으로 하여 그의 결정을 따라야 할지 의문이 일었다.
 편복선생이 말했다.
 "이보게, 진광. 어쩌면 지금이 도망칠 수 있는 유일한 기회일지도 모르네. 무작정 망자들과 맞서기보다는 일단 후퇴해서 후일을 기약하는 것이 어떠한가?"
 "……."
 진광은 대답하지 못했다.
 난감한 것은 그도 마찬가지였던 것이다.
 무작정 도망치자니 망자들에 의해 얼마나 많은 희생자가 생길지 모르는 일이다. 하지만 그렇다고 몇 안 되는 인원으로 수천이 넘는 망자들에게 대항할 방법이 있는 것도 아니다.
 진광이 잠시 침음하다가 말했다.
 "누구든지 도망치고 싶으면 가라. 막지 않겠다."
 "……."
 일행은 뜻밖의 말에 깜짝 놀랐다.
 하지만 누구 하나 선뜻 자리에서 일어나지 못했다.
 그때 유소운이 무엇을 봤는지 떨리는 목소리로 말했다.
 "저, 저기……."
 그는 객잔의 정문을 가리켰다.

일행은 고개를 돌리다가 경악했다.
일행보다 한참 뒤에 배를 타고 뒤따라오던 경비병들이 어느새 객잔의 코앞까지 당도한 것이 아닌가?
그런데 일행을 정말 놀라게 한 점은 따로 있었다.
선미에 서서 경비병들을 지휘하고 있는 자가 있었다.
그는 바로 초류영이었다!
"……"
일행은 씁쓸했다.
초류영이 성정이 좋은 인물이라고 할 수는 없으나, 흑랑성에 잠행을 시작할 때는 엄연히 동료였다. 하지만 이제 그는 일행을 추격하는 망자들의 앞잡이로 변한 것이다.
그 역시 죽지 않는 망자가 된 몸으로 말이다.
초류영은 경비병들을 이끌고 객잔으로 향하는 골목을 올라오고 있었다. 그는 길을 막는 이가 있으면 손으로 밀쳐 버리며 걸음을 옮겼다.
하지만 초류영에게 시비를 따지는 자는 아무도 없었다.
화려한 의복을 걸친 미남자 초류영.
그가 경비병들을 이끌고 거리를 지나치는 광경은 마치 고관대작의 자제가 사병을 거느리고 행차하는 듯했다.
때문에 골목의 상인들은 시비를 따지기는커녕 초류영이 다가오자 양옆으로 물러서서 길을 비켜주었다.
진광이 한심해하며 말했다.
"저런 파락호 놈한테 쩔쩔매다니, 흥!"

임윤이 고개를 저었다.

"차라리 다행이지. 놈한테 접근했다가 망자가 될 수도 있으니까."

그 말에 일행은 정신이 번쩍 들었다.

경비병들은 실혼인 같은 도시의 망자들과는 달리 행동이 재빠르고 날카로웠다.

먼저 흑랑방주에서는 송현을 납치하는 듯한 광경 때문에 경비병의 주의를 끌었다. 하지만 지금은 송현을 검은 천에 숨겨서 짐짝같이 취급하고 있으니, 객잔의 인파 속에 섞여서 숨는다면 경비병들의 눈을 피할 수 있으리라 생각되었다.

그러나 초류영은 다르지 않은가?

그는 일행의 면면을 모두 알고 있다.

편복선생의 부적도, 쟁자수의 의복으로 갈아입는 것도 초류영의 눈을 피하게 할 수는 없는 일.

진광이 말했다.

"일단 이곳을 뜨자."

일행은 자리에서 일어났다.

이강이 피식, 웃으며 말했다.

"어차피 다들 도망칠 거면서 괜히 시간만 끌었군."

"초류영 놈 때문에 잠시 자리를 피하는 것뿐이다."

"아, 어련하시려고."

편복선생이 금전을 탁자에 놓아 음식 값을 지불하자, 일행은 객잔의 뒷문으로 슬며시 움직였다. 편복선생은 이번에도 거스름돈을 못 받은 것이 못내 아쉬운 눈치였다.
 일행은 다른 이의 주목을 끌지 않게 조심해서 객잔의 뒷문으로 향했다. 그리고 재빨리 뒷문을 빠져나갔다.

 객잔의 뒤는 좁은 골목으로 이어져 있었다.
 골목 양옆으로 허름한 집들이 늘어서 있으나 인적은 보이지 않았다. 객잔에서 일하는 점소이나 부두의 잡상인들이 밤에만 잠을 자는 곳이라 낮에는 비어 있는 것 같았다.
 일행은 혹 초류영이 알아볼까 봐 뒤로 고개도 돌리지 못한 채 골목을 걸었다.
 잠시 후, 일행은 객잔을 반 바퀴 빙 돌아서 부두로 이어지는 골목에 거의 다다랐다.
 이강이 말했다.
 "그럼 나는 이만 가겠다."
 "……."
 일행은 아무 말도 할 수 없었다.
 그를 잡을 명분도 없거니와, 잡는다고 일행과 함께할 인물이 아니라는 것을 잘 알았기 때문이다.
 "하아암!"
 이강은 두 팔을 활짝 펼쳐서 크게 기지개를 켰다. 흑랑성에서 빠져나와 자유의 몸이 된 기쁨을 숨기지 않는 듯한 몸짓이었다.
 "부디 망자 놈들을 한 놈도 빠짐없이 멸하여 중원무림을 구해내기를 바란다, 크하하하!"
 그는 마지막까지도 일행을 비웃었다.
 그때 골목 모퉁이에서 무언가가 반짝였다.
 유소운이 소리쳤다.
 "조심하세요!"
 "……?"
 이강은 기쁨에 젖어 긴장을 풀고 있다가 유소운의 외침에 흠칫했다.
 순간 그의 방심을 노리고 있었던 것처럼 모퉁이에서 검 네 개가 사방으로 이강의 사지를 노리고 날아들었다.
 그러나 중원무림의 사대마인은 허명이 아니었다.
 속절없이 사지가 떨어지려는 찰나,
 이강은 양 무릎을 구부리며 신형을 수평으로 눕혔다.
 스팟!
 그가 철판교의 수법을 쓰자 두 팔을 노리던 검은 빗나가 버렸다. 동시에 그는 두 발로 바닥을 차며 몸을 날렸다. 그러자 두 발을 노리던 검도 허공을 스치며 지나갔다.
 그 바람에 이강은 신형을 지탱하지 못하고 땅에 떨어져 흙바닥을 뒹굴어야 했다.
 털퍼덕!
 하지만 이강은 바로 일어나지 않았다. 그는 계속해서 일행 쪽을 향해 신형을 데굴데굴 굴렸다.
 아니나 다를까, 네 개의 검이 그가 누워 있던 바닥에 차례로 꽂혔다.
 푸푸푸푹!
 만약 체면을 차리려고 그 자리에서 몸을 일으켰다면 그의 몸은 검에 난자되었을 일이다. 사대마인인 이강은 평소 체면치레는 신경 쓰지 않았기 때문에 목숨을 구한 것이었다.
 이강은 일행 옆에 와서야 몸을 일으켰다.
 그가 말했다.
 "포위당했군."
 "......!"
 일행은 깜짝 놀랐다.
 진광이 그의 말을 부인했다.
 "망자 놈들이 벌써 우리를 찾아냈단 말이냐?"
 "흑랑성 놈들이 아니다. 날 공격한 건 웬 무림의 놈들인 것 같다."
 이강의 말을 증명이라도 하려는 듯, 모퉁이에서 네 명의 인영이 모습을 드러냈다.
 편복선생이 말했다.
 "뒤에도 있네."
 일행이 뒤로 고개를 돌리자 역시 네 명의 인영이 일행에게 다가오고 있었다.
 정체 모를 인영들에게 앞뒤로 포위당한 것이었다.
 그들은 모두가 황건을 쓰고 황의를 걸치고 있었다. 같은 문파 소속이라는 뜻이었다

무림인들 중에서 수장으로 보이는 이가 앞으로 나왔다.

그런데 그가 일행 중의 한 명을 익히 알고 있는 것처럼 말을 걸어오는 것이 아닌가?

그가 말했다.

"오랜만이군."

일행은 어리둥절한 눈으로 무림인이 말을 건 상대를 쳐다봤다.

그는 바로 임윤이었다.

무림인이 말했다.

"사문에서 파문당하고 도망친 죄인이 감히 감숙에 들어오다니… 간이 큰 것이냐, 아니면 죽으려고 환장한 것이냐?"

"……!"

일행은 깜짝 놀라서 임윤을 바라봤다.

임윤이 일행의 궁금증을 풀어줬다.

"그렇소. 이들은 내가 한때 몸담았던 문파의 사람들이오."

그가 말했다.

"이들은 북악검문이오."

第二十八章
모체 폭파 작전

潜行武士
잠행무사

북악검문(北岳劍門).

감숙에서 삼백 년 가까이 위세를 떨치고 있으며, 임윤의 사문이기도 한 문파가 북악검문이었다.

그들이 갑자기 나타나 일행에게 검을 겨누고 있는 것이다.

일행은 영문을 알 수 없었다.

임윤이 포권을 하며 말했다.

"제자 임윤이 문주님께 인사드립니다."

그러자 그들의 수장, 즉 북악검문의 문주인 유역도가 코웃음을 치며 말했다.

"흥! 감히 파문당한 놈이 제자 운운하다니, 네놈은 목이 몇 개라도 되는 것이더냐?"

"……."

일행은 일이 어떻게 돌아가는 것인지 도무지 알 수가 없었다.

임윤과 북악검문의 사정을 알고 있는 자가 진광밖에 없으니 당연한 일이었다.

문주 유역도가 검으로 임윤을 겨누었다.

"그동안 네놈을 불쌍히 여겨서 사문의 법도를 일일이 따지지는 않았다. 하나 네놈이 은혜와 주제도 모르고 감숙에 다시 발을 들여놓은 이상, 금일 네놈을 처단하여 사문의 법도를 다시 세워야겠다."

일행은 놀란 눈으로 임윤을 바라봤다.

사태가 심상치 않았기 때문이다.

사문에서 파문한 자를 처벌한다는 말은 무공을 폐하겠다는 뜻과 같았다. 심하면 목숨을 빼앗거나 그게 아니라도 근맥을 자르고 단전을 파괴하여 폐인으로 만드는 것이 파문한 자를 처벌하는 중원무림 문파의 법도였다.

진광이 앞으로 나서서 반장을 했다.

"아미타불. 나는 소림사의 일대제자인 진광이오."

그는 딴에는 예의를 차리려 했으나, 상황이 다급한 판에 불청객이 끼어들었으니 자연히 말투가 퉁명스러웠다.

유역도가 진광을 삐딱하게 쳐다봤다.

"그래서?"

유역도의 대답은 마치 강호의 삼류무사를 대하는 듯했다.

진광의 양미간이 심하게 구겨졌다.

하지만 그는 화를 꾹 참았다.

임윤과 북악검문의 사정은 익히 알고 있으나, 지금은 감숙의 정파와 다툴 때가 아니라고 생각한 것이다.

진광이 말했다.

"사정은 알겠으나 지금은 이럴 때가 아니오."

그러나 유역도는 여전히 오만방자했다.

"명문정파의 제자랍시고 타 문파의 일에 관여하겠다는 거냐?"

"뭐라고?"

"이곳은 감숙이다. 소림사의 위명을 모르는 것은 아니나, 우리 북악검문이 소림승 한 놈 때문에 머리를 조아릴 줄 알았다면 오산인 줄 알아라."

"……!"

진광은 소림사를 욕되게 하는 말을 듣자 분노가 치밀었다.

그때 이강이 진광을 막았다.

"쓸데없는 수고는 그만해라."

"뭐라? 망자들이 중원에 나왔으니 무림인이 힘을 합쳐도 모자랄 판이다. 한데 쓸데없다니?"

"머리 한번 나쁜 놈이군. 흑랑성을 탈출하던 때의 일이 기억 안 나냐?"

"나온 지 몇 시진이나 됐다고 기억 운운이냐?"

그러자 이강이 고개를 설레설레 흔들더니 말했다.

"방금 탈출을 얘기하는 게 아니다. 처음 흑랑성의 정문으로 나갈 때 말이다. 그때 천무개가 뭐라고 했었지?"

"천무개?"

"흑랑성의 수문장 말이다."

순간, 진광의 뇌리에 스치는 생각이 있었다. 그가 놀란 얼굴로 말했다.

"육지신타 천무개?"

"그래."

진광과 일행은 그제야 이강이 무슨 말을 하는지 알아차렸다.

일행이 흑랑성에 처음 잠행할 때, 정문을 지키던 육지신타 천무개는 십이 시진이 지나면 무림맹의 명에 따라 입구를 폭파하겠다고 일행을 압박했었다.

일행은 간신히 시간을 맞춰서 흑랑성을 빠져나오는 데 성공했다. 하지만 탈출을 눈앞에 두고 정문이 폭발하는 바람에 다시 길을 되돌아가 다른 출구를 찾아야 했다.

그때 천무개가 토사에 덮여 생매장되면서 했던 말,

"북악검문 놈들이 너희를 몽땅 흑랑성에 생매장하려고 아직 시간이 남았는데 정문을 폭파했다."

천무개의 마지막 말을 떠올린 일행은 충격에 몸을 떨었다.

진광이 말했다.

"그럼 저놈들이 우리를……."

이강이 고개를 끄덕였다.

"그래. 천무개 놈의 손목을 잘라서 십이 시진이 지나기 전에 흑랑성 정문을 막은 게 저놈들이다. 그런데 뭐? 놈들이랑 손을 잡겠다고? 후후후."

"……!"

일행은 경악했다.

그때 북악검문도 중 한 명이 앞으로 나왔다.

그는 북악검문 일행 중에서 가장 젊어 보였다. 언뜻 보기에 유소운과 같이 약관을 막 넘은 듯했다.

그가 일행에게 포권을 했다.

"북악검문의 위소청이라 하오."

그는 계속해서 임윤을 보며 말했다.

"오랜만이군요. 그간 어떻게 지내셨습니까?"

임윤은 그를 익히 알고 있는지 고개를 끄덕였다.

"강호 구경을 하고 다녔지."

"그러십니까?"

위소청이 입꼬리를 말며 웃었다. 그가 일행을 한 번 훑어본 뒤에 말했다.

"강호 구경을 하셨다니 이제 소원이 없으시겠군요. 그럼 이제 댁들을 살인멸구하겠습니다."

위소청은 북악검문의 문주인 유역도의 제자였다.

그는 감숙에서 세를 떨치는 위가장의 삼남(三男)이었다. 위소청의 아버지, 위가장주는 큰돈을 들여서 삼남을 북악검문에 제자로 넣었다.

그러나 실상은 전혀 달랐다.

위소청이 위가장의 자제인 것은 맞으나, 그의 정체는 황궁의 인물에게 지시를 받는 세작이었던 것이다.

실은 위소청 자신도 정확히 누구의 지시를 받는지는 알지 못했다. 그는 자신이 황궁을 좌우하는 세력에게 중요한 일을 명령받고 있다는 사실만 알고 있을 뿐이었다.

얼마 전에 위소청은 전서구로 지령을 받았다.

지령의 내용은 이랬다.

무림맹의 임무를 받고 흑랑성에 잠행하는 이들이 있다. 그들이 흑랑성에서 탈출하여 다시 중원 땅을 밟으면 안 된다. 그들 중에 북악검문의 죄인이 있다. 그자를 빌미로 삼아 북악검문을 이끌고 흑랑성에 간 다음 입구를 폭파하라. 만약 그들이 이미 흑랑성을 빠져나왔다면 증거를 남기지 말고 살인멸구하라.

지령을 읽은 위소청은 문주 유역도에게 임윤이 감숙에 들어왔다는 말을 전했다.

때마침 철없는 젊은 남녀가 북악검문을 방문하여 탈명비검 임윤을 봤다는 말을 해서 문주에게 확신을 심어주었다. 위소청에게는 그보다 일이 더 잘 풀릴 수는 없었다.

안 그래도 중원무림의 눈치를 보느라 임윤을 놓쳤던 유역도는 이번 기회에 그를 죽여 입막음하고자 했다. 그는 위소청을 비롯한 사람들을 추려서 흑랑성으로 떠난 것이다.

흑랑성에 도착한 북악검문은 수문장 천무개를 방심하게 한 다음 갑작스레 합공을 펼쳤다.

천무개의 무공 수위는 그들이 쉽게 이길 수 없는 수준이었으나, 수갑에 발목이 묶인 터라 그는 여덟 명의 공세를 막아내지 못하고 제압당했다.

위소청은 천무개의 육지손을 베어 기관 장치를 작동시켰다. 또한 수갑을 차고 있는 발목을 베어 흑랑성 안으로 들여보냈다.

그리고 입구를 폭파하여 천무개를 생매장하는 것으로 모든 증거를 없앤 뒤 흑랑성을 떠났다.

문제는 그다음이었다.

진광 일행은 흑랑성의 지하를 잠행한 뒤 쾌속선을 타고 동혈로 빠져나왔다. 일행이 이틀 동안 이동한 거리는 결코 짧다고 할 수 없었다.

반면 북악검문은 흑랑성의 정문에서 암벽을 타고 내려와 산을 빙 둘러가야 했다.

때문에 북악검문이 하루 묵어 가려고 대영루에 들렀을 때 공교롭게도 진광 일행을 목격하게 된 것이었다.

위소청은 임윤을 보자 즉시 그의 정체를 알아차렸다.

진광 일행이 쟁자수의 흑의로 변장하고 있었으나, 위소청은 오랜 시간 임윤과 한솥밥을 먹어 그의 버릇을 알고 있었기에 한눈에 알아봤다.

위소청은 임윤 일행이 어떻게 흑랑성을 빠져나왔을지 알 수 없었다.

하지만 상관없었다.

어려서부터 세작으로 길러진 위소청은 흑랑성 입구를 막아 생매장하는 것은 직성에 맞지 않았다. 그는 직접 검으로 사람의 목을 베는 것을 즐겼다.

임윤 일행이 갑자기 객잔 뒤로 나가자 북악검문은 그 뒤를 쫓았다.

그리고 골목에서 일행을 암습한 것이다.

일행은 놀란 눈으로 서로를 쳐다봤다.

위소청이 꺼낸 말, 살인멸구.

그 말은 일행을 모두 죽여서 입을 봉하고 사실을 은폐하겠다는 것이 아닌가?

애초에 흑랑성의 입구를 폭파한 그들과 다시 마주쳤으니, 어쩌면 당연한 결과일지도 몰랐다.

아니나 다를까, 문주 유역도는 더는 말이 필요없다는 듯 일행을 가리키며 말했다.

"한 놈도 놓치지 말고 모두 없애라!"

"존명!"

북악검문이 일행에게 달려들었다.

임윤이 진광에게 말했다.

"뒤를 맡으시오."

"알았다."

진광은 송현을 아무렇게나 바닥에 던져 버린 다음 유소운과 편복선생의 앞으로 뛰어나갔다.

그는 선장을 움켜쥐며 소리쳤다.

"북악검문? 감히 삼류 문파 주제에 대소림을 넘보려 들다니, 가소롭기 짝이 없구나!"

북악검문의 제자 네 명이 검을 들고 진광을 공격했다. 그들은 둥글게 포위망을 치지 않고 수평으로 늘어서서 일직선으로 공격해 왔다. 진광을 즉시 일도양단하겠다는 의지가 엿보였다.

진광은 코웃음을 쳤다.

상대가 다수로 덤벼들 때는 맨 끝이 약점인 법이다.

진광은 맨 왼쪽에 있는 북악검문의 제자에게 몸을 날렸다. 그러면 그는 한 명만 상대해도 되기 때문에, 상대는 수가 많다는 장점을 잃는 셈이었다.

진광의 공세가 무섭자 맨 왼쪽의 제자가 세 걸음 뒤로 물러났다. 상대의 예봉을 피하며 다수의 이점을 살려서 다시 포위망을 형성하려는 움직임이었다.

하지만 진광은 이미 상대의 행동을 예상한 듯했다.

"받아랏!"

진광은 애초에 맨 왼쪽의 제자에게 달려들 때 여력을 남겨

두었던 것이다.
 그는 발로 땅을 연이어서 두 번 박차며 달려들었다.
 그런데 뒤로 물러서던 제자가 갑자기 검끝을 앞으로 하며 달려드는 것이 아닌가?
 "……!"
 진광은 깜짝 놀랐다.
 제자는 설령 진광의 선장에 맞아 머리가 부서지는 한이 있더라도, 진광의 품에 검을 박아 넣겠다는 동귀어진의 기세로 몸을 날렸다.
 "제길!"
 진광은 선장을 회수하며 제자의 검을 후려쳤다.
 까앙!
 제자의 무위는 진광과는 비교가 안 되는 수준이었는지, 진광의 일격에 검을 놓칠 뻔하며 옆으로 물러서는 것이었다.
 진광은 북악검문 같은 정파가 왜 무작정 동귀어진을 펼치는지 이해할 수 없었다.
 하나 그것으로 끝이 아니었다.
 다른 세 명의 제자가 동시에 진광을 공격했다.
 문제는 그들 역시 자신의 목이 떨어지더라도 진광의 팔다리 하나는 떨어뜨리겠다는 기세로 달려드는 것이었다.
 진광은 답답했다.
 이대로라면 설령 한 명의 머리통을 박살 내도 다른 자의 검이 자신의 사지를 베어버릴 것이 뻔했기 때문이다.

"으아아아아!"

그는 선장으로 크게 원을 그리며 셋의 검을 후려쳤다.

까까깡!

진광은 간신히 세 명의 동귀어진을 피하고 검망에서 빠져나왔다.

그러나 그의 얼굴은 금세 차갑게 굳어버렸다.

제자들은 어느새 유소운과 편복선생을 사로잡은 다음, 그들의 목에 검을 들이대고 있었다.

무림인이 아닌 편복선생은 말할 것도 없으며, 궁술은 절정의 경지에 올랐으나 무공을 모르는 유소운은 북악검문의 제자들에게 반항 한 번 제대로 못하고 사로잡힌 것이다.

임윤과 이강도 다른 네 명을 상대하고 있었으나, 유소운과 편복선생이 잡힌 것을 보자 대응을 멈출 수밖에 없었다.

진광이 격노하여 말했다.

"이 비겁한 놈들! 북악검문이라면 감숙의 명문정파로 알고 있었는데, 네놈들이 하는 짓이 고작 인질이나 잡는 것이라는 말이더냐?"

하지만 문주 유역도는 코웃음을 치는 것이었다.

"비겁하다고? 곧 죽을 놈이 말이 많군."

동시에 그는 손을 위로 치켜들었다.

"병장기를 버려라."

"……"

진광과 임윤은 그의 심산을 알 수 있었다.

만약 일행이 그의 말을 거역하고 계속 대항한다면 그는 손을 아래로 떨어뜨리리라. 그러면 제자들은 문주의 뜻을 받들어 유소운과 편복선생의 목을 벨 것이 자명했다.

진광과 임윤은 서로를 바라봤다.

동귀어진을 남발하며 검진을 펼치는 것이 북악검진의 수법이라는 걸 깨달았으니, 둘이 마음만 먹으면 무공 수위가 떨어지는 그들을 충분히 상대할 수 있었다.

하지만 유소운과 편복선생 때문에 결단을 내릴 수가 없었다.

이강이 둘의 고민을 알고서 냉소했다.

"병신들. 저놈들은 살인멸구하겠다고 했다. 한데 인질을 잡겠냐? 어차피 애송이와 말코도사는 죽은 목숨이야."

"……."

"쓸데없는 생각은 버리고 그냥 싸우자."

진광과 임윤은 침을 꿀꺽 삼켰다.

무림에 잔뼈가 굵은 그들은 이강의 말을 부인할 수 없었던 것이다.

유소운과 편복선생이 놀란 눈으로 일행을 바라봤다. 진광과 임윤은 그들과 시선을 마주칠 수 없었다.

일행이 주저하자, 유역도가 코웃음을 쳤다.

"흥! 동료가 죽는 꼴을 보겠다는 것이냐? 좋다. 뜻대로 해주지."

유역도가 손을 내리기 위해 살짝 위로 치켜들었다.

진광은 입술을 질끈 깨물었다.

그런데 이상했다.

유역도의 손이 떨어지지 않는 것이었다.

"……?"

일행은 물론, 북악검문의 제자들도 영문을 몰라서 유역도의 얼굴을 살폈다.

그때였다.

"커헉!"

유역도가 갑자기 입으로 선혈 한 덩이를 토했다.

동시에 누군가의 손이 그의 등 뒤를 뚫고 가슴으로 튀어나왔다.

퍼억!

일행은 깜짝 놀라 그를 바라봤다.

유역도의 등을 관통한 손이 뒤로 빠져나갔다. 그러자 몸을 지탱할 곳이 없는 유역도의 신형이 통나무 기울듯이 천천히 모로 쓰러졌다.

북악검문의 문주 유역도는 그렇게 자신이 왜, 어떤 수법에 당했는지도 모른 채 땅에 쓰러져 절명했다.

그러자 유역도가 쓰러진 뒤로 한 인영의 모습이 보였다.

일행은 그를 알아보고서 경악했다.

그는 다름 아닌 초류영이었던 것이다!

초류영뿐만 아니라, 그의 뒤에는 혈풍각 경비병들이 가로로 늘어서 있었다. 일행이 북악검문과 실랑이를 하는 동안에 그들이 어느새 추격해 온 것이다.
 초류영은 방금 유역도의 등을 뚫은 손으로 그의 심장을 끄집어내 쥐고 있었다. 심장은 아직 주인이 죽은 사실을 모르는지 초류영의 손 위에서 펄떡펄떡 뛰었다.
 "콱! 퍽!"
 초류영이 손아귀에 힘을 주자 심장은 속절없이 터져 버렸다.
 그것으로 끝이 아니었다.
 초류영은 고개를 들고 손을 입가로 가져가서 흐르는 핏물을 받아먹는 것이었다.
 "꿀꺽꿀꺽!"
 그는 더 이상 핏물이 흐르지 않자 아예 심장 살점을 입안에 털어 넣고 씹은 다음 삼켜 버렸다.
 일행과 북악검문의 제자들 모두 사람 죽는 것을 한두 번 이상 경험한 무림인이었으나, 초류영의 기기괴괴한 행각에 경악을 금하지 못했다.
 특히 북악검문은 그가 망자라는 사실을 모르기에 더욱 놀라는 얼굴이었다.
 위소청이 제일 먼저 정신을 차리고 말했다.
 "네놈은 대체 뭐냐?"
 초류영은 고개를 치켜들고 눈을 내리깔아 위소청을 보며 말했다.
 "나는 비연공자 초류영이다. 망자들의 주인이 바로 나다."

"망자? 주인?"

"그래. 모든 망자들이 내 명을 따르지."

일행은 초류영이 혈선충 모체의 정신 지배를 받는다는 것을 알고 있었다. 때문에 그가 자신의 정체성을 잃고 망자들의 주인이라고 말하는 이유를 이해할 수 있었다.

하지만 위소청이 그의 말을 알아들을 리 없었다.

그가 검을 들며 말했다.

"감히 북악검문을 능멸하다니! 네놈들이 무림인이라면 문파를 멸할 것이오, 사마외도의 무리라면 삼족을 멸할 것이다!"

위소청이 초류영에게 달려들었다.

북악검문의 다른 제자들도 검을 들고 초류영과 경비병들을 공격했다.

그러나 평범한 무림인이 피를 흡수한 망자를 상대하는 것은 계란으로 바위치기와 같았다.

초류영이 경비병들에게 명했다.

"모두 배불리 먹어라!"

북악검문의 제자들은 그 말이 무슨 뜻인지 금세 알게 되었다.

초류영이 금나수 일초식을 펼치자 위소청의 검은 단박에 그의 수중에 들어갔다.

위소청이 깜짝 놀라서 검을 빼려 할 때였다.

초류영의 목이 뼈가 부러진 것처럼 길게 늘어났다. 그의 목이 순식간에 위소청의 코앞으로 날아왔다. 그러더니 그는 아예 두 손으로 위소청의 뒷덜미를 잡았다.

덜컥!

턱뼈가 빠지는 소리가 나며 초류영의 입이 활짝 벌어졌다. 그러자 그의 목구멍에서 굵은 촉수가 꿈틀대며 기어나왔다.

촉수가 위소청의 입으로 들어갔다.

"읍읍……!"

위소청은 미친 듯이 발버둥을 쳤으나 초류영의 손아귀 힘을 당해내지 못했다.

위소청의 얼굴에서 시퍼런 혈관이 튀어나오더니 곧 살이 말라서 갈라졌다. 초류영의 혈선충에 피를 빨린 것이었다.

쭈우욱!

그는 순식간에 뼈만 앙상하게 남아버렸다.

초류영은 살가죽만 뒤집어쓴 해골 형상으로 변한 위소청을 땅에 팽개쳤다. 그리고서 꺼억, 하고 트림까지 했다.

북악검문의 제자들은 그 광경에 아연실색했다.

그들은 이제 문주와 위소청의 복수를 위해서가 아니라 살기 위해 검을 휘둘렀다.

그러나 그들은 상대가 망자라는 걸 몰랐다. 진광 일행을 효과적으로 공략하던 동귀어진의 수법이 망자들 앞에서는 무용지물이었다.

경비병들은 그들이 아무리 검으로 베고 찔러도 끄떡도 하지 않았다. 곧 경비병들은 북악검문의 제자 한 명씩을 붙잡고 초류영처럼 그들의 입에 촉수를 박아 넣은 뒤 피를 빨아먹었다.

경비병들은 모두 여섯 명이었다. 초류영이 적은 수의 경비병을 데리고 온 것이 일행에게는 천운이었다.

그들은 각자 한 명씩 붙잡고 피를 빤 뒤에 배가 불렀는지 잠시 미동도 않고 서 있었다.

이강이 말했다.

"이때다!"

이강이 신형을 날려 경공을 전개했다.

망자들이 식사(?)를 한 뒤 잠깐 쉬는 시간을 놓치지 않고 도망치려 하는 것이었다.

진광과 임윤은 그의 뒤를 따랐다. 지금 일행은 피까지 흡수한 초류영과 경비병들을 대적할 만한 상태가 아니었다.

그런데 진광은 무언가 찜찜한 기분이 들었다.

무심코 뒤를 돌아본 그는 아차 싶었다.

유소운과 편복선생이 제자리에 서서 꼼짝 못하고 있는 것이 아닌가. 북악검문의 제자가 그들을 인질로 잡을 때 점혈을 했던 것이었다.

북악검문 제자의 내공 수위는 그리 높지 않았다. 하지만 유소운과 편복선생은 무림인이 아니었기에 꼼짝없이 그들의 수법에 당하고 말았다.

게다가 진광은 송현을 검은 천에 둘둘 만 채로 유소운과 편복선생 옆에 내버려 뒀다는 사실을 깨달았다.

"이런 제길!"

그는 어이없는 실수를 한 스스로에게 화가 났다.

그때 임윤이 발을 멈췄다.

진광은 영문을 몰라서 그를 쳐다봤다.

임윤이 몸을 돌리며 말했다.

"내가 송 국주와 다른 이들을 구할 테니 도망치시오."

이강이 코웃음을 쳤다.

"아서라, 네놈 혼자서는 저 도적 놈 하나도 못 이긴다."

하지만 임윤은 고개를 저었다. 그의 얼굴은 어느새 비장한 각오로 가득 차 있었다.

"사정이야 어쨌든 북악검문은 내 사문이었소. 망자 놈들한테 저런 꼴이 되었는데 이대로 발을 뺄 수는 없소."

그는 말을 마치기가 무섭게 몸을 돌려서 망자들을 향해 달려갔다.

이강이 비웃었다.

"파문당한 놈이 사문 운운하기는. 후후후."

잠깐을 꼼짝 않던 초류영과 경비병들은 몸을 크게 한 번 부르르 떨었다.

피를 빨아들이는 쾌감에서 깨어난 것이었다.

그 순간 임윤이 바닥을 박차며 공중으로 솟아올라 사슬 달린 식칼을 초류영에게 날렸다.

차르르르!

그런데 식칼이 초류영의 가슴팍을 갈라놓으려는 찰나, 초류영이 식칼을 맨손으로 잡아챘다.

턱!

초류영이 실소하며 말했다.

"강호에서 탈명비검으로 악명이 높았는데 이제 보니 별것도 아니었군."

그제야 임윤은 자신의 실수를 깨달았다.

초류영은 맨손이 아니었다. 그는 양손에 소림사의 금강고에서 갖고 온 독각귀영의 수투를 끼고 있었다.

도검으로 뚫리지 않는다는 독각귀영의 수투.

임윤은 초류영이 어떻게 유역도의 가슴을 맨손으로 관통하고 심장을 꺼냈는지 알 수 있었다.

초류영은 일행을 추격할 때부터 얼굴이 붉게 상기되어 있었으나, 북악검문의 문주와 제자의 피를 마신 뒤에는 더욱 시뻘겋게 달아올라 있었다.

피를 잔뜩 흡수해서 내공 수위가 급격히 올라간 그가 식칼을 잡아챘다.

촤악!

엄청난 힘이 사슬에 실렸다.

임윤은 미처 손목에서 사슬을 풀지 못한 채 신형이 붕 떠서 초류영에게로 날아갔다.

초류영은 임윤이 코앞에 당도했을 때 식칼을 쥔 팔을 기이하게 휘둘렀다. 그러자 식칼에 달린 사슬이 꼬이면서 임윤이 땅바닥에 내동댕이쳐졌다.

"크윽!"

임윤은 강궁에 맞은 상처 부위를 부여잡으며 몸을 일으켰다.

하지만 그때는 이미 경비병들의 검이 그의 목에 겨누어진 다음이었다.

진광은 아연실색했다.

송현, 유소운, 편복선생에 이어 임윤마저 초류영의 수중에 들어간 것이다.

진광은 어찌해야 할지를 몰라 멍하니 그들을 바라봤다. 그는 걸음을 멈추고 일행에게 돌아가려 했다.

그때 이강이 코웃음을 치며 말했다.

"네놈도 개죽음할 거냐?"

"……."

"따라와라."

이강은 차갑게 한마디 내뱉고는 그대로 몸을 날렸다.

진광은 잠깐 머뭇거리다가 그의 뒤를 따랐다. 그러면서도 자신이 왜 이강을 따라가는 건지 알 수 없었다.

등 뒤에서 경비병들이 추격해 오고 있었다.

어느새 골목은 끝이 나고 거친 암벽이 그들의 앞을 가로막았다.

진광과 이강은 암벽 위로 뛰어올랐다.

진광이 무언가를 깨닫고 소리쳤다.

"서라!"

이강이 걸음을 멈추고 진광에게 고개를 돌렸다. 그는 두 눈이 없으나 진광의 생각을 읽고 사정을 알아차렸다.

"막다른 길이군. 후후후."

진광과 이강의 앞은 깎아지른 듯한 절벽이었다. 그리고 절벽 밑은 수십 장 아래로 시퍼런 강물이 펼쳐져 있었다.

강물이 밀려와 절벽에 부딪쳐서 산산이 부서지고 있었다.

앞에는 강물, 뒤에는 망자들. 진퇴양난의 상황이었다.

이강이 말했다.

"그래, 어쩔 거냐? 동료들을 구한답시고 개죽음당할 거냐? 아니면 네놈이 저들을 상대로 이길 자신이라도 있냐?"

"……."

진광은 무슨 말을 해야 할지 몰랐다.

그는 생각했다.

'내가 왜 이러지? 왜 발이 떨어지지 않는 것이냐?'

예전의 그였다면 아무 생각 없이 일행을 구하려고 몸을 던졌을 것이다. 하지만 지금 진광은 왜 자신이 머뭇거리는지 이유를 알 수 없었다.

그때 이강이 말했다.

"네놈이 왜 망설이는지 이유를 말해줄까?"

"…그게 뭐냐?"

이강은 아무 말 없이 강물 쪽으로 고개를 내렸다. 진광은 영문을 몰라서 그를 따라 시선을 돌렸다.

그때 이강이 진광의 등을 떠밀었다.

"네놈? 이게 뭐 하는 짓이냐?"

진광은 두 팔을 휘저으며 이강을 붙잡으려 했다. 하지만 곧 균형을 잃고 속절없이 절벽 밑으로 떨어져 버렸다.
이강이 말했다.
"강에 빠져 죽지 않고 살아난다면 그때 말해주지."
이강은 진광을 따라 강물을 향해 몸을 던졌다.

초류영은 암벽에 올라 강을 바라봤다.
절벽에서 뛰어내린 진광과 이강은 이미 멀리 떠내려갔는지 찾을 수 없었다.
"빌어먹을!"
그는 분을 참지 못해 절벽 위를 서성였다. 그러다가 다시 암벽을 내려가서 경비병들에게 돌아갔다.
경비병들은 이미 일행의 신형을 접수한 뒤였다.
초류영은 유소운은 거들떠보지도 않고 편복선생에게 걸어갔다. 그리고 그의 면전에 얼굴을 바싹 들이댔다.
"어떠시오, 편복선생? 망자가 되어 불로장생을 누리고 싶지 않소?"
그가 입에서 촉수를 날름거리며 말했다.
하지만 편복선생은 냉담한 눈으로 그를 바라봤다.
"착각하지 말게나."
"뭐라고?"
"망자는 혈선충이 뇌를 파먹어서 산송장이 잠시 몸을 일으켰을 뿐이네. 불로장생과는 거리가 멀지."

"으음……."

초류영은 기분이 나쁜지 잠깐 편복선생을 노려봤다.

그러다가 편복선생의 품에 손을 넣었다. 그리고 흑랑비서를 꺼내 들었다.

초류영의 입이 양옆으로 찢어졌다.

"크흐흐! 흑랑비서가 드디어 내 손에 들어왔구나!"

이번에는 유소운이 그의 심사를 건드렸다.

"글쎄요? 당신은 흑랑비서를 멸천대주에게 바쳐야 되는 것 아닙니까?"

"……"

초류영의 얼굴이 잔뜩 일그러졌다. 하지만 그는 편복선생과 유소운을 추궁하지 않고 몸을 돌렸다.

그는 검은 천에 둘둘 말려 있는 송현을 보며 실소했다.

"흐흐흐, 이걸 변장이라고 한 것이냐? 세 살박이 어린애도 알아보겠다."

계속해서 그는 임윤에게 다가갔다.

경비병들이 목에 검을 대고 있었으나 임윤은 평소처럼 무덤덤한 얼굴을 하고 있었다.

초류영이 말했다.

"네놈은 목숨이 경각에 달했는데도 여전하군."

"……"

임윤은 아무 말 없이 딴청을 피웠다.

초류영은 임윤 옆에 떨어져 있는 혁낭을 발견하고는 집어들었다. 그리고 혁낭의 찢어진 틈새를 들여다봤다.
"이건 또 뭐야?"
혁낭 안에 있는 박황은 입을 막은 부적 때문에 아무 말도 할 수 없었다. 초류영은 옆의 경비병에게 혁낭을 던졌다.
그가 일행을 쭉 훑어보며 말했다.
"네놈들도 내 뱃속에 처넣어 양분으로 삼고 싶지만 배가 부른 게 아쉽군."
그는 잠깐 진광과 이강이 뛰어내린 절벽을 쳐다봤다.
"놈들도 잡았어야 되는 건데… 아니지. 어차피 중원 천하가 온통 망자판이 될 텐데 도망쳐 봤자 그게 그거군. 크흐흐흐!"
초류영이 몸을 돌리며 경비병들에게 명했다.
"이놈들을 대주님께 끌고 간다!"
초류영과 경비병들은 일행을 끌고 부두로 향했다.
그들이 떠난 자리에는 전신의 피가 모두 빨려 뼈와 살가죽만 남은 북악검문 일행의 시신 여덟 구만이 남아 있었다.
비록 입구까지였지만 북악검문 일행도 흑랑성에 발을 들여놓았다고 할 수 있었다. 송현 일행을 제외하면, 흑랑성에 들어간 사람 중에 다시 강호에 나온 이는 없다는 소문은 이번 경우에도 들어맞은 셈이었다.

*　　　*　　　*

"푸하!"

진광이 강물에서 머리를 내밀며 참았던 숨을 토했다.

그는 물가로 올라왔다. 물은 아직 차가웠다. 전신이 흠뻑 젖어서 오한이 일었다.

진광은 문득 고개를 돌렸다.

이강이 물에서 나오지 못한 채 허우적거리고 있었다.

그는 두 눈이 없었기에 청각과 육감에 의지하여 몸을 움직였다. 하지만 흐르는 강물에 빠지자 방향 감각을 잃어서 제대로 헤엄칠 수 없었던 것이다.

진광은 잠깐 냉랭한 눈빛으로 이강을 바라봤다. 그러다가 곧 고개를 젓고는 몸을 일으켰다.

그는 선장을 비틀어서 길이를 늘렸다. 그리고 이강을 향해 내밀었다.

"잡아라!"

이강이 선장을 붙잡자 진광은 그를 물가로 끌어냈다.

이강은 삼켰던 물을 토하며 잠시 몸을 추슬렀다. 그런 다음 다시 기운을 차렸는지 몸을 일으켰다.

이강이 말했다.

"고맙군. 이 빚을 무엇으로 갚지? 후후후."

그러자 진광이 그의 멱살을 틀어쥐었다.

"네놈 같은 마인한테 받고 싶은 것은 없다. 대신에 그걸 말해라."

"뭘 말이냐?"

"절벽에서 뛰어내릴 때 내가 왜 망설이는지 이유를 말하겠다고 하지 않았냐?"

"아, 그거? 그랬었지."

이강은 입가에 미소를 지었다. 하지만 진광을 비웃는 것은 아닌 듯 보였다.

"동료를 망자 놈들한테 버려두고서 혼자 도망치자니 마음이 무거웠지? 한데 그들을 구하려고 해도 또 발이 떨어지지 않았지? 그 이유를 알려주지."

"네놈……."

"널 비웃으려는 게 아니다. 넌 명문정파의 제자답게 행동한 거다. 뭐, 나한테야 명문정파의 말 따위는 개소리나 다름없지만 말야."

"명문정파답게 행동한 거라고? 동료를 버리고 도망친 것이 말이냐?"

"그래."

이강이 그답지 않게 진지한 얼굴로 말했다.

"네놈한테는 더욱 중요한 일이 있지 않냐? 무림맹의 임무 말이다."

"무림맹의 임무? 우리가 이미 세 가지 임무를 끝마친 셈이라고 말한 게 네놈 아니었냐?"

이강의 대답이 뜻밖이었다.

"송현 놈의 임무 말고 진광, 네놈의 임무를 말하는 거다."

"……?"

진광은 이강의 말뜻을 알 수 없었다.

자신이 무림맹의 명숙들에게 따로 받은 임무는 없었다. 그런데 이강이 그렇게 말을 하니, 혹 그가 자신의 생각을 읽어 스스로도 모르는 무언가를 알고 있다는 느낌이 들었다.

"그게 무어냐?"

이강이 말했다.

"송현과 다른 놈들은 죄다 명문정파의 인물이 아니다. 하지만 네놈은 소림사의 인물이지. 하면, 네놈은 흑랑성의 일을 한시라도 빨리 무림맹에게 보고해야 되는 의무가 있는 것이 아니냐? 그게 바로 송현은 없지만 네놈이 갖고 있는 임무다."

"……!"

진광은 정신이 번쩍 들었다.

이강의 말이 계속됐다.

"그게 아니면 소림 방장이 왜 굳이 너를 흑랑성에 보냈을까? 물론 사형의 일도 있었겠지만 말야."

진광은 허공을 응시하며 말을 잇지 못했다.

이강의 말은 일리가 있었다.

자신은 소림사로 돌아가 모든 사실을 알려야 했다. 소림사의 제자이기 때문에 처음부터 갖고 있는 임무라고 할 수 있었다.

이강이 말을 계속했다.

"어차피 네놈 혼자서 송현과 다른 놈들을 구할 수는 없다. 그렇다면 그들을 포기하고 무림맹에 흑랑성의 일을 알리는 것이 네놈이 할 일이다. 실은 네놈도 마음속에는 그 생각이 있었다. 그러니 발이 떨어지지 않을 수밖에. 후후후."

"……"

진광은 침음했다.

이강의 말이 옳다고 느낀 것이다.

그때 몸을 돌렸다면 설령 초류영과 경비병들을 물리쳤다고 하더라도 송현을 포함하여 네 명을 구할 수 있을 뿐이다.

하지만 그것이 실패한다면?

중원무림의 모든 사람을 망자의 위험에서 구하지 못하는 꼴이 되는 것이다.

"소림사로 서둘러 돌아가라. 그리고 무림맹에 모든 사실을 보고해라. 정말 중원무림을 구하려면 그 길밖에 없다. 괜히 다른 놈들에게 신경을……"

이강이 뭐라고 계속해서 말했다.

하지만 진광의 귀에는 이강의 목소리가 조금씩 작아지다가 이내 사라져 버렸다.

진광의 뇌리에 일행의 잔상이 떠올랐다.

돌아가신 어머니를 잊지 못하여 항상 글귀를 읊는 유소운. 그는 무관 시험은 물론, 문관 시험에 동시에 합격할 자질을 갖추고 있었다.

사부를 여의고 사문에서 쫓겨난 임윤. 그는 사부가 남긴 비검술의 명예를 회복해야 했다.

금전을 탐하고 자신의 술법을 과신하는 편복선생. 하지만 그가 악인으로 여겨지지는 않았다. 흑랑성에서 갖은 위기에 처해도 담대한 것으로 보아 정말 도사인 듯 보일 때도 많았다.

그리고 송현.

병약한 사매를 위해 금분세수까지 하며 강호를 떠나려 하고 있다. 반면 망자라서 그런지 청위표국에의 미련을 버리지 못하고 있다.

문득 떠오르는 생각이 있었다.

'혹시, 송 국주는 망자가 된 전 동료들을 잊지 못하고 있는 것이 아닐까?'

진광은 사형 진견이 마지막으로 남긴 말, 송현이 악인이 아니라는 말을 기억했다.

그는 사형이 죽는 것을 보고만 있어야 했다. 그리고 이제 다른 일행이 망자가 될 위험에 처해 있다.

진광은 천천히 고개를 돌렸다. 그리고 말했다.

"네놈은 가라. 난 일행을 구하겠다."

이강은 멍하니 진광을 쳐다보더니 이내 광소를 터뜨렸다.

"하하하, 으하하하!"

이강은 잠시 그렇게 웃어댔다. 그러다가 웃음을 멈추고 냉랭한 얼굴로 말했다.

"그 잘난 강호의 정리 때문이냐?"

진광은 울컥하여 주먹을 움켜쥐었다. 하지만 곧 고개를 저으며 손을 내렸다.

"지금 네놈과 싸워서 힘을 낭비할 때가 아니다. 네놈 같은 사마외도의 무리가 강호의 정리가 무언지, 또 그것이 지켜지는지 믿을 리가 없지."

그때 이강이 뜻밖의 말을 했다.

"난 강호의 정리를 믿는다."

"그러냐?"

진광은 이제 이강이 무슨 궤변을 늘어놓든지 신경 쓰지 않기로 했다.

그런데 이강의 얘기는 그의 예상을 빗나가는 것이었다.

"내 아버지는 도박을 하려고 날 노예 시장에 팔았다. 아버지는 결국 도박에서 진 빚을 못 갚고 인육이 되어 사람들의 뱃속으로 사라졌지. 내 어머니는 날 낳자마자 도망쳤다. 삼류 기루에서 매춘부가 되었다는 말은 들었는데, 어떻게 죽었는지는 모른다."

진광은 이강을 빤히 쳐다봤다. 두 눈이 없는 이강은 그것을 아는지 모르는지 계속 말을 이었다.

"노예 시장에서 도망쳐서 굶어 죽기 직전인 나를 사부가 거두어 줬다. 알고 보니, 사부는 극독과 사파의 내공을 시험하기 위해 어린 나의 몸이 필요했던 거였다. 사부 때문에 난 열 살이 넘기 전에 이미 폐인이 되었다. 십 년 뒤에 무공을 익혀 목숨을 부지한 나는 사부를 찾아가 그를 단죄했다. 아버지, 어머니, 사부, 모두 강호의 정리에 따라 천벌을 내린 셈이다."

"......"

"그 뒤 나는 흑점에서 살인청부를 행하며 먹고살았다. 난 청부를 가려서 받았다. 내가 죽인 놈들은 부정 축재를 일삼는 탐

관오리나 세를 불리기 위해 타 문파를 멸문시키는 장문인이었다. 마을의 아녀자들을 모조리 겁간한 고관대작의 자식새끼나 자신이 신이라고 속여서 가난한 이들의 등을 처먹는 사기꾼도 있었지."

진광은 자기도 모르는 새에 이강의 얘기에 빠져들었다.

"명문정파로 행세하면서 강호의 정리를 어기는 놈들이 보통 말하는 흑도의 무리보다 훨씬 더 많았다. 나는 청부가 들어오지 않아도 놈들을 하나씩 단죄했다. 그러기를 십 년쯤 했던가? 언제부터인가 중원무림에서 나를 사대마인이라고 칭하더군. 마인이라… 웃기는 소리 아닌가? 난 한 번도 강호의 정리에 어긋나는 일을 한 적이 없는데 말야."

이강은 말을 마치고 잠시 침음했다.

그러더니 다시 원래의 말투로 돌아와서 말했다.

"내 얘기를 모두 했으니 네놈의 말을 들어보고 싶군. 그래, 네놈이 생각하는 강호의 정리란 것은 대체 무엇이냐? 동료 몇 놈을 구한답시고 개죽음을 해서 사문과 중원무림에 피해를 끼치는 것이냐? 크하하하!"

"……."

진광은 아무 말도 할 수 없었다.

이강이 자신의 과거를 꾸며냈으리라고는 생각되지 않았다. 얘기를 들어보니 그는 무작정 인명을 해치며 흑도를 걷는 자는 아닌 듯했다.

진광은 이강이 숱한 강호 경험을 바탕으로 솔직하게 충고를 하고 있다는 것을 깨달았다.

헛되게 개죽음당하지 말고 명문정파의 제자답게 행동하라는 말이 그것이었다.

진광은 잠시 그의 말을 생각했다.

그리고 결심을 내렸다.

"송 국주를 구하는 것을 돕는다면 빚을 갚겠다고 했었지?"

"그건 이미 받은 셈이지. 네놈이 날 잡아서 소림사로 끌고 가지 않는 이상은 말이다."

"좋다. 그러면 이번에는 다른 부탁을 하마."

"뭐냐?"

"소림사로 가서 방장님께 흑랑성과 망자의 얘기를 전해라."

"……"

이강은 잠시 멍하니 침음했다.

그러다가 곧 냉랭한 얼굴로 입을 뗐다.

"사대마인으로 낙인 찍힌 나더러 소림사에 들어가라니, 나보고 섶을 지고 불속으로 뛰어들라는 거냐?"

하지만 진광의 얼굴은 담담했다.

"방장님께 내 얘기를 해라. 내가 널 붙잡지 않겠다는 약조를 했다고 말이다."

"글쎄, 그 말을 믿을 수 있을까?"

"생각해 보니 부탁이 하나 더 있군."

"하나 더?"

"그렇다. 소림사에 간 다음 개봉으로 가서 청위표국의 장원을 찾아라. 그리고 송 국주의 사매에게 그의 소식을 전해줘라."

"훗, 송현이 반드시 돌아올 거라고 말이냐? 아니면 더는 그를 기다리지 말라고 말이냐?"

이강이 코웃음을 쳤다.

그러나 진광은 여전히 진지했다.

"물론 전자다. 나는 송 국주를 반드시 구하여 그녀에게 돌아가도록 할 것이다."

"……."

이강의 얼굴에 어느새 비웃음이 사라져 있었다.

그가 말했다.

"네 부탁을 들어주면 내가 받을 대가는 무엇이냐?"

진광은 천천히 몸을 돌렸다. 그리고 멀리 보이는 부두를 향해 발을 옮겼다.

"방장님께 지금 얘기를 모두 한 다음 네가 원하는 것을 말씀드려라. 그게 무엇이든 꼭 들어주실 것이다."

일행의 말에 항상 토를 달고 비웃던 이강도 이번만큼은 진광의 말에 감히 의문을 달지 못했다.

진광은 일행을 구하러 가버렸다.

이강은 마치 두 눈이 있어서 앞을 볼 수 있는 것처럼, 진광이 떠난 방향에서 고개를 돌리지 못했다.

* * *

임윤, 유소운, 편복선생, 그리고 아직 사슬에 묶여 있는 송현은 초류영과 경비병들에게 끌려갔다.

대영루에 도착한 일행은 경악했다.

대영루가 어느새 초토화되어 있었던 것이다.

객잔에 머물던 숱한 무림인들은 물론, 문제가 생기면 직접 청룡도를 들고 객잔을 지키던 점소이들도 모두 망자들에게 무릎을 꿇은 지 오래였다.

황하를 오가던 여행객이나 표사와 쟁자수, 그리고 부두의 잡상인들도 모두 대영루 근처로 끌려와 있었다.

대영루와 부두를 제압한 자들은 다름 아닌 멸천대였다.

명문정파의 고수들로 구성된 창천대가 망자가 된 다음 이름을 바꾼 것이 멸천대.

생전에도 중원무림의 내로라하던 고수였던 그들이 이제 망자의 장점까지 지니게 됐으니, 오지에 있는 일개 객잔에 불과한 대영루는 멸천대의 상대가 되지 못했던 것이다.

사람들은 병장기를 빼앗긴 채 땅에 무릎을 꿇고 있었다.

그게 아니면 초류영에게 피를 빨렸던 위소청처럼, 살가죽만 남은 시체가 되어 땅에 뒹굴고 있었다.

방금 전까지만 해도 무림인의 활기가 넘쳤던 대영루는 이제 지옥도로 변해 있었다.

중원천하의 모든 무림인을 망자로 만들겠다던 정추산.

그의 선언은 결코 허언이 아니었던 것이다.

대영루를 접수한 망자들은 흑랑방주를 부두로 끌어오기 시작했다.

흑랑방주는 거대해서 작은 부두에 바로 정박할 수 없었다.

지하 도시의 망자들이 타고 있는 쾌속선들이 방주의 주위를 빙 둘러쌌다. 그들은 밧줄로 쾌속선과 방주를 연결했다. 그런 다음 쾌속선을 일제히 움직여서 방주를 끌었다.

쾌속선이 부두에 일렬로 정박하자 그와 연결된 흑랑방주도 강물에 흘러내려가지 않고 정지했다.

방주 위에서 경비병들이 기둥 두 개를 들어 올렸다. 기둥은 그 길이가 수십 장이 넘어 보였다.

그들은 기둥을 부두 위에 내렸다. 그러자 두 개의 기둥이 갑판과 방주를 연결했다.

그런 다음 두 기둥을 발판 삼아 그 위에 수십 장의 판자를 일렬로 깔았다.

즉석에서 방주와 부두를 잇는 다리가 완성되었다.

흑랑방주가 중원무림의 땅과 처음으로 맞닿은 것이다.

갑판에 정추산과 멸천대, 그리고 청위표국의 표사들이 모습을 드러냈다.

실혼인과 같은 지하 도시의 망자들이 일제히 환호했다.

"멸천대 만세! 흑랑성 만세!"

대영루에 잡혀 있는 사람들은 넋을 잃고 그 광경을 바라봤다.

그들도 이제 깨달았다.

적들이 단순한 사마외도의 무리가 아니라 지옥에서 세상으로 나온 악귀라는 사실을…….

정추산이 다리를 건너왔다.

그가 부두에 도착하자 초류영이 앞으로 나와서 흑랑비서를 바쳤다.

정추산이 흑랑비서를 받아 들고 흡족해하며 말했다.

"네가 공을 세웠으니 보상이 있을 것이다."

"감사합니다."

초류영이 뒤를 보며 손짓을 했다. 그러자 경비병들이 송현 일행을 끌고 나왔다.

송현은 두 팔이 사슬에 묶인 채 여전히 초점없는 시선으로 허공을 응시하고 있었다.

정추산이 실망하며 말했다.

"이놈은 이제 폐인이군. 아까운 피만 낭비했어."

그 말에 임윤, 유소운, 편복선생은 송현이 강제로 피를 흡수하여 실혼인처럼 변했다는 사실을 직감했다.

정추산은 송현을 묶고 있는 사슬과 부적을 바라봤다.

"흑랑비서의 주문을 부적으로 만들었다니, 제법이군."

그러자 편복선생은 그 와중에도 무언가 자화자찬을 하려는 듯이 말을 꺼내려 했다.

하지만 정추산은 송현 말고 다른 일행은 안중에도 없는 듯 거들떠보지도 않았다.

초류영이 포권을 했다.

"실은 망자 한 놈이 더 있습니다."
"뭐라? 어떤 놈이냐?"
"이자입니다."

그가 일행에게서 뺏은 혁낭을 열어 보였다. 그 안에는 입에 부적을 붙인 박황이 있었다.

박황은 갑자기 햇볕을 보자 눈을 꿈뻑이다가 정추산을 발견했다. 그는 경악한 눈으로 머리를 흔들며 요동쳤다.

정추산이 박황에게 말했다.

"그랬었군. 네놈이 이자들한테 흑랑비서의 비밀을 알려주었느냐?"

박황의 눈은 그렇지 않다고 말하고 있었다. 하지만 그의 입은 막혀 있으며 목만 남아서 고개를 저을 수도 없는 일이었다.

정추산이 혁낭에서 박황의 머리를 꺼냈다.

"평생을 흑랑성의 지하에서 살다가 마지막으로 햇볕을 봤으니 죽어도 여한이 없으렷다?"

"……!"

박황의 눈이 공포로 가득 찼다.

정추산이 박황의 머리를 집어 던졌다.

휙!

박황의 머리가 높이 떠올랐다. 그는 공중에서 포물선을 그리다가 아래로 떨어졌다.

그곳은 바로 흑랑방주의 갑판 중앙에 난 구멍이었다.

박황의 머리가 빙글빙글 돌았다. 그 바람에 그는 자신이 어디로 떨어지고 있는지 알아차렸다.

"……!"

박황은 경악했다.

그의 목 밑에서 굵은 촉수가 빠져나왔다. 하지만 촉수가 아무리 날뛰어도 허공에서 잡히는 것이 있을 리 없었다.

혈선충 모체가 구멍 밖으로 주둥이를 내밀어서 박황의 머리를 삼켜 버렸다.

모체의 이빨이 다물어졌다.

콰직!

박황의 머리는 산산조각이 나서 모체의 뱃속으로 떨어졌다.

그것이 흑랑성을 설계하고 망자를 만든 장본인, 황상을 위해 평생 불로장생의 비법을 연구한 박황의 최후였다.

정추산이 송헌 일행을 고갯짓으로 가리켰다.

"이놈들과 객잔에 잡아놓은 놈들을 하나도 남김없이 모체의 먹이로 주어라."

초류영이 조심스레 물었다.

"망자로 만들지 말고 모두 말씀입니까?"

"그렇다. 모체의 뱃속에는 항상 피가 가득 차 있어야 된다. 멸천대가 중원무림을 제압할 밑거름이 될 것이다."

"존명!"

정추산은 몸을 돌려 다리를 되돌아갔다. 멸천대와 청위표국 표사들도 그의 뒤를 따라갔다.

그 모습을 본 유소운이 물었다.

"저들은 방금 부두에 발을 들여놓고서 왜 다시 방주로 돌아가는 것일까요?"

"……."

임윤과 편복선생도 그것이 궁금했다.

편복선생이 말했다.

"일을 끝마쳤으니 쉬러 가는 것으로 보이네."

그는 무심코 말을 꺼냈으나, 그 말의 절반이 사실로 드러났다.

정추산과 그를 따르는 망자들이 길게 놓인 다리를 건넜다. 그런데 그들은 방주의 갑판에 도착해서도 계속 다리를 걸어가는 것이었다.

다리의 끝은 갑판 중앙의 구멍에 닿아 있었다.

정추산이 구멍으로, 모체의 아가리 속으로 뛰어내렸다.

하지만 이번에는 박황 때와는 달리 모체는 칼날 이빨이 솟아난 입을 다물지 않았다.

정추산에 이어 멸천대도 구멍으로 뛰어내렸다.

일행은 그제야 사정을 깨달았다.

모체에게 빅횡은 먹이였고, 정추산과 멸천대 같은 망자들은 자식인 셈이었다.

임윤이 말했다.

"그냥 쉬는 게 아니라 괴물 뱃속에 들어가 피를 흡수하려는가 보군. 벌써 점심때가 다 됐나?"

"……."

농이 섞인 그의 말이 여느 때보다 섬뜩하게 들렸다.

초류영이 경비병들에게 손짓했다.

"몽땅 먹이로 주라는 명이시다!"

경비병들이 방주에 연결된 다리에서 대영루로 이어지는 길까지 길게 줄을 만들었다. 그리고 대영루에 잡아둔 사람들을 끌고 나오기 시작했다.

* * *

진광은 강가를 달렸다.

한 식경 후, 그는 대영루의 근처에 도달했다.

그는 골목 모퉁이에 몸을 숨기고 대영루와 부두를 바라봤다. 그러다가 곧 양미간을 구기며 한숨을 쉬었다.

부두는 이미 망자들에게 점령당해 있었다.

피를 빨린 사람들의 시체가 여기저기 나뒹굴고 있었다. 간신히 목숨만 건진 사람들은 넋이 나가서 경비병들이 시키는 대로 하고 있었다.

사람들을 통제하는 것은 주로 경비병이었다. 애초에 경비병들은 그 수가 많지 않아 대영루와 부두의 사람들을 모두 감시하는 것은 불가능했다.

하지만 아무도 경비병의 눈을 피해 도망갈 엄두를 내지 못했다.

쾌속선에 타고 있던 지하 도시의 망자들, 그들이 부두 주위를 빙 둘러싸고 있었기 때문이다.

냉랭한 경비병과는 달리, 도시 망자들은 퀭한 눈으로 연신 군침을 흘리며 사람들을 쳐다봤다.

굶주림에 지친 눈빛이었다.

만약 경비병들이 없었다면 도시 망자들은 흑랑성에서처럼 미친 듯이 달려들어 사람들을 물어뜯고 먹어치웠을 것이다.

망자가 무엇인지 아직 제대로 알지 못하는 사람들도 그것을 직감했다. 때문에 누구도 감히 도망치지 못하는 것이었다.

진광의 심정은 참담했다.

편복선생의 부적이 있기에 망자들에게 숨어드는 것은 어렵지 않을 듯했다.

하지만 송현과 일행을 구해내려면 어디서부터 시작해야 될지 감이 오지 않았다.

또한 부두로 다시 돌아올 때는 일행만 구할 생각이었는데, 막상 와서 상황을 살펴보니 다른 무고한 사람들이 신경 쓰이게 된 것이다.

그들을 모른 척하고 동료만을 구해서 도망쳐야 되는가?

그렇다면 무림맹에 흑랑성 소식을 전해야 하는 대사(大事)는 이강에게 미뤄둔 채, 왜 몇몇 동료를 구하겠다는 소사(小事)에 집착을 가졌다는 말인가?

진광은 중얼거렸다.

"사형, 저는 어떻게 해야 됩니까?"

그는 자신의 선택이 옳은 것인지 알 수 없었다.

그때 뒤에서 누군가의 기척이 느껴졌다.
'망자인가?'
진광은 선장은 휘두르지 않고 슬쩍 발을 빼며 몸을 돌렸다.
편복선생의 부적이 있으니 초류영이 아니라면 다른 망자는 자신을 알아보지 못한다. 괜히 지레 겁을 먹어서 산통을 깰 일은 없었다.
그런데 몸을 돌린 진광은 그 어느 때보다도 놀란 눈을 했다.
그의 뒤에 나타난 인영이 말했다.
"뭘 그렇게 놀라지?"
인영은 다름 아닌 이강이었던 것이다.
이강이 입꼬리를 말며 웃었다.
"여태껏 내가 따라오는 것도 듣지 못했다니, 무림인이 귀가 어두우면 목이 떨어져도 모르는 법이다. 후후후."
"……"
진광은 그가 따라온 것을 깨닫자 막힌 가슴이 뻥 뚫리는 듯한 느낌을 받았다.
하지만 일부러 퉁명스럽게 말했다.
"네놈, 또 무슨 헛 수작을 부리려는 것이냐?"
이강이 어깨를 으쓱하며 말했다.
"두 눈이 없으니 이제 흑점에서 살수 일도 안 들어올 테고, 그렇다고 딱히 갈 곳이 있는 것도 아니고. 그래서 망자 놈들이나 없애볼까 해서 왔다."
"네놈한테 더는 빚을 지기 싫다. 그러니 날 도울 필요없다."

"걱정 마라, 네놈을 도우려는 게 아니니까. 난 오지랖이 넓어서 강호의 일이라면 끼어들지 않고는 못 배기거든."

"나중에 망자가 돼서 후회나 하지 마라."

"풍진 강호에서 살아봤자 고생길이 훤한데 망자가 돼서 불로장생해 보는 것도 나쁘진 않겠지. 후후후."

"그렇게는 안 될 거다. 네놈이 망자가 되면 내가 손수 목을 칠 테니까. 그런 다음 극락왕생을 빌어주마."

"중원의 사대마인이 극락왕생을 할 줄이야! 죽는 것도 그리 나쁘지는 않은걸? 크호호호!"

"흥! 내가 불문의 제자라서 빌어주겠다는 것이지, 네놈이 극락왕생한다는 보장은 없는 줄 알아라!"

진광은 코웃음을 쳤다.

이강은 실소했다.

둘은 흑의의 옷깃을 여미고 흑건을 푹 눌러써서 최대한 얼굴을 가렸다.

그런 다음 망자들에게 점령당한 부두를 향해 몸을 날렸다.

부두 주위는 수천 명의 망자가 에워싸고 있었다.

하지만 진광과 이강은 어렵지 않게 망자들 속으로 숨어들어 가는 데 성공했다. 망자들의 대부분이 지하 도시에 있던 자들이었기 때문이다.

망자들은 지하 도시에서 봤을 때는 산 사람과 크게 구별이 가지 않았다. 그들이 살아생전에 했던 일을 반복하던 것처럼 보여서였다.

 그러나 밝은 햇살 아래에서 본 망자들의 모습은 흑랑성에 있을 때와 크게 달랐다.

 진광은 그들의 면면을 보며 양미간을 구겼다.

 이강이 그의 생각을 읽었는지 말했다.

 "산송장이 따로 없나 보군."

 망자들은 퀭한 눈을 하고 멍청히 허공을 바라보고 있었다. 그들의 얼굴 어디에서도 생기의 흔적을 찾을 수 없었다.

 때문에 진광과 이강은 그들의 시선을 크게 의식하지 않아도 됐다.

 오히려 망자가 아닌 자들이 신경 쓰였다. 그들이 유심히 본다면 자신들이 망자가 아니라는 것을 알아차릴 수 있을지도 몰랐다.

 만약 사람들이 진광과 이강을 발견하고 이상하게 여길 때 초류영이 그것을 눈치챈다면 산통이 깨질 일이다.

 그런 이유로 진광과 이강은 흑건을 눌러써서 얼굴을 숨기는 것은 물론, 걸음걸이와 행동거지까지 망자처럼 보이도록 연기해야 했다.

 이강이 말했다.

 "망자 놈보다 산 사람이 속을 썩일 줄은 몰랐군."

 "……."

 진광도 그의 말에 공감했다.

 진광과 이강은 조심스레 망자들 속을 뚫고 방주가 정박한 부두 쪽으로 다가갔다.

둘은 대영루를 지나칠 때 상황이 훨씬 심각하다는 것을 깨달았다.

피를 빨려서 살가죽만 남은 시체가 대영루 곳곳에 널려 있었던 것이다.

그나마 목숨을 부지한 사람들도 넋이 나간 얼굴을 하고 있었다. 경비병들이 검을 들고 그들을 한쪽으로 몰아갔다.

어쩌다 반항하는 이가 나오면 경비병들은 가차없이 목을 벴다. 그리고 흐르는 피를 받아마셨다. 그들의 손속이 워낙 흉흉했기 때문에 사람들은 고개를 숙인 채 시키는 대로 움직였다.

대영루에 있던 점소이나 무림인은 그들의 정체를 모르는 것 같았다. 단지 사람을 죽인 다음 피를 마시는 기행을 일삼는 사마외도의 무리라고 생각하는 듯했다.

진광이 쓴웃음을 지었다.

"저 많은 놈들이 아무 짓도 못하다니, 어이가 없군."

"무림인이라는 게 다 그렇지. 당장 제 목숨 하나 건사하기 바쁜 족속들 아닌가."

말은 그렇게 했지만 둘은 그들의 사정을 이해했다.

먼저 북악검문을 몰살시키던 경비병들의 무공 수위는 강호의 무사들이 상대할 수 없는 수준이었기 때문이다.

흑랑방주를 보자 판자를 덮어 즉석에서 만든 다리가 부두까지 연결되어 있었다.

경비병들은 방주에 연결된 다리에서 대영루로 이어지는 길까지 길게 줄을 만들고 있었다. 그리고 대영루에 잡아둔 사람들을 그쪽으로 끌고 가는 것이었다.

진광이 말했다.

"저들을 어디로 끌고 가는 거지?"

"흑랑방주가 아니면 어디겠냐?"

"모두 망자로 만들려는 것이냐?"

"나라고 그걸 알겠냐?"

둘은 서로 의문만 꺼낼 뿐, 누구도 속시원히 답을 말하지 못했다.

이강이 물었다.

"십사호랑 다른 놈들은 어떻게 구할 작정이냐?"

"그냥 구하지, 뭘 어떻게 구하냐?"

"그냥 구한다고? 수천이 넘는 망자 놈들을 네놈 혼자서 모두 때려잡을 생각이었단 말이냐?"

"……."

진광이 선뜻 대답을 못하자 이강은 어이없다는 얼굴을 하며 말했다.

"이거야 기가 막혀서… 하긴, 십사호처럼 무슨 심계나 작전이 있을 거라고는 기대도 안 했다."

진광은 은근히 화가 났으나 그의 말이 옳으니 반박할 수가 없었다.

"네놈은 무슨 기병 같은 거 없냐?"

"여기 있다."

진광이 여의선장을 들어 보였다.

이강이 고개를 저었다.

"그런 거 말고 편복 놈의 부적 같은 거 말이다."

"나는 불문의 제자다. 부적 따위는 없다."

"그런 뜻이 아니잖냐?"

진광도 그가 무슨 얘기를 하는지 모를 리 없었다.

하지만 평생 소림사에서 무공만을 익혀왔는데 갑자기 송현과 같은 심계를 요구당하자 심사가 뒤틀렸던 것이다.

이강이 한숨을 쉬며 고민하는가 싶다가 무언가를 깨달았는지 말했다.

"네놈 혁낭에 뭐가 있었지?"

"…벽곡단과 물주머니다."

"그게 아니라, 박황 놈은 어디에 있냐? 네놈 혁낭에 넣어두지 않았냐?"

"……!"

진광은 그제야 이강이 무슨 말을 하는지 알아차렸다.

그는 어깨에 메고 있는 혁낭을 손에 들었다.

이강이 말했다.

"혁낭이 바뀌었군?"

진광이 들고 있는 혁낭은 그의 것이 아니었다.

먼저 흑랑방주에서 진광은 사슬에 두 팔이 묶인 송현을 어깨에 둘러멨었다. 박황의 머리가 든 진광의 혁낭은 임윤이 대신 들어주었다.

그때 혁낭이 바뀌었던 것이다.

흑랑방주에서 빠져나온 일행은 송현을 숨기기 위해 검은 천을 샀다. 진광은 송현의 혁낭을 대신 메고 그를 검은 천에 둘둘 말아 숨겼었다.

그렇다면 지금 진광이 메고 있는 혁낭이 누구의 것인지는 뻔했다.

진광이 말했다.

"이건 송 국주의 혁낭이다."

진광은 혁낭의 주둥이를 묶은 끈을 풀고 안을 들여다봤다.

순간 그의 눈이 휘둥그레졌다.

이강이 그의 생각을 읽고서 말했다.

"소가 뒷걸음치다가 쥐 잡은 격이로군. 후후후."

혁낭 안에는 적색과 청색의 주머니가 가득 들어 있었다.

적색 주머니는 벽력탄, 청색 주머니는 뢰전탄이었다.

산서의 벽력당이 만들어서 한때 중원무림에 악명을 떨쳤던 폭뢰, 벽력탄과 뢰전탄.

송현이 금강고에서 챙겨온 벽력탄과 뢰전탄이 지금 진광의 손에 있는 것이었다.

진광이 득의양양한 얼굴로 말했다.

"봤냐? 이것으로 망자 놈들을 없애면 된다."

그러나 이강은 실소했다.

"어떻게?"

"뭐가 어떻게냐? 이 많은 벽력탄이 폭발하는데 망자 놈들이라고 별수 있겠냐?"

이강이 냉랭하게 쏘아붙였다.

"망자가 수천이 넘는다. 벽력탄이 그만큼 되냐? 아니, 몇백 개라도 넘냐?"

"……"

진광은 말문이 막혔다.

벽력탄이 혁낭에 가득 들어 있다고 해도 그 수가 백 개를 넘지는 않을 것이다. 게다가 그중 반수는 폭발하는 것이 아니라 강렬한 섬광만 내뿜는 뢰전탄이 아닌가?

진광은 화를 낼 수 없자 퉁명스럽게 한마디 내뱉었다.

"없는 것보다는 낫다."

"그렇지. 없는 것보다야 낫겠지."

이강이 비아냥거렸다.

진광은 계속 말문이 막히자 부아가 치밀었다. 그는 홧김에 지껄였다.

"이 정도 벽력탄이면 제아무리 집채만 한 저놈의 방주라도 밑창이 뚫리겠지. 방주를 가라앉히면 그만 아니냐?"

"방주 밑창까지 혁낭은 누가 갖고 가는데?"

진광은 또다시 할 말이 없어졌다.

이강의 말대로 혁낭에 든 벽력탄으로 방주를 침몰시키겠다는 것은 고양이 목에 방울 달기나 마찬가지였다.

하지만 진광은 고집을 굽히지 않았다.

"내가 갖고 가겠다."

모체 폭파 작전 225

"아서라. 네놈이 방주 밑창까지 갈 때까지 멸천대는 잠이나 자고 있겠냐?"

"……."

"게다가 저만한 방주라면 귀퉁이 한군데가 뚫려서 물이 샌다고 해도 금세 가라앉지 않는다. 설령 물이 새도 망자 놈들이 수리하면 다시 원상복귀되는 것은 시간문제……."

그런데 이강이 갑자기 말을 멈췄다.

진광은 영문을 몰라서 그를 바라봤다.

이강이 잠시 침음하더니 말했다.

"벽력탄을 쓸 곳이 생각났다."

"뭐라? 그게 정말이냐?"

"그래. 네놈 말이 맞았다."

이강이 고개를 들고 방주 쪽으로 돌렸다. 그는 두 눈이 없는데도 무언가를 응시하는 듯한 얼굴이었다.

"벽력탄으로 망자 놈들을 없애면 그만이지."

진광이 드디어 참지 못하고 역정을 냈다.

"네놈이 정말! 지금 이 상황에 농지거리냐? 이 정도 벽력탄 갖고 수천이 넘는 망자들을 해치우지 못한다는 말은 네놈이 하지 않았냐?"

"아니, 해치울 방도가 있다."

이강이 방주 쪽을 가리키며 말했다.

"모체라는 괴물 입속에 벽력탄을 처넣으면 된다."

第二十九章
절체절명(絶體絶命)

潜行武士
잠행무사

경비병들이 양옆으로 길게 줄을 만들었다. 줄은 대영루에서 방주에 연결된 다리까지 이어졌다.

초류영이 명령했다.

"한 놈도 남김없이 끌고 와라!"

대영루를 지키는 경비병들이 사람들을 밖으로 끌어내기 시작했다. 사람들은 영문도 모른 채 경비병들의 행렬이 만든 길을 걸어야 했다.

임윤이 그 광경을 보며 말했다.

"점심 식사 한번 거창하게 하는군."

"……"

유소운과 편복선생은 침을 꿀꺽 삼켰다.

흑랑성의 지하 광장에서 목격한 혈선충의 모체가 뇌리에 떠오른 것이다.

핏덩이가 된 말 수십 필이 끄는 수레 위에 실려 있던 거대한 혈선충의 모체. 그것은 이 세상의 생물이라고 할 수 없는 괴물이었다.

유소운이 목소리를 떨며 말했다.

"서, 설마 저 많은 사람들을 몽땅 괴물의 먹이로 주려는 것은 아니겠죠?"

편복선생이 고개를 저었다.

"집채만 한 괴물의 크기를 생각해 보게. 멸천대주가 사람들을 모두 먹이로 주라고 한 말이 과장은 아닌 것 같네."

"……."

그 말에 유소운은 물론, 임윤마저 무거운 눈빛으로 침음했다.

그때 초류영이 다가왔다.

그는 일행에게는 눈길도 주지 않고 송현에게 가서 말했다.

"…이제 내게 넘기시지?"

하지만 송현은 여전히 허공을 응시하며 묵묵부답이었다.

일행은 그가 무엇을 원하는지 궁금했다.

초류영은 송현이 자신의 말을 묵살한다고 생각했는지 얼굴을 일그러뜨리며 말했다.

"무림패를 넘기라는 말이다!"

일행은 놀라우면서도 어이가 없었다.

임윤이 말했다.

"무림패 세 개 중에 저놈이 하나를 가졌고 남은 두 개는 송국주가 갖고 있지. 그것을 마저 내놓으라는 소리군."

임윤의 말을 증명이라도 하듯, 초류영은 송현의 멱살을 틀어쥐고 소리쳤다.

"남은 무림패를 어디다 두었느냐?"

초류영은 송현의 가슴팍에 손을 넣으려다가 그의 몸에 붙어 있는 부적을 봤다.

"이게 뭐야?"

초류영은 부적을 떼어버리려는 듯 손을 뻗었다. 일행은 그가 차라리 부적에 손을 대어 붙어버리기를 바랐다.

하지만 초류영은 다른 망자와 달랐다.

그는 부적을 유심히 보다가 무언가 이상하다고 생각했는지 손을 멈췄다. 그리고 편복선생을 바라봤다.

"네놈이 만든 부적이냐?"

편복선생이 고개를 끄덕였다.

"내가 아니면 누구겠나?"

"어쩐지 사슬이 이상하게 묶여 있다 싶었지. 말코도사 놈이 재주도 좋군."

초류영은 부적에 손이 닿지 않게 조심해서 송현의 품을 뒤졌다.

그러나 무림패는 나오지 않았다.

초류영은 스스로 분을 이기지 못하고 신경질을 내다가 악을 질렀다.
 "이 개새끼! 무림패를, 무림패를 어디다 뒀냐? 혹시 흑랑성에 두고 온 것은 아니겠지? 아니지. 네놈이 그런 실수를 할 리는 없어. 그럼 대체 어디 있는 거냐? 이 자식은 왜 말은 안 해? 벙어리가 됐냐?"
 그때 송현이 천천히 입을 열었다.
 "무림패는 줄 수 없소."
 "뭐라?"
 일행은 송현이 말을 하자 반가운 얼굴로 그를 쳐다봤다.
 그러나 그가 말을 계속하자 다시 이성을 되찾은 것은 아니라는 것을 깨달았다.
 "동료를 구하고 청위표국을 재건할 무림패요. 줄 수 없소."
 "이 새끼가 정말……."
 초류영이 손을 들어 올리며 손가락을 날카롭게 세웠다.
 일행은 긴장했다.
 피를 흡수하여 원래보다 내공 수위가 높아졌을 초류영이 독각귀영의 수투를 낀 손날을 쓴다면 송현의 급소를 찢는 것은 문제도 아니었다.
 하지만 초류영은 천천히 손을 내렸다.
 그가 억지웃음을 지으며 말했다.
 "후후, 무림패를 저세상까지 갖고 갈 수는 없을걸? 어차피 내게 바치게 될 거다."
 그는 그렇게 연신 중얼거리면서 송현의 주위를 맴돌았다.

유소운이 말했다.
"초류영의 행동이 이상하군요?"
편복선생이 답했다.
"망자라서 그렇겠지. 그는 생전에 부귀영화와 기진이보를 유난히 탐했네. 무림패를 모두 자기 손에 넣지 않으면 직성이 풀리지 않을 것이네."
그 말에 일행은 절로 한숨이 나왔다.
초류영뿐이 아니라 송현 또한 방금 무림패에 대한 집착을 보이지 않았는가?
송현 역시 욕망에 좌우되는 망자라는 사실이 일행의 마음을 무겁게 짓눌렀다.
그때였다.
유소운이 작게 탄성을 질렀다.
"아!"
"왜 그러는가?"
"저기, 저쪽에……."
그는 초류영과 경비병들에게 포위된 상태라 손을 들어 가리키지 못하고 슬며시 고갯짓을 했다.
임윤과 편복선생도 들키지 않게 슬쩍 시선을 돌렸다.
그러자 도시의 망자들 속에 흑건을 푹 눌러쓴 두 명의 인영이 보이는 것이 아닌가? 그들은 멀리 떨어져 있었으나 일행은 한눈에 정체를 알아차렸다.
바로 진광과 이강이었다.

진광과 이강은 망자들 사이를 비집고 조금씩 일행을 향해 다가오고 있었다.

진광이 일행과 시선이 마주치자 살짝 고개를 끄덕여 보였다.

"우리를 구하러 진광……."

"쉿!"

임윤이 주의를 주자 유소운은 얼른 말을 삼켰다.

일행은 안달이 났다.

그들은 초류영에게 잡힐 때 기병과 혁낭을 모두 빼앗겼다. 안 그래도 피를 흡수한 경비병들에게 포위된 판인데 기병마저 없으니 일을 도모할 방도가 없었다.

진광과 이강을 돕고 싶어도 아무것도 할 수 없는 상황.

임윤이 말을 내뱉었다.

"무림인 주제에 앉아서 죽음을 기다리다니, 빌어먹을."

그때 편복선생이 말했다.

"하늘이 무너져도 솟아날 구멍은 있는 법이네."

"웃기는 소리. 그 부적 나부랭이를 꺼내 들었다가는 경비병들은 몰라도 초류영 놈한테 걸려서 끝장이 날 거요."

편복선생은 부적을 옷속에 숨겨두고 있었기에 경비병들에게 빼앗기지 않았었다. 하지만 초류영이 지척에 있으니 없느니만 못하다고 임윤이 지적한 것이었다.

편복선생이 말했다.

"그럼 초류영부터 없애야겠군."

"허! 당신이 저놈을?"
"그래. 뭐가 잘못됐는가?"
"……."
편복선생이 당당하게 말하자 임윤은 더는 반박하지 못했다.
임윤과 유소운은 그가 어떤 심계를 갖고 있을지 짐작이 가지 않았다.
편복선생이 초류영에게 말을 걸었다.
"이보게. 실은 얘기하지 못한 것이 있네."
초류영은 그때까지도 송현에게 무림패를 내놓으라고 독촉을 하고 있는 중이었다.
"네놈과 떠들 시간 없다. 난 무림패를 찾아야……."
"바로 무림패 얘기네."
"……!"
초류영은 정신이 번쩍 들었는지 몸을 날려서 편복선생의 앞에 섰다.
"무림패가 어디 있냐?"
"먼저 한 가지 묻고 싶은 게 있네."
"뭐라? 쓸데없는 소리 말고 무림패가 어디 있는지나 말해라!"
초류영은 당장에라도 편복선생의 가슴을 찢고 심장을 꺼내겠다는 듯 손을 치켜올렸다.
하지만 편복선생은 천천히 팔짱을 끼며 말하는 것이었다.
"자네는 멸천대주를 따르는 것인가, 아니면 혈선충의 모체

절체절명(絶體絶命) 235

를 따르는 것인가?"

초류영은 멸천대주와 모체 얘기는 그냥 넘어갈 수 없는지 양미간을 구기다가 말했다.

"대주님이 곧 모체의 분신이나 마찬가지시다. 그런 건 네놈이 알 필요없으니 무림패나……."

"멸천대주는 모든 무림인을 망자로 만들겠다는 천하정벌지계를 공표했네. 아닌가?"

"…그거야 그렇지."

"무림인이 모두 망자가 된다면 무림맹은 사라지지 않겠는가? 그럼 무림맹의 신물인 무림패가 무슨 소용이겠는가?"

"……."

초류영은 멍한 얼굴로 침음했다.

임윤과 유소운도 편복선생의 기지에 감탄하는 동시에 실소를 참지 못했다. 무림맹을 없애려는 멸천대주의 부하 초류영이 무림패를 탐한다는 사실을 뒤늦게야 깨닫고 어이가 없었던 것이다.

초류영은 정신이 혼란스러운지 알 수 없는 말을 중얼거렸다.

편복선생이 슬며시 말했다.

"실은 무림패가 어디 있을지 짐작 가는 곳이 있네."

"뭐라? 그게 정말이냐?"

"물론이네. 내가 이 상황에서 거짓말을 하겠는가?"

초류영이 눈빛을 반짝이며 다그쳤다.

"어디냐? 거기가 어디냐?"

"무림패는 송 국주가 갖고 있었네. 한데 그의 품속에 무림패가 없었다면 아마도 혁낭에 넣어두었겠지."

"혁낭? 저놈은 혁낭이 없었는데?"

"송 국주를 사슬로 묶을 때 혁낭을 내려놓았었네. 혁낭은 아마 대영루의 객실 안에……."

초류영은 편복선생의 말이 끝나기도 전에 몸을 돌렸다.

그가 경비병들에게 소리쳤다.

"내가 돌아올 때까지 이놈들은 방주에 넣지 마라! 무림패를 찾기 전에 뒈지면 안 되니까."

그리고 대영루를 향해 바람처럼 달려갔다.

임윤이 씨익, 웃으며 말했다.

"맹수를 잡기 전에 북을 쳐서 정신이 나가게 한 거요?"

"바로 그렇네."

유소운이 말했다.

"망자들은 정말 이해할 수가 없군요. 선생님의 말씀대로 무림패는 그자에게 아무 쓸모가 없지 않습니까?"

"머리에 탐욕이 가득 차서 다른 생각이 들어오지 않는 것이네."

일행은 고개를 끄덕이다가 다시 한숨을 내쉬었다. 그들의 수장인 송현 역시 초류영과 같은 꼴이 되어 있지 않은가?

임윤이 말했다.

"초류영 놈이 돌아오기 전에 진광을 도울 방도를 찾아야겠군."

 진광과 이강은 방주로 접근하고 있었다.
 그들이 방주로 향하는 까닭은 혈선충의 모체 때문이었다.
 이강이 꺼낸 작전은 혈선충 모체의 입속에 벽력탄이 든 혁낭을 통째로 혁낭을 집어넣자는 것이었다.
 혁낭에 든 벽력탄으로는 수천이 넘는 망자들을 어찌할 수 없다.
 하지만 모체의 뱃속에서 벽력탄이 터진다면?
 "이 벽력탄이 일시에 터진다면 제아무리 집채만 한 괴물 놈이라도 배때기가 터지겠지."
 그것이 이강의 심계라면 심계였다.
 박황은 망자들이 모체와 정신이 연결되어 있으며, 모체와 멀리 떨어지면 보름을 넘기지 못하고 피가 말라서 죽어버린다고 했다.
 모체가 죽으면 망자도 죽는다는 얘기와 다름없었다.
 진광도 해볼 만한 작전이라고 생각했다.
 하지만 불안한 심정을 지울 수는 없었다.
 "모체가 죽어도 저놈들이 멀쩡하면 어떡하지?"
 "그럼 다른 작전이라도 있냐?"
 "……."
 진광은 할 말이 없었다. 이강의 말대로 달리 선택의 여지가 없었다.

그렇게 해서 둘은 경비병들의 시선을 피하며 망자들 속을 비집고 한 발짝씩 방주 쪽으로 움직였다.

그리고 송현을 제외한 일행과 시선을 교환하는 데 성공한 것이다.

진광이 말했다.

"다들 별일은 없는 것 같군."

"또 모르지. 벌써 망자가 됐을지도. 후후후."

일행은 초류영과 경비병들에게 포위되어 있었다.

불시에 뛰어든다면 혹 일행을 구할 수 있을지도 모른다. 하지만 딱히 숨을 곳이 없는 부두에서 신형을 드러내 봤자 더 많은 경비병이 몰려올 것이 뻔했다.

이강이 말했다.

"모체를 죽일 수 있다면 자연히 놈들도 구하는 셈이 된다. 그러니 당장 놈들을 구하겠다는 생각은 버려라."

진광도 그 말에 수긍하지 않을 수 없었다.

둘은 일행을 구하는 것은 뒤로 미루고 먼저 논의했던 작전을 실행하기로 했다.

경비병들은 대영루에서 방주에 연결된 다리까지 길게 줄을 만들고 있었다. 그리고 대영루에 잡아둔 사람들을 끌고 가서 방주로 건너가도록 내몰고 있었다.

진광과 이강이 세운 작전은 방주 근처까지 접근한 다음 사람들 속으로 숨어들자는 것이었다. 그것이 성공할 경우, 경비병들의 눈을 피해 손쉽게 방주에 오를 수 있을 것으로 보였다.

절체절명(絶體絶命) 239

"우리가 제 발로 망자가 되려고 방주에 오르는데 경비병 놈들이 막을 리야 없겠지."

진광도 이강의 작전이 절묘하다고 생각했다.

그러나 문제가 하나 있었다.

바로 초류영이었다.

이강이 말했다.

"초류영 놈이 십사호 옆에서 떨어지질 않는군."

초류영은 무엇을 하는지 일행의 주위를 맴돌며 떠나지 않았다.

방주로 가는 다리에 오르려면 초류영이 있는 곳을 지나쳐야 되는데, 그가 자리를 뜨지 않으니 답답할 뿐이었다.

그런데 무슨 영문인지 초류영이 갑자기 몸을 돌리더니 황급히 대영루로 달려가는 것이 아닌가?

이강이 실소했다.

"망자도 뒷간이 급하면 못 참는 줄은 몰랐군, 후후후."

진광도 내심 쾌재를 불렀다.

초류영이 사라졌으니 남은 것은 경비병들의 눈을 피해 사람들 속으로 들어가 방주에 숨어드는 것뿐이었다.

그러나 진광과 이강은 방주에 가까이 접근해서야 사정이 예상과 다르다는 것을 깨달았다.

사람들은 경비병들에 떠밀려서 한 명씩 방주로 건너가고 있었다. 하지만 갑판 어디에도 건너간 사람들의 모습이 보이지 않았다.

진광이 말했다.
"사람들을 어디로 데려가는 거지?"
그때 둘의 의문이 풀렸다.
대영루의 점소이로 보이는 자가 다리에서 막 방주로 건너가려다가 비명을 터뜨린 것이다.
"으아아아악!"
점소이는 혼비백산하여 몸을 돌렸다. 그리고 방주에서 도망치려 했다.
하지만 다리 양옆에 늘어서 있는 경비병들이 점소이에게 달려들었다. 그들은 점소이의 사지를 하나씩 붙잡아서 위로 들어 올렸다. 점소이는 미친 듯이 몸부림을 쳤지만 그들의 손아귀에서 벗어날 수 없었다.
점소이가 소리쳤다.
"사람 살려! 괴물이다! 이놈들이 괴물한테 사람을 먹이로 주고 있다!"
"……!"
진광과 이강은 사정을 알아차렸다.
경비병들이 점소이를 번쩍 치켜들더니 방주로 던져 버렸다.
순간, 방주 너머에서 무언가가 불쑥 올라왔다.
그것은 혈선충 모체의 아가리였다.
모체가 입을 다물자 삐죽삐죽 솟아난 이빨이 점소이의 몸을 갈기갈기 찢었다. 점소이는 그대로 절명한 채 모체의 뱃속으로 떨어졌다.

부두로 끌려오던 사람들이 모두 그 광경을 보고 경악했다.

하지만 경비병들이 이미 대영루에서 무자비하게 사람들을 도륙한 다음이라, 아무도 달아나거나 반항할 엄두를 내지 못하는 것이었다.

진광은 분노했다.

"병신 같은 놈들. 어차피 죽을 거면 반항이라도 할 것이지."

"그만한 용기가 있는 놈들은 이미 다 죽었을걸."

그 말에 진광도 더는 화를 낼 수 없었다.

진광이 혁낭끈을 움켜쥐었다.

"괴물을 찾을 필요가 없어졌으니 차라리 잘됐다. 게다가 사람들을 잡아먹고 있으니, 다리만 건너면 놈 입에 혁낭을 던져 넣는 것은 식은 죽 먹기다."

그러나 이강이 고개를 저었다.

"경비병들이 코앞에 있는데 혁낭을 던질 수 있겠냐?"

진광은 다시 말문이 막혔다.

원래 진광은 화섭자로 혁낭에 불을 붙여서 모체의 입속에 던지려고 계획했다. 그냥 혁낭을 던졌다가 혹 벽력탄이 충격을 받지 않아 터지지 않을 것을 염려해서였다.

하지만 경비병들이 다리 양옆에 늘어서 있으니, 혁낭을 던지기는커녕 불을 붙이기도 전에 잡힐 것이 뻔하지 않은가?

진광은 답답했다.

사람들 속에 섞이면 방주에 쉽게 숨어들 수 있을 것이라 생각하고 있었기 때문에 더욱 난감했다.

그때였다.

갑자기 발밑에 무언가가 날아와 떨어졌다.

진광이 무심코 고개를 내리려 하자 이강이 옆구리를 쿡 찔렀다.

"그냥 앞을 봐라."

"......?"

이강이 슬쩍 발을 앞으로 내밀었다. 그리고 무언가를 발로 차서 공중에 띄웠다.

탁!

진광이 영문을 몰라 무엇인지 살피려는 찰나, 이강은 이미 그것을 손에 쥐고 등 뒤로 돌린 뒤였다.

경비병들이 무언가 이상했는지 진광 쪽을 돌아봤다. 하지만 망자들 속에 숨어 있는 진광과 이강을 눈치채지 못하고 다시 고개를 돌렸다.

"대체 그게 무어냐?"

"임윤 놈이 발로 차서 이쪽으로 보냈다."

"임윤이?"

이강이 손에 든 것을 내밀었다.

진광이 살펴보자 돌멩이에 부적을 접어서 묶어놓은 것이 아닌가?

진광은 그제야 임윤이 경비병들 몰래 부적을 돌멩이에 묶어서 발로 차서 보냈고, 이강이 들키지 않게 재빨리 낚아챘다는 것을 깨달았다.

진광이 부적을 풀었다.

망자에게 붙으면 떨어지지 않는 부적과 망자의 피를 독혈로 바꾸어 폭발시키는 폭혈화부가 각각 한 장씩 있었다.

진광은 편복선생이 초류영에게 부적을 빼앗기지 않은 사실을 깨닫고 내심 기뻤다. 반면 부적 두 장을 갖고 무엇을 하면 좋을지 난감했다.

진광은 투덜거렸다.

"주려면 좀 더 많이 줄 것이지."

"아니다. 돌멩이 하나에 몇 장씩 묶을 수도 없을 테고, 괜히 욕심 부리다가 경비병들한테 들키는 것보다야 낫지. 일단 부적에 정(正) 자를 적어라. 가능한한 많이 적어 넣는 게 좋을 거다."

"많이 적으라고?"

"그래야 조금이라도 늦게 터질 것 아니냐?"

이강이 설명했다.

"너는 사람들 속에 들어가서 다리를 건너라. 내가 경비병 놈을 골라 부적을 붙여놓겠다. 그놈이 터지면 다른 경비병들도 무슨 일인지 쳐다보고 달려오겠지."

"경비병들이 독혈 때문에 정신이 없을 때 혁낭에 불을 붙이고 던지라는 소리냐?"

"말귀를 알아듣는군."

진광은 이강의 계획이 제법 그럴싸하다고 생각했다. 다른 일행은 붙잡혀 있고 마땅한 기병도 없는 판에 달랑 부적 두 장 갖고 할 수 있는 유일한 방도 같았다.

"좋다. 해보자."

진광은 망자들을 비집고 뒤로 물러났다.

망자들의 포위망 끝에 가서야 그는 부적에 글씨를 쓰기 위해 손끝을 물어뜯었다.

손에서 핏방울이 맺혀서 떨어졌다. 편복선생의 부적을 지니고 있어서 망자들이 피 냄새를 맡지 못하는 것이 다행이었다. 하지만 피가 바닥에 떨어지면 사정이 어떻게 될지 모르기 때문에 한 방울이라도 흘리지 않게 조심해야 했다.

진광은 부적에 정 자를 네 개를 그렸다. 어느새 피가 멈춰 마지막 정 자는 흐릿하게 겨우 그려 넣었다.

'이만하면 됐겠지.'

그는 다시 이강에게 돌아가서 부적을 건넸다.

"네놈, 믿어도 되냐?"

"걱정 마라. 망자 놈들한테 뜯어 먹혀서 죽을 생각은 없다."

진광은 잠시 이강을 응시하다가 몸을 돌렸다.

그는 고개를 푹 숙인 채 망자들 속을 헤쳐 나갔다.

소림 무공의 보법을 쓴다면 복잡한 망자들 사이를 빠르게 지나갈 수 있었다. 하지만 그랬다가 경비병들의 눈에 띈다면 모든 게 수포로 돌아갈 것이 뻔했다. 때문에 진광은 천천히 걷는 것이 짜증이 났다.

그는 생각했다.

'차라리 망자 놈들과 한바탕 싸우는 게 속 시원하겠다.'

진광이 방주에 연결된 다리 근처에 왔을 때였다.

마침 경비병 하나가 행렬에서 빠져 이강 쪽으로 걸어갔다.

진광은 기회라고 생각했다. 하지만 이강은 경비병이 근처까지 왔다가 다시 몸을 돌릴 때까지 딴청을 부리며 아무것도 하지 않았다.

다급해진 진광이 전음을 날리려는 찰나,

이강의 신형이 번개처럼 움직였다.

휙!

이강의 신형이 경비병의 등 뒤에서 번뜩이는가 싶었는데, 정신을 차리자 그는 어느새 제자리로 돌아와 아무 일도 없었다는 듯 딴청을 피우고 있었다.

그리고 경비병은 이강이 접근한 기척도 느끼지 못했는지 고개 한 번 돌리지 않고 그대로 걸어가 버렸다.

진광이 다시 바라보니 경비병이 쓰고 있는 흑건의 뒤통수에 폭혈화부가 붙어 있었다. 이강은 달라붙는 부적과 폭혈화부를 겹쳐서 경비병의 머리에 붙인 것이었다.

만약 손에 일 푼의 무게만 더했더라면 경비병은 기척을 느꼈을 것이며, 반대로 덜했더라면 부적은 붙지 않고 땅에 떨어졌을 것이다.

진광은 그의 수법에 혀를 내둘렀다.

'이제 내 차례군.'

그는 경비병들이 시선을 돌리는 틈을 타 망자들 속에서 빠져나왔다. 그리고 다리로 올라가는 사람들 옆에 슬쩍 붙었다.

점소이로 보이는 자가 이상한 눈으로 진광을 쳐다봤다. 하지만 진광이 묵묵히 조용히 있자 곧 고개를 돌렸다. 죽음을 목전에 두고 있어서 무기력해진 것이었다.

경비병들은 사람들을 한 명씩 다리를 건너게 했다.

이미 괴물을 목격한 사람들은 다리 앞에서 몸을 돌려 도망치려 하거나 다리에 힘이 풀려서 바닥에 주저앉기 일쑤였다. 그런 자가 나오면 경비병들은 등에 검을 들이대서 다리로 올려보냈다. 또는 경비병 둘이 양옆에 붙어서 팔을 붙들고 억지로 다리로 내몰았다.

일단 다리에 오르면 끝이었다. 다리의 양옆에 검을 든 경비병들이 나열해 있었기 때문이다.

진광은 새치기를 하며 앞으로 나갔다.

희생자가 더 생기기 전에 자신이 다리에 오르고 싶었다. 아니, 그보다 빨리 이 악몽을 끝내고 싶은 마음이 앞섰다.

드디어 진광이 다리로 내몰릴 차례가 되었다.

그런데 이강이 뒤통수에 부적을 붙였던 경비병이 진광의 바로 앞에서 다리로 올라가는 것이 아닌가?

진광은 쾌재를 불렀다.

'저놈이 다리 위에서 폭발하면 다른 놈들까지 독혈을 뒤집어쓴다! 그러면 잠깐 동안 다리를 지키는 자는 아무도 없게 된다!'

뜻하지 못한 절호의 기회,

혁낭을 쥔 손에 힘이 들어갔다.

절체절명(絶體絶命) 247

그때였다.
 진광은 제자리에 얼어붙고 말았다.
 부적을 붙이고 다리로 오르는 경비병은 누군가의 뒷덜미를 들어쥐고 있었다. 경비병이 아까 행렬에서 이탈하여 이강의 근처까지 갔던 것은 도망치려는 사람을 잡기 위해서였던 것이다.
 경비병에게 뒷덜미를 잡힌 사람이 다리에 오르지 않으려고 몸부림을 쳤다. 그러자 경비병이 아예 그를 번쩍 치켜들었다. 그는 두 발을 버둥거렸으나 발이 땅에 닿지 않았다.
 경비병이 잡고 있는 사람은 진광에게 검은 천을 팔았던 소녀였다.
 "으아아앙!"
 소녀의 등에 업힌 어린 남동생이 울음을 터뜨렸다.
 소녀가 자신도 울고 있으면서 동생을 달랬다.
 "괜찮아. 울지 마렴."
 경비병이 소녀의 뒷덜미를 잡고 한 걸음씩 다리를 건넜다.
 진광은 이를 부드득 갈았다.
 '저들을 구해야 된다! 경비병보다 앞서서 혁낭을 괴물에게 던져야 한다!'
 그러나 다리 위로 뛰어오르려던 진광은 멈칫했다.
 다리 양옆에 늘어서 있는 경비병들을 뚫고 갑판에 오를 방법이 보이지 않았다. 애초에 그들의 주의를 돌리기 위해서 경비병을 골라 부적을 붙인 것이 아닌가?

하필 그 경비병에게 부적을 붙인 이강을 탓할 수도 없었다. 그는 두 눈이 없어서 경비병이 누구를 잡는지 몰랐을 것이니……

혁낭을 모체의 입속에 던지려면 부적이 폭발해야 한다.

하지만 그전에 소녀와 동생이 모체의 입속에 떨어질 것이다.

진광은 어찌해야 할지 알 수 없었다.

문득 그의 시선에 이상한 장면이 들어왔다.

다리를 건너는 경비병의 뒤통수에 붙어 있는 폭혈화부.

그런데 폭혈화부에 네 개를 그려 넣었던 정 자가 단 하나밖에 없는 것이 아닌가?

"……?"

그는 영문을 알 수 없었다.

그때, 정 자에서 획이 하나 사라졌다.

진광의 눈이 휘둥그레졌다.

경비병이 한 발짝 걸어갔다.

획이 하나 더 사라졌다. 정(正) 자는 두 개의 획이 사라지자 하(下) 자가 되었다.

진광은 깨달았다.

경비병이 소녀와 동생을 모체의 입속으로 던지기 전에 그의 뒤통수에 붙은 폭혈화부가 폭발할 것이다.

그리고 독혈이 소녀와 동생을 덮친다!

탓!

절체절명(絶體絶命)

진광이 몸을 날렸다.
"멈춰라!"
쩌러렁!
진기의 폭풍이 다리를 휩쓸고 지나갔다.

경비병들이 충격을 받아 비틀거렸다. 하지만 피를 흡수해서 공력을 높인 그들은 바로 몸을 추스르며 고개를 돌렸다.

그러나 진광의 신형은 이미 그들을 지나쳐서 소녀를 잡은 경비병에게 날아들었다.

진광은 소녀를 부둥켜안으며 낚아챘다. 동시에 진각을 밟으며 경비병의 등을 어깨로 받아버렸다.

텅!

소림 육합권이 폭발했다.

경비병의 몸이 허공에 붕 떠올랐다.

순간, 부적에서 정 자의 획이 모두 사라졌다.

펑!

경비병의 몸이 산산조각이 나며 폭발했다. 시뻘건 독혈이 사방으로 폭사됐다.

"피해라!"

진광이 소녀를 품에 안으며 몸을 돌렸다. 그의 머리와 어깨에 경비병의 살점 파편과 독혈이 떨어졌다.

치지지직!

독혈이 옷을 태우며 녹아들었다. 특히 독혈을 뒤집어쓴 그의 정수리에서는 금세 연기가 나며 피부가 타들어갔다.

"크으윽!"

 진광은 신음을 흘리며 다리 밑으로 몸을 날렸다.

 그는 소녀를 옆으로 밀친 다음 독혈이 묻은 흑건을 벗어 던졌다. 그리고 나려타곤의 수법을 써서 바닥을 데굴데굴 구르며 흙에다 전신을 문질렀다.

 그러자 간신히 독혈을 털어내서 살이 타들어가는 것을 멈출 수 있었다.

 진광은 이마에서 피가 흐르는 것도 알지 못한 채 소녀에게 물었다.

 "괜찮냐? 동생은?"

 소녀는 놀란 눈을 하고 진광을 쳐다보다가 말없이 고개만 끄덕였다. 진광은 소녀와 동생이 다치지 않은 것을 확인하고서 안도의 한숨을 내쉬었다.

 진광은 다리를 돌아봤다.

 다리 위는 아비규환이었다. 동료가 폭발하며 퍼진 독혈을 뒤집어쓴 경비병들이 연이어서 폭발했다.

 퍼퍼퍼펑!

 "꾸웨에엑!"

 이제 경비병들은 독혈에 맞으면 자신까지 터진다는 것을 알아차린 것 같았다. 독혈이 다리를 태우며 흘러내리자 피할 곳이 없어진 그들은 아예 밑으로 뛰어내렸다.

 진광은 다시 한 번 편복선생이 만든 폭혈화부의 위력에 새삼 감탄했다.

그러다가 이강이 시선에 들어왔다. 그는 두 눈이 없었으나 진광을 조용히 응시하고 있는 것만 같았다.

진광은 정신이 번쩍 들었다.

부적을 붙인 경비병이 폭발하기 전에 달려들어 소녀를 구해 내기는 했으나, 그로 인해 단 한 번밖에 없을지도 모르는 절호의 기회를 놓쳐 버린 것이 아닌가?

그는 생각했다.

'경비병들은 왜 동료가 폭발했는지 모른다. 편복선생의 부적이 있으니 망자들 속으로 숨어들면 그들의 눈을 피할 수 있을 것이다. 그런 다음 다시 기회를 노리면……'

그런데 무언가 이상했다.

경비병은 물론, 부두에 있는 모든 망자가 자신을 빤히 노려보고 있는 것이 아닌가?

진광은 영문을 알 수 없었다.

이강이 그를 향하며 천천히 고개를 가로저었다.

순간, 그는 망자들의 시선이 어디를 향하는지 알아차렸다.

망자들은 진광의 이마를 보고 있었다.

독혈이 묻은 흑건을 벗어 던지는 바람에 그의 이마에 선명하게 찍힌 계인(戒印)이 드러난 것이다!

그것만이 아니었다.

그의 어깨 역시 독혈을 맞아서 타들어가 있었다. 위에 걸쳤던 흑의가 독혈에 의해 찢어지자 황금빛 장삼과 붉은 가사가 밖으로 모습을 드러내고 있었다.

소림사의 승려가 흑랑방주 앞에서 모습을 드러낸 것이었다.

망자들이 소림사의 복색을 알고 있어서 진광의 신분을 눈치챈 것인지는 알 수 없었다. 하지만 그들은 신분을 숨긴 채 경비병들을 해치운 진광을 이미 적이라고 느끼고 있었다.

경비병 하나가 그를 가리키며 귀곡성을 질렀다.

"꿰에에엑!"

그것이 신호탄이었다.

부두에 있는 모든 망자가 소리를 질렀다.

"키에에에에엑!"

귀청을 찢는 듯한 소리에 사람들은 손을 들어 귀를 막았다.

부두 주위를 둘러싸고 있던 지하 도시의 망자들이 진광을 향해 몰려오기 시작했다.

망자들은 대영루에서 잡아온 사람들은 이제 신경 쓰지 않았다. 오로지 진광만이 그들의 공적이 된 것 같았다.

수천의 망자가 일제히 다리를 향해 달려들었다.

"키에에엑!"

망자들은 연신 비명을 지르며 서로 떠밀고 먼저 앞서 가려고 했다. 그들이 너무 갑자기 달려드는 바람에 대영루에서 다리까지 늘어서 있던 경비병들마저 인파에 휘말려 버렸다.

사람들은 처음에는 멍하니 있다가 이내 정신을 차리고 몸을 돌려 도망쳤다.

부두는 순식간에 아수라장으로 변했다.

진광은 황망한 얼굴로 그들을 바라봤다.

그때, 누군가가 진광의 앞으로 달려왔다.

"진광 스님! 정신 차리세요!"

그는 유소운이었다.

유소운뿐이 아니라 편복선생과 송현을 어깨에 둘러멘 임윤도 달려왔다.

진광이 물었다.

"소운? 경비병 놈들은 어떡하고?"

"선생님이 부적으로 붙들어놨습니다!"

다리 위에서 폭발이 일어나자 다른 일행을 포위하고 있던 경비병들도 그쪽으로 시선을 돌렸다. 일행은 기회를 놓치지 않고 그들을 피해서 다리로 달렸다.

경비병들이 정신을 차렸을 때는 일행은 이미 도망치는 중이었다.

게다가 편복선생이 도망치면서 바닥에 부적을 마구 뿌렸다. 맨 앞의 경비병 몇이 부적을 밟고 발이 떨어지지 않아 넘어졌다. 그러자 뒤에 따라오는 동료까지 뒤엉켜 버렸고, 일행은 무사히 진광에게로 올 수 있었던 것이다.

편복선생이 물었다.

"이제 무엇을 해야 되는가? 아까 보니까 무슨 작전이라도 세워놓은 것 같았는데, 어찌 되었는가?"

"……."

진광은 침음했다.

이강이 혼자 세우다시피 한 작전을 자신이 몽땅 망쳐 놓은 셈이니 할 말이 없었던 것이다.

그러는 와중에도 망자들은 점점 진광 일행에게 몰려왔다.

그때였다.

멀리서 망자들이 고개를 연신 픽픽 옆으로 쓰러뜨리는 것이 아닌가?

"……?"

일행은 영문을 몰라 바라보다가 입을 딱 벌렸다.

타타타탓!

이강이 망자들의 머리를 징검다리처럼 밟으면서 달려오는 것이었다.

군중의 머리나 어깨를 밟으며 달리는 경신법은 무림의 절정고수라면 크게 어렵지 않게 펼칠 수 있다. 하지만 지금은 망자들이 난동을 피우면서 몰려들기 때문에 그들의 움직임을 예측하는 것이 불가능한 상황이다.

더군다나 이강은 두 눈이 없지 않은가?

일행이 그의 신법에 놀라는 것도 무리가 아니었다.

이강은 마지막 망자의 머리를 발판 삼아 공중 높이 뛰어올랐다. 그리고 일행의 옆에 사뿐히 착지했다.

그가 말했다.

"뭐 하고 있냐? 망자 놈들한테 산 채로 뜯어 먹히고 싶냐?"

"이강… 미안하다……."

"미안하다고? 그걸 아는 놈이 왜 그랬냐? 아니, 됐다. 명문정파의 제자라는 놈들이 하는 짓이 항상 그렇지. 무엇을 먼저

해야 되고 무엇을 버려야 되는지 모르는 족속들. 봐라, 네놈 때문에 지금 우리 꼴이 어떻게 됐냐? 괴물 밥이 되든지, 몽땅 망자가 되든지 할 판이다. 어디, 망자가 된 다음에도 그 잘난 강호의 정리 나부랭이를 떠들어보시지?"

"……."

이강의 비난은 신랄했다.

그러나 진광은 아무런 반박도 할 수 없었다.

이강은 마지막으로 코웃음을 한 번 치고는 방주를 가리켰다.

"일단 저기로 도망치자."

편복선생이 양미간을 구겼다.

"왜 하필 방주로 도망치자는 말인가?"

"그럼 저기 말고 달리 갈 데라도 있냐?"

그의 말은 일리가 있었다.

지하 도시의 망자들이 부두를 에워싼 채 방주를 향해 몰려오고 있었다. 괜히 그들을 돌파하려다가 경비병들에게 뒤를 잡히면 무덤에 제 발로 뛰어드는 꼴이 될 것은 누가 봐도 뻔했다.

반면 방주 위에는 당장은 망자가 보이지 않았다. 게다가 경비병들이 독혈을 피하기 위해 뛰어내리는 바람에 방주로 향하는 다리는 텅 비어 있었다.

진광이 고개를 끄덕였다.

"좋다! 어차피 괴물을 터뜨려야 한다면 방주에 오르는 수밖에 없다!"

"괴물? 모체 말인가?"

"그렇소. 이걸 괴물 놈의 입속에 집어넣을 것이오."

진광이 벽력탄이 든 혁낭을 들어 보였다. 다른 일행은 그제 야 진광이 무슨 계획을 꾸몄는지 알고 고개를 끄덕였다.

이강이 소리쳤다.

"빨리 가지 못하냐!"

일행은 다리 위로 올라갔다.

편복선생이 중얼거렸다.

"결국 방주로 돌아가는군. 아무래도 예감이 불길해."

"팔자 좋은 소리 하는군. 지금 점괘를 따지게 생겼소?"

임윤이 그를 타박했다.

일행은 허둥지둥 다리를 건너갔다.

그때였다.

독혈을 피해서 뛰어내렸던 경비병 둘이 밑에서 도약하여 다리 위로 가볍게 올라오는 것이 아닌가?

방주에 걸린 다리의 높이가 상당했던 만큼 그들의 공력이 어느 정도인지 상상이 가지 않는 장면이었다.

경비병 둘이 다리를 막아섰다. 그들이 검을 상단으로 세우며 귀곡성을 질렀다.

"꾸웨에엑!"

"으아악!"

선두에서 달리던 유소운이 기겁을 하며 발을 멈췄다. 그러다가 달려가던 속도를 이기지 못하고 쓰러져서 뒹굴었다.

일행은 하필 유소운, 편복선생, 임윤, 진광의 순으로 달리고 있었다. 다리를 막아서는 망자가 아무도 없었기 때문이다. 그런데 갑자기 경비병 둘이 앞을 가로막으니, 선두에 선 유소운과 편복선생이 그들을 당해낼 리 없었다.

임윤이 인상을 찌푸렸다.

"쳇."

그는 원앙쌍검과 사슬을 매단 식칼을 빼았겼기 때문에 유소운을 도울 수 없었다. 중원무림의 어떤 고수도 상대할 수 있는 실전검법의 달인이나, 도검이 없으니 평범한 강호의 삼류무사가 되어버린 셈이었다.

경비병의 검이 가차없이 유소운을 내려쳤다.

"소운!"

진광이 눈에 불을 켜고 소리쳤다.

그때 공중에서 인영 하나가 경비병들 사이로 떨어졌다.

그는 바로 이강이었다.

경비병들은 갑자기 나타난 적을 향해 검을 휘둘렀다.

검이 자신의 정수리를 반쪽으로 가르려는 찰나, 이강이 오른손을 슬쩍 들어 올려서 경비병의 손목에 갖다 댔다. 그리고 왼발을 중심으로 해서 신형을 돌리며 허리를 굽혔다. 그러자 그가 마치 경비병을 등으로 업는 듯한 모습이 되었다.

이강이 경비병의 손목을 낚아챔과 동시에 왼발을 뒤로 돌리며 바닥을 쓸었다.

턱!

경비병이 그야말로 하늘 높이 날아올랐다.

이강이 동료를 간단히 제압하자 다른 경비병이 검을 들어 그의 복부를 찔렀다. 경비병의 검이 이강의 등 뒤로 빠져나왔다.

"헉!"

유소운이 놀라서 숨을 들이켰다.

하지만 검은 이강의 배를 관통한 것이 아니라 그의 팔과 겨드랑이 사이를 통과한 것에 불과했다.

이강은 팔꿈치를 옆구리에 붙여 검날을 빼지 못하게 만든 뒤 경비병의 손목에 두 손을 갖다 붙였다. 그리고 두 손을 각각 반대방향으로 비틀었다.

콰직!

손목이 박살나자 경비병이 검을 놓쳤다.

순간, 이강이 떨어지는 검을 공중에서 낚아채더니 수직으로 두 번 내리그었다.

촤착!

경비병의 두 팔이 떨어졌다. 계속해서 검을 수평으로 긋자 경비병의 목이 떨어졌다.

촤악!

이강은 목과 두 팔을 잃은 경비병의 몸뚱이를 발로 밀어서 다리 밑으로 떨궈 버렸다.

두 경비병은 얼굴이 시뻘겋게 달아오를 정도로 피를 흡수하

절체절명(絶體絶命) 259

여 공력을 높인 자들이었다. 진광과 임윤이라도 그들을 일대일로 상대하여 손쉽게 제압할 수 있을지는 장담하지 못했다.

하지만 이강에게는 일초지적도 되지 못한 것이다.

그것이 바로 중원의 사대마인으로 악명 높은 이강의 진면목이었다.

이강이 경비병에게서 뺏은 검을 임윤에게 던졌다.

임윤이 검을 받자 그가 한마디 했다.

"칼이 없으면 할 줄 아는 요리가 하나도 없는 주제에 네놈이 숙수라고?"

"……."

이강이 비꼬았으나, 그의 무위에 탄복한 임윤은 아무 말도 하지 못했다.

이제 다리를 막아서는 자는 아무도 없었다.

일행은 다리를 건너서 방주의 갑판으로 달려갔다.

이강이 말했다.

"진광! 네놈 차례다!"

"오냐! 다들 길을 비켜라!"

일행이 다리 가장자리로 물러서자 진광이 선두로 뛰쳐나갔다.

그는 달리면서 화섭자를 꺼내 불을 당겼다. 혁낭에 불을 붙여 모체의 입속으로 던질 심산이었다.

진광이 다리 끝에서 멈추면서 소리쳤다.

"받아라, 이 괴물 놈아!"

그러나 그의 얼굴이 곧 차갑게 굳어버렸다.

 방주의 갑판 중앙에 난 커다란 구멍 밑으로 분명 불그스름한 모체의 주둥이가 보이고 있었다.

 하지만 모체가 입을 꽉 다물고 있는 것이 아닌가?

 진광은 황망했다.

 모체가 사람을 집어삼킬 때 벽력탄이 든 혁낭을 던져 넣는 것이 진광과 이강의 계획이었다.

 그러나 진광이 소녀를 구하는 통에 모체는 먹이가 떨어지지 않자 입을 닫아버린 것이다.

 진광은 그냥 혁낭에 불을 붙여 모체가 있는 구멍 밑으로 던져 버릴까 생각했다. 하지만 이강이 그의 생각을 읽고서 어깨를 잡았다.

 "괴물 놈 배때기를 봐라. 검으로 찔러도 피 한 방울 안 날 만큼 두꺼워 보인다. 괜히 벽력탄 버리지 마라."

 "…빌어먹을."

 진광은 욕을 내뱉었다.

 하지만 아쉬움에 젖어 있을 시간은 없었다.

 어느새 망자들이 다리 앞에 빽빽하게 몰려든 다음 서로 앞을 다투어 다리 위로 올라오기 시작했다.

 일행은 어찌해야 할지 모르고 전전긍긍했다.

 이강이 한숨을 쉬며 앞으로 달려나갔다.

 "병신들. 앉아서 죽을 셈이냐?"

 그는 먼저 일행이 방주로 숨어들 때 내려갔던 계단으로 향했다.

 선택의 여지가 없었다. 일행은 이강의 뒤를 따라갔다.

 그런데 진광은 무언가 이상한 기분이 들었다. 그는 무심코 발을 멈추고 고개를 돌렸다.

 퀴이이이……

 갑판 중앙에서 아지랑이가 꿈틀대며 올라왔다.

 모체가 숨결을 내뱉으며 커다란 아가리를 천천히 벌리고 있었다.

 진광은 정신이 번쩍 들었다.

 그는 화섭자를 다시 꺼내며 혁낭을 손에 쥐었다.

 그때 유소운이 소리쳤다.

 "진광 스님! 멈추세요!"

 "뭐? 왜?"

 진광은 영문을 몰라서 고개를 들었다.

 "꿀꺽!"

 그는 자기도 모르게 침을 삼켰다.

 모체의 입이 활짝 벌어지면서 거대한 혓바닥이 뻗어 나왔다.

 쭈우우욱!

 그리고 혓바닥의 끝에는 멸천대주 정추산이 서 있는 것이었다!

 그는 대춧빛처럼 붉은 얼굴을 하고서 팔짱을 낀 채로 일행을 쏘아보고 있었다.

마주치는 것만으로도 타인을 얼려 버릴 듯한 냉혹한 시선, 그것은 먹이를 목전에 둔 맹수의 눈빛이었다.

진광이 멍청히 서 있자 유소운이 그를 끌어당겼다.

"어서요! 빨리 달아나요!"

그제야 진광은 몸을 돌렸다.

일행은 황급히 계단을 내려갔다. 그러나 도망치는 것인지 아니면 범굴로 뛰어드는 것인지는 그들 누구도 알지 못했다.

송현은 눈을 떴다.

먼저 있던 곳이 아니었다. 하늘에 밝은 햇살이 가득했다.

'여기가 대체 어디지? 흑랑성에 이런 곳이 있을 리 없다.'

그때 귀곡성이 귀를 찔렀다.

사방이 온통 되살아난 시체들로 뒤덮여 있었다.

송현은 지하 뇌옥에 있던 자들이 되살아난 시체들을 무엇이라 불렀는지 기억해 냈다.

'망자.'

망자들이 몰려오고 있었다. 송현은 검을 들려고 했다. 그런데 팔이 꿈쩍하지 않았다. 두 팔과 상체가 무엇인가에 묶여서 움직일 수 없었다.

정체를 모르는 인영들이 주위로 다가왔다.

그들 중의 하나가 송현을 어깨에 둘러멨다. 그리고 커다란 배를 향해 달아나기 시작했다.

그들은 모두 흑건을 쓰고 흑의를 걸치고 있었다. 하지만 차

절체절명(絶體絶命) 263

려입은 복색이 남루하기 짝이 없어서 어떤 문파나 표국의 무리로는 보이지 않았다.
 문득 아버지가 했던 말이 떠올랐다.

"같은 복장을 하고, 같은 병장기를 쓰며, 같은 무공을 수련해야만 문파를 이루는 것이 아니다. 같은 뜻을 품고 동료를 위해 싸우는 무사들이 있다면, 그들이 곧 문파다."

 아버지의 말을 생각하자 그들이 사뭇 달라보였다.
 '이들은 누구지? 어디서 봤었지?'
 송현은 그들의 면면을 어디서 본 듯한 느낌이 들었다.
 하지만 좀처럼 기억이 나지 않았다.

 일행은 계단을 내려갔다.
 복도에는 아무도 없었다. 그러나 언제 어디서 망자가 튀어나올지 몰랐다.
 유소운이 말했다.
 "이제 어찌하면 좋을까요?"
 "……."
 일행은 난감한 얼굴로 서로를 쳐다봤다.
 방주로 피신하는 데는 성공했으나, 다음 일을 계획하지 않고 무작정 망자들을 피해서 도망친 것이니 미봉책일 뿐이었다.

임윤이 어깨에 메고 있던 송현을 내려놨다.

일행의 시선이 송현에게 향했다.

송현은 이제 실혼인같이 멍청한 표정을 하고 있지는 않았다. 그는 싸늘하게 식은 시선으로 일행과 눈을 마주치고 있었다.

진광은 혹시나 하는 기대가 일었다. 그가 물었다.

"송 국주, 정신이 들었소?"

그러나 송현은 대답은커녕 되묻는 것이었다.

"…당신들은 누구요?"

진광은 고개를 설레설레 혼들었다.

일행은 침음했다.

그때였다.

어디선가 누군가의 목소리가 들려왔다.

"감히 흑랑방주에 다시 오를 생각을 하다니, 강호의 삼류무사들 주제에 제법이군."

일행은 목소리의 주인이 누구인지 알아차렸다.

그는 바로 멸천대주 정추산이었다.

"본좌와 멸전대에 그렇게까지 대항하다니, 대체 무엇 때문이냐? 네놈들이 날 이길 수 있을 거라고 생각하느냐?"

정추산의 목소리가 복도에 쩌렁쩌렁 울려 퍼졌다.

일행이 방주 안으로 들어올 때까지 그는 모체의 헛바닥 위에 선 채 추격해 오지 않았다. 때문에 그의 목소리는 진기를 실은 전음성(傳音聲)이었다.

그 전음성이 방주 전역에 울려 퍼질 정도이니, 일행은 그의 내공 수위가 어느 정도인지 실감이 나지 않았다.

진광이 목소리에 진기를 실어서 소리쳤다.

"이기고 지고가 중요한 것이 아니다! 중원무림을 위협하는 망자 놈들을 그냥 좌시할 수는 없다!"

진광의 목소리도 복도를 울리게 했으나, 정추산의 내공 수위에는 아무래도 못 미치게 들렸다.

정추산이 진광의 말을 들었는지 대답했다.

"중원무림의 법칙은 약육강식이다. 망자가 중원을 지배하는 것은 당연하다. 네놈들은 망자가 중원에 퍼지는 것을 막을 힘이 없다."

진광이 주먹을 들어 올렸다.

"웃기지 마라! 이 진광이 네놈들을 몽땅 수장시킬 것이다! 망자는 단 한 놈도 중원무림에 나가지 못하게 하겠다!"

갑자기 정추산의 목소리가 차갑게 바뀌었다.

"망자가 중원에 퍼지는 것을 막겠다고?"

"그렇다!"

정추산이 잠깐 말을 멈췄다.

일행이 영문을 몰라 서로를 쳐다볼 때, 그의 전음성이 다시 들려왔다.

"흑랑성이 패망한 날을 아느냐?"

"물론이다."

"그럼 흑랑성에 혈선충이 퍼진 지 단 하루 만에 모든 사람이 망자로 변한 것은 알고 있느냐?"

"……!"

일행은 깜짝 놀랐다.

그들은 이미 초류영과 곽영이 망자로 변하는 것을 목격했으나, 흑랑성의 모든 사람이 하루 만에 망자로 변했다는 사실은 믿기 어려운 것이었다.

그러나 이어지는 정추산의 말이 더욱 그들을 충격에 빠뜨렸다.

"중원에 망자를 퍼뜨리려는 본좌를 막겠다면, 왜 그날 흑랑성에 망자를 퍼뜨린 놈은 두둔하는 것이냐?"

"무슨 소리냐?"

"네놈들을 이끄는 수장, 송현 놈이 작년 그날 흑랑성에 망자를 퍼뜨린 장본인이다."

"……!"

일행은 멍청한 얼굴을 하며 침음했다.

그들은 자기도 모르게 송현에게 고개를 돌렸다.

송현은 냉랭한 얼굴로 일행을 쳐다보고 있었다.

일행은 그제야 느낄 수 있었다. 송현 역시 초류영이나 곽영처럼 입으로 촉수를 내밀어 타인에게 혈선충을 옮기는 망자인 것이었다.

유소운이 이빨을 딱딱 부딪치며 말했다.

"송 국주님이… 설마……."

정추산이 말을 계속했다.

"송현 놈이 지하 뇌옥에서 탈출하려고 흑랑성의 간수 놈 하나에게 혈선충을 심었다. 당시 놈은 실험이 덜 끝난 상태였다. 때문에 놈이 혈선충을 퍼뜨리자 간수는 혼백을 잃고 모체의 노예가 되어버렸지. 그때가 하필 모두가 잠들어 있을 때였다. 잠에서 깨 일어나 보니 흑랑성에 있던 사람들이 몽땅 망자가 되어 있었던 것이다."

일행은 멍하니 정추산의 설명을 들었다. 너무나 충격적인 사실에 신음을 흘리거나 그의 말을 부정하지도 못했다.

진광은 그의 말이 믿기지 않았다.

'송 국주? 설마… 그럴 리가 없다!'

그는 문득 사형의 말이 기억났다.

'그렇다! 사형은 송 국주를 두고 악인이 아니라고 하셨다!'

진광이 소리쳤다.

"감히 누구를 농락하려는 거냐? 송 국주는 악인이 아니다! 송 국주가 그랬을 리 없다!"

"악인? 대체 중원무림에 선과 악이 존재한 적이 있었냐?"

정추산이 코웃음을 치며 말을 이었다.

"송현 놈은 자기가 탈출하려고 혈선충을 퍼뜨렸을 뿐이다. 본좌 역시 그렇다. 강한 자가 중원무림의 지존이 되는 것이 무슨 잘못이란 말이냐? 네놈들 또한 마찬가지가 아니냐? 네놈들도 무언가를 바라고 흑랑성에 들어오지 않았느냐?"

"……."

"네놈들이 정말 중원무림의 안녕만을 바라고 섶을 지고 불에 뛰어들었다면 본좌도 인정하겠다. 말해봐라, 정말 그랬느냐?"

일행은 대답하지 못했다.

정추산의 말은 극단적이기는 하나 부인할 수 없는 것이었다.

중원무림에서 경험을 쌓고 인맥을 만들려던 유소운도,

사부와 비검술의 명예를 되찾으려던 임윤도,

빚을 갚고도 남을 금전을 원하던 편복선생도 대답하지 못했다.

진광도 마찬가지였다.

그 또한 소림사와 무림맹의 명을 따르고 있으니, 정추산의 물음에 반박하지 못하는 것이었다.

정추산이 실소했다.

"후후후, 자책할 것 없다. 남아가 한번 세상에 나온 이상 천하에 야심을 펼치려는 것이 무슨 잘못이겠느냐?"

"……"

진광은 말로는 설명할 수 없으나, 마음속 깊은 곳에서는 정추산의 말을 부인하고 있었다.

문득 진광은 무슨 생각이 떠올랐다.

'송 국주는 실혼인처럼 변하면서 줄곧 청위표국을 재건해야 한다고 말하지 않았나?'

진광은 정추산의 말이 무언가 이상한 것을 깨달았다.

그가 말했다.

"송 국주는 청위표국을 재건하려고 한다. 그런 그가 표국의 전대 국주였던 당신과 표사들을 망자로 만들었을 리가 없다!"

그때였다.

정추산의 목소리가 귀청을 찢을 듯이 날카롭게 울려 퍼졌다.

"닥쳐라! 송현 놈이 청위표국을 재건하겠다고?"

우우우웅!

목소리에 실린 진기가 어찌나 강맹한지 방주 안이 공명하며 진동했다.

"크으윽!"

일행은 두 손으로 귀를 막고 신음을 흘렸다.

정추산은 계속해서 귀곡성처럼 날카로운 전음성을 날렸다.

"당시 흑랑성 놈들이 공격했지만 청위표국은 삼 일을 버텨냈다. 결국 박황 놈이 본좌와 청위표국을 인정하고 협상안을 내밀었지."

그는 어느새 화를 이기지 못하고 마구 소리치고 있었다.

진광이 말했다.

"박황 놈이랑 협상을 했다고?"

"그렇다. 청위표국은 흑랑성의 일원이 되는 대신 부귀영화를 약속받았다. 박황 놈은 송현 놈을 실험했다. 그 실험이 완성되면 망자가 되어도 피를 마시지 않고 모체를 떠나도 되는 것이었다. 한데 송현 놈이 실험이 끝나기 전에 혈선충을 퍼뜨렸다. 모든 것이 수포로 돌아갔단 말이다!"

"……!"

일행은 정추산의 말에 경악하면서도 동시에 기가 막혔다.

그의 말대로라면, 송현을 실험체로 내준 대신에 청위표국의 안전과 부귀영화를 약속받았다는 뜻이 아닌가?

유소운이 목소리를 떨며 말했다.

"대체 무엇이 저자를 저렇게 만들었을까요?"

뜻밖에도 이강이 답했다.

"야심, 야욕, 탐욕, 중원무림의 지존이 되고자 하는 욕망… 뭐, 그런 것이겠지."

"저자의 생각까지 읽었습니까?"

"어디 있는지도 모르는데 그럴 리가 있겠냐? 그냥 추측을 했을 뿐이다. 후후후."

이강은 추측이라고 했으나 일행은 그 말에 수긍했다.

그런데 정추산이 화를 진정시켰는지 먼저와는 달라진 음성으로 말하는 것이었다.

"흑랑성에서 탈출하고 방주까지 제 맘대로 오르는 것을 보니, 송현 놈이 사람을 제대로 고른 것 같군. 그래, 본좌는 너희들의 실력을 인정하겠다. 그러니 이제 걱정하지 마라."

일행은 갑자기 그의 말투가 돌변한 영문을 알 수 없었다.

이강이 물었다.

"걱정하지 말라니, 우리를 놓아주겠다는 거냐?"

"그건 아니다."

"그럼 뭐야?"

정추산이 사뭇 부드러운 목소리로 말했다.

"모체의 밥으로 던져 주려고 했는데 취소하겠다는 것이다. 너희들을 꼭 망자로 만들어주마. 본좌와 함께 천하를 다스려 보지 않겠느냐?"

그의 목소리는 마치 자식이나 제자를 대하는 듯했다.

일행은 모골이 송연함을 느꼈다.

정추산의 일갈이 방주에 울려 퍼졌다.

"놈들을 생포해라! 목을 베어라! 배를 갈라 창자를 꺼내라! 사지를 잘라서 도망치지 못하게 해라! 절대 방주에서 떠나지 못하게 만들어라!"

유소운이 기가 막힌다는 얼굴로 말했다.

"생포하라면서 목을 베라니, 무슨 명령이 저렇답니까?"

임윤이 답했다.

"어차피 망자로 만들 것이니 목이나 사지가 떨어져도 상관없다는 것 아닐까?"

유소운은 그 말에 얼굴이 창백해졌다.

그때였다.

"존명!"

정추산의 명에 답하는 망자들의 목소리가 복도에 울려 퍼졌다.

그런데 망자들의 목소리는 전음성이 아니었다. 그들의 목소리는 바로 옆에서 들려온 것이었다.

"……!"

일행은 그 사실을 깨닫고 경악했다.

덜컹!

복도 양쪽에 줄을 잇고 있는 방문들이 일제히 열리며 지하 도시의 망자들이 천천히 복도로 걸어나왔다.

그들이 고개를 돌려 퀭한 눈으로 일행을 바라봤다. 그리고 말라비틀어진 입을 찢어져라 벌리며 소리 질렀다.

"꿰에에에엑!"

망자들이 발광을 하며 덤벼들기 시작했다.

"피해라!"

이강이 복도 반대편으로 몸을 돌렸다. 다른 일행도 그와 함께 복도를 달렸다.

진광은 그들의 뒤를 따르려다가 멈칫했다.

송현이 사슬에 묶인 채 냉랭한 시선으로 자신을 쏘아보고 있었다. 하지만 그는 진광을 노려볼 뿐, 아무 말이 없었다.

유소운이 뒤에서 소리쳤다.

"진광 스님, 어서요!"

"……"

송현의 뒤로 망자들이 다가오고 있었다. 망자들이 내뻗는 손이 송현의 옷자락을 잡아챌 것 같았다.

진광은 몸을 날려서 송현을 둘러멨다. 그리고 몸을 돌렸다.

그는 생각했다.

'사형의 말씀이 틀릴 리 없다.'

일행은 미친 듯이 복도를 지나쳐서 재차 밑으로 향하는 계단을 내려갔다.

"꿰에에에엑!"

방주 여기저기서 망자들의 귀곡성이 들렸다.

일행이 어떤 방 앞을 지나치는 순간, 방문이 활짝 열리며 망자가 튀어나왔다. 너무나 갑작스럽게 벌어진 일이라 선두에서 달리던 이강은 망자를 채 피하지 못했다.

망자가 두 손으로 이강의 얼굴을 할퀴었다.

"이강!"

뒤에서 임윤이 검을 들고 달려들었다.

그런데 이강이 아무 일도 없다는 듯이 망자의 복부에 양권을 출수했다.

퍼펑!

망자는 공중에 붕 떠 복도 끝까지 날아갔다. 그리고 벽에 부딪친 다음에야 바닥에 떨어졌다. 혈선충의 심맥을 베지 않았기에 죽지는 않았을 것이나, 잠시 동안은 몸을 움직이지 못할 만큼 강맹한 권격이었다.

이강이 고개를 돌리며 말했다.

"네놈 앞가림이나 잘해라."

"……"

임윤은 자기도 모르게 침을 꿀꺽 삼켰다.

두 눈이 없는 이강의 눈이 부분이 푹 들어가 있었다. 망자는 손가락으로 이강의 눈을 파내려 했으나, 공교롭게도 그는 눈이 없는 바람에 충격을 받지 않고 망자를 처치한 것이었다.

이강이 편복선생에게 말했다.

"이봐! 부적이라도 좀 써봐라!"

"폭혈화부 말인가? 이 상황에 정 자를 어떻게 그려 넣는단 말인가?"

"그럼 그거 말고 망자 놈 들러붙는 부적이라도 바닥에 던져라!"

"부두에서 도망칠 때 많이 뿌려서 이제 몇 장 남지 않았네."

"도움이 안 되는 놈이로군."

일행이 복도의 방 앞을 지나칠 때마다 방문이 열리며 망자들이 튀어나왔다.

덜컹!

"키에에엑!"

한 걸음이라도 뒤처지는 순간 망자가 사지를 붙들고 떨어지지 않을 것이다.

일행은 어디로 향하는지도 모른 채 무작정 복도를 달렸다.

그렇게 계단을 몇 개 내려오자 복도가 사라지고 커다란 공간이 나왔다. 흑랑방주의 맨 밑창까지 도달한 것이다.

방주 밑창에는 망자가 보이지 않았다.

밑창에는 키다란 나무 상자가 곳곳에 쌓여 있었다. 일행은 그중 하나를 골라 뒤편에 숨었다.

일행이 잠깐 숨을 돌리는가 싶을 때,

어디선가 전음성이 들려왔다.

"거기 있었냐?"

이번의 전음성은 멸천대주 정추산과는 다른 목소리였다.
 일행은 깜짝 놀라서 주위를 둘러봤다. 하지만 망자의 모습은 어디에도 보이지 않았다.
 순간, 강궁의 화살이 날아왔다.
 쌔애애액!
 "고개 숙여!"
 임윤이 달려들어 유소운의 머리를 눌렀다. 화살이 유소운의 머리카락을 잘라 버리며 나무 상자에 날아가 박혔다.
 그러나 화살이 아주 빗나간 것은 아니었다. 임윤이 유소운의 머리를 누를 때 화살이 그의 손아귀를 찢어버린 것이다.
 "크윽!"
 임윤이 손을 부여잡고 신음을 흘렸다.
 유소운이 미안해하며 물었다.
 "괜찮으세요?"
 "신경 쓰지 마라. 내 비검술은 손을 못 써도 상관없으니까. 검에 사슬이 달려 있을 때의 얘기지만."
 진광이 말했다.
 "청위표국의 표사들이오."
 이강이 말했다.
 "자리를 피하자."
 일행은 몸을 숙이고 재빨리 움직였다. 그들은 나무 상자 뒤에 드리워진 그림자 속을 골라서 이동했다. 언제 어디서 화살이 날아들지 몰랐다.

그러나 화살은 계속해서 일행을 노리고 날아들었다.
쌔애액! 퍽!
이번에는 화살이 이강의 귓볼을 스치며 뒤로 날아가 나무 상자에 박혔다.
일행은 간담이 서늘했다.
하지만 이강은 손을 올려 귓불을 한차례 쓰다듬더니, 흐르는 피를 손가락에 찍어서 맛을 보는 것이었다.
이강이 양미간을 구기며 말했다.
"놈들이 우리를 어떻게 겨냥하는 거지?"
일행은 정신이 번쩍 들었다.
벽에는 횃불이 걸려 있었으나 방주의 밑창은 어두웠다. 밑창은 워낙에 넓은 공간이라 횃불 몇 개로는 밝힐 수 없었다.
그런데 표사들은 한 치의 오차도 없이 일행을 겨냥하고 있지 않은가? 게다가 일행이 나무 상자의 그림자 속에 숨어 있는데도 말이다.
일행의 의문을 비웃기라도 하듯, 다시 전음성이 들렸다.
"거기 있구나?"
전음성은 이제 키득키득거리며 실소를 흘리고 있었다.
쌔애액! 퍽!
"으아아악!"
일행 중 하나가 비명을 질렀다.
그는 편복선생이었다. 화살이 그의 오른팔을 관통한 다음 뒤에 있는 나무 상자에 가서 박힌 것이다.

임윤이 검을 치켜들며 말했다.
"어금니를 꽉 무시오. 안 그러면 혀를 깨물지 모르오."
편복선생이 고개를 끄덕였다.
임윤이 가차없이 화살촉을 잘라냈다.
"크윽!"
팔을 관통한 화살이 흔들리자 편복선생이 재차 신음을 흘렸다.
임윤이 화살을 잡고 단숨에 뽑았다.
좌악!
편복선생은 눈을 하얗게 뒤집으며 기절하고 말았다. 임윤은 옷소매를 찢어 그의 팔을 동여맸다. 하지만 잠깐 지혈을 했을 뿐, 금창약 한 번 바르지 못하는 미봉책일 뿐이었다.
그런데 편복선생의 응급처치를 끝낸 임윤이 어딘가를 뚫어지게 노려봤다.
"……?"
일행이 고개를 돌리자 나무 상자가 쌓여 있는 곳의 구석에 빨간 점 두 개가 보이는 것이 아닌가?
그것은 작은 짐승의 눈이었다.
'청위표국의 흑서!'
전신이 짙은 회색빛 털로 뒤덮인 쥐가 빨간 눈알을 연신 굴리며 일행을 쏘아보고 있었다. 일행은 표사들이 어떻게 자신들의 위치를 정확히 짐작하여 화살을 쏘는지 알아차렸다.
임윤이 흑서를 향해 검을 던졌다.

그러나 검에 꿰뚫리려는 찰나, 흑서가 위로 튀어 올랐다.
팍!
흑서를 빗나간 검은 바닥에 꽂혔다.
흑서는 임윤을 놀리는 양 검파에 뛰어내려서 눈알을 굴렸다. 그러다가 다시 검에서 뛰어내려 그림자 속 어딘가로 사라져 버렸다.
이강이 말했다.
"이곳을 떠나야 한다."
진광이 역정을 냈다.
"그걸 누가 모르냐? 갈 데가 어딨다고 그 소리냐?"
"여기는 텅 빈 공간이라 놈들의 화살을 피할 곳이 마땅치 않다. 게다가 염병할 놈의 쥐새끼까지 우리를 엿보고 있지 않냐? 차라리 방주 위층의 좁은 복도라면 숨을 곳이 더 많을 거다."
진광도 더는 반박할 수 없었다. 애초에 이강의 말이 틀려서가 아니라, 막다른 곳에 몰려서 화가 났을 뿐이었다.
"가자!"
이강이 먼저 그림자 속에서 나와 몸을 날렸다.
진광은 송현을 둘러메고, 임윤은 기절한 편복선생을 옆구리에 꿰찼다. 항상 일행의 선두에 서던 유소운이 후미에서 따라가야 할 만큼 일행의 상황은 심각했다.
이강이 계단 앞에서 몸을 돌리며 말했다.
"내가 엄호할 테니 올라가라."
임윤이 그를 보며 고개를 끄덕였다.

절체절명(絶體絶命) 279

"뒤를 부탁한다."

이강은 두 눈이 없으나 지금 일행 중에 최고수였다. 다른 자가 어설프게 표사들의 화살을 막는 것보다 이강의 오감과 무위에 뒤를 맡기는 편이 차라리 안전하다고 판단한 것이다.

그런데 계단을 오르던 임윤이 제자리에 멈춰 섰다.

바로 뒤를 따라가던 진광이 물었다.

"왜 그러냐?"

고개를 들던 진광은 경악했다.

계단 위에 망자 넷이 팔짱을 낀 채로 일행을 내려다보고 있는 것이 아닌가?

게다가 지하 도시의 망자들이 피를 배급(?)받지 못했는지 대부분 얼굴빛이 산송장처럼 창백한 반면, 그들은 얼굴이 시뻘겋게 달아올라 있었다.

피를 흡수하여 얼굴이 붉어진 망자가 표사도, 경비병도 아니라면 얘기는 하나였다.

네 명의 망자는 바로 멸천대였다.

멸천대는 정추산이 무림맹의 창천대를 몽땅 망자로 만든 다음, 이름만 바꾸어 버린 조직이다.

무림맹이 창설하여 구륜사 결전에서 큰 활약을 했던 조직이 바로 창천대다. 그 대단하던 창천육조마저 창천대의 마지막 조에 불과했으니, 창천대의 면면이 명문정파의 내로라하는 고수들인 것은 불 보듯 뻔했다.

멸천대 넷의 신형이 임윤에게 날아들었다.

임윤이 검을 들어 그들의 공세를 막으려 했다.
하지만 허리에 편복선생을 꿰찬 채로 좁은 계단에서 뒷걸음 치자니 거동이 자유롭지 못했다.
게다가 상대가 피를 흡수하여 내공 수위를 높인 멸천대였으니…….
퍽!
멸천대 하나가 임윤의 가슴에 일권을 꽂았다.
"크윽!"
임윤이 신음을 흘렸다.
그런데 선공을 적중시킨 자가 더는 공격하지 않고 뒤로 물러나 버리는 것이었다.
그가 고개를 흔들며 말했다.
"이런, 거기가 아니었나?"
동시에 뒤에서 다른 자가 앞으로 뛰어나왔다. 그가 재차 임윤에게 권격을 날렸다. 임윤이 검을 휘둘렀으나 그는 몸을 비틀어 간단히 피한 다음 일권을 뻗었다. 임윤은 속절없이 가슴팍에 권격을 맞았다.
하지만 그 역시 다른 멸천대의 동료처럼 고개를 흔들더니 뒤로 물러나는 것이었다.
세 번째 멸천대가 그와 교차하면서 임윤의 복부에 손날을 찔러 넣었다.
푹!
"……!"

임윤의 두 눈이 크게 뜨였다. 먼저 빙하정에서 화살에 관통상을 입었던 복부에 정확히 손날이 박힌 것이다.

세 번째로 임윤을 공격한 자가 말했다.

"여기였군! 내기는 내가 이겼다. 하하하!"

마지막에 남아 있던 자가 말했다.

"젠장, 내 차례는 오지도 않았군."

그들은 임윤이 중상을 입었던 사실을 어떻게 알았는지, 그의 상처 부위를 누가 먼저 찾아낼지 내기를 하고 있었던 것이다.

진광은 그 사실을 깨닫고 격노했다.

"이 개자식들아!"

진광이 선장을 부여잡고 달려들었다. 어찌나 화가 났는지 둘러메고 있는 송현의 존재는 까맣게 잊어먹었다.

그러나 계단을 채 몇 칸 뛰어오르기도 전에 멸천대 넷의 권각이 날아들었다.

쉬쉬쉬쉭!

그들은 제각기 주먹, 손날, 발뒤꿈치, 그리고 무릎으로 진광의 사지 관절을 노렸다. 네 명이 동시에 권각을 출수하면서도 전혀 뒤엉킴이 없는 동작. 그들이 생전에 같은 문파 소속으로 오랜 기간 합격진을 수련했다는 증거였다.

진광은 입술을 질끈 깨물었다. 그는 합격진에 당하든 말든 최소한 망자 하나의 머리통을 부숴 버리겠다는 각오로 선장을 내질렀다.

하지만 멸천대의 무공 수위는 진광의 예상을 뛰어넘었다.
퍼퍼퍼퍽!
진광의 선장이 채 뻗어나가기도 전에 멸천대의 합공이 작열했다.
"크억!"
진광은 송현과 뒤엉키며 계단 밑으로 굴러 떨어졌다.
그는 허리를 부여잡으며 몸을 일으켰다. 그리고 다시 계단 위로 뛰어오르려 했다. 하지만 사지가 말을 듣지 않았다. 멸천대의 합공을 그대로 몸에 받았으니 당연한 일이었다.
그때 누군가가 그의 뒷덜미를 움켜쥐었다.
진광이 또 다른 멸천대가 나타난 줄 알고 선장을 뒤로 찌르려고 할 때였다.
"나다."
목소리의 주인은 이강이었다.
그는 손아귀를 크게 벌려 진광의 뒷덜미와 송현의 멱살을 동시에 움켜쥐었다. 또한 다른 손으로는 임윤과 편복선생의 멱살을 틀어쥐었다. 그리고 말했다.
"백면서생 꼬마 놈아! 앞장서라!"
"…예!"
유소운은 이강의 명령에 잠깐 멈칫하다가 곧 몸을 돌려서 엄폐물을 찾아 뛰었다.
그러자 이강이 한 손에는 진광과 송현, 다른 손에는 임윤과 편복선생을 번쩍 들어 올리고서 달려나가는 것이 아닌가!

등 뒤에서는 멸천대가 추격해 오고, 어둠 속 어딘가에서 화살이 날아들지 모르는 상황.

유소운은 미친 듯이 두 팔을 휘두르며 달렸다.

하지만 이강은 네 명의 신형을 들고서 그의 뒤를 단숨에 따라잡았다.

진광은 그의 무위에 경악했다.

'이것이 바로 중원의 사대마인……!'

이강은 숨이 차지도 않는지 말했다.

"이제 알았냐, 소림 땡초야."

유소운이 커다란 나무 상자를 쌓아놓은 곳에서 발을 멈췄다.

"이리 오세요!"

순간, 전음성이 들렸다.

"거기 꼼짝 말아라. 킬킬킬!"

이강이 몸을 날렸다.

쌔애애애애액!

방금 그의 신형이 머물던 곳에 다섯 발의 화살이 날아와 꽂혔다. 이강이 한 발짝이라도 늦었더라면 화살은 이강과 그가 들고 있는 네 명에게 한 발씩 적중했을 것이다.

"빌어먹을!"

진광은 그 사실을 깨닫고 표사들의 악독함에 치를 떨었다.

이강은 유소운의 옆에 일행을 던지면서 자신도 몸을 뒹굴었다.

그가 숨을 몰아쉬며 말했다.

"후우, 후우, 무림 놈들 주제에 군살이 왜 그리 많냐? 네놈들은 벽곡단만 씹으면서 삼 년 이상 무공만 파야 돼. 그런 다음에야 무림에 나오든지 말든지 해라."

"……."

진광과 유소운은 그의 무위와 언변에 할 말을 잃었다.

진광은 일행을 둘러봤다.

임윤은 금창약으로 응급처치했던 상처가 터져서 피를 줄줄 흘리고 있었다. 편복선생은 기절한 채 아직 깨어나지 못하고 있었다. 자신 또한 사지가 아직 제대로 움직이지 않았다.

이강과 유소운만이 그나마 피해를 입지 않았다.

하지만 이강은 망자들과 싸우는 것도 모자라, 방금 일행 넷을 끌고 방주의 밑창을 달리느라 공력이 많이 소진된 기색이었다. 또한 유소운은 활이 없자 무엇을 해야 할지 모르는 어린 아이처럼 멍청히 일행을 바라보고 있었다.

전쟁에서 장수를 잃고 패배한 병졸의 몰골이었다.

그리고 송현.

일행의 수장인 송현은 여전히 멍한 시선으로 일행을 바라볼 뿐, 실혼인 상태에서 벗어나지 못하고 있었다.

콱!

진광이 송현의 멱살을 틀어쥐었다.

"이 병신 놈아! 내 말 똑똑히 들어라!"

유소운이 깜짝 놀라 진광을 쳐다봤다.

"청위표국의 전대 국주란 자와 표사 놈들은 모두 망자가 됐다! 놈들은 산송장이란 말이다!"

"……."

진광이 얼굴을 바싹 대고 소리쳤지만 송현은 여전히 묵묵부답인 채 그를 조용히 응시할 뿐이었다.

"놈들은 중원천하를 발밑에 두려는 야심에 차 있다. 하지만 당신은 놈들과 다르지 않냐? 왜 허황된 꿈에 빠져서 현실을 직시하지 않는 것이냐? 우리를 이끌던 심계와 지략은 모두 어디로 갔냐? 검이 목전에 날아와도 담대하게 대처하던 용기는 어디로 사라졌냐?"

진광의 눈자위에 핏줄이 새빨갛게 솟아올랐고, 그의 주먹에 굵은 힘줄이 밖으로 튀어나왔다.

어느새 유소운은 물론, 임윤과 이강도, 막 정신을 되찾은 편복선생도 그의 일갈에 귀를 기울이고 있었다.

"나는 사형의 말을 믿는다. 네놈은 혼백이 나간 망자가 아니다!"

하지만 송현은 변함이 없었다.

멱살을 쥔 손을 부들부들 떨던 진광은 조금씩 흥분을 가라앉히는 것 같았다.

그가 나직하면서도 무거운 목소리로 말했다.

"좋다. 네놈은 평생 꿈속에서 살아라. 하지만 나는 네놈이 표국 따위에 얽매여 있든 말든 반드시 네놈을 데리고 이 방주를 탈출할 것이다."

진광은 그 말을 마지막으로 손을 놓고 몸을 돌렸다.
그때였다.
방주의 밑창 어딘가에서 귀에 익은 목소리가 들려왔다.
"아아아앙!"
"조용히 해! 울면 잡혀가!"
먼저 진광이 독혈을 뒤집어쓰며 구했던 소녀가 어린 동생을 달래고 있는 것이 아닌가?
진광은 이성을 잃어버렸다.
그는 나무 상자 뒤에서 밖으로 뛰쳐나갔다.
"이 망자 놈들아! 소림 제자 진광이 여기 있다! 그러니 아이들은 그냥 놓아줘라!"
진광이 주먹을 흔들며 소리쳤다.
그런데 무엇을 목격한 그의 얼굴이 새하얗게 질려 버렸다.
멀리 보이는 나무 상자 위에서 제갈명이 천천히 우선을 부치고 있는 것이었다!
제갈명이 소녀의 목소리로 말했다.
"조용히 해요. 시끄러우면 죽어요."

第三十章
망자의 최후

潜行武士
잠행무사

진광은 황망했다.

소녀 목소리의 주인은 창천육조의 마지막 일원인 제갈명이었다. 그가 환술로 소녀의 목소리를 모사해서 진광이 은신처에서 나오도록 꾀어낸 것이다.

제갈명이 소녀의 목소리로 말했다.

"떠들면 혀를 뽑고 입을 꿰매줄 거예요?"

그는 임윤의 비겸에 당해서 두 눈이 없었다. 주먹만 한 크기의 구멍이 두 개 나 있는 얼굴을 하고 소녀의 가녀린 목소리를 모사하는 그의 모습은 오싹함을 안겨주었다.

"역시 내 비결은 틀림없다. 네놈들이 다시 방주에 오르리라는 것을 알고 있었다."

제갈명이 본래 자신의 목소리로 되돌아와서 말하고 있었다.

"사냥감은 항상 호기심 때문에 목숨을 잃는 법이지."

"네놈……."

진광은 선장을 틀어쥐었다.

어둠 속에서 날아오는 화살을 피하느라 신경이 곤두서 있던 그는 제갈명이 눈앞에 모습을 드러내자 일시에 분노를 폭발시켰다.

"받아랏!"

진광은 몸을 날리며 제갈명에게 선장을 꽂으려 했다.

그런데 제갈명은 피하기는커녕 꼼짝도 하지 않았다.

진광은 무언가 이상하다는 것을 깨달았다.

순간, 그의 목에 서늘한 느낌이 전해졌다.

"……?"

진광은 정신이 번쩍 들어서 발을 멈췄다.

고개를 내리자 목에 거미줄처럼 가느다란 실이 닿아 있는 것이 아닌가?

바로 제갈명의 은사(銀絲)였다.

은사는 팽팽하게 당겨져서 허공을 가로지르고 있었다. 만약 그대로 발을 내디뎠다가는 날카로운 은사에 목이 떨어졌을 것이다. 금세 이마에서 진땀이 흘러내렸다.

진광이 주위를 살피자 밑창 곳곳에 은사가 거미줄처럼 쳐져 있었다. 제갈명이 무엇을 믿고 모습을 드러냈는지 알 것 같았다.

그때 유소운이 진광을 걱정했는지 밖으로 뛰쳐나왔다.
"진광 스님! 피하세요!"
진광은 그에게 함부로 나오지 말라고 소리쳤다.
아니, 소리치려고 했다.
딱!
"……!"
제갈명이 손가락을 튕기자 진광의 입이 다물어진 채로 떨어지지 않았다. 그가 환술을 쓴 것이다.
진광이 경고하지 못하자 유소운은 그대로 달려왔다. 그러다가 결국 은사에 발목이 걸리고 말았다.
"아아악!"
유소운이 발목을 부여잡고 쓰러져 뒹굴었다. 다행히 발목이 떨어지지는 않았으나, 금세 바닥에 피가 흥건히 고였다.
그러자 이강이 나무 상자 위로 뛰어올랐다.
"병신 같은 놈들. 주제를 모르면 가만히나 있을 일이지."
이강은 유소운의 옆으로 뛰어내린 뒤 그의 뒷덜미를 잡아들고는 다른 일행이 있는 곳으로 던져 버렸다.
그런 다음 진광에게 말했다.
"꼼짝 말고 있어라. 목 떨어진다."
그런데 이강이 진광에게 몸을 날리려 할 때였다.
갑자기 귀를 때리는 굉음이 밑창에 울려 퍼졌다.
챙강! 챙강! 챙강!
"……?"

이강은 멈칫하며 제자리에 서버렸다.

어둠 속에서 표사들이 검을 맞부딪쳐서 굉음을 내고 있었다.

이강은 일 년 넘게 지하 뇌옥에 갇혀 있으면서 청력의 예민함이 극에 달한 상태였다. 때문에 두 눈이 없어도 다른 무림인을 능가할 만큼 행동이 자유로웠던 것이다.

한데 표사들이 시끄러운 소리를 내니, 그는 일순 방향 감각을 상실했다. 더군다나 함부로 움직였다가는 은사에 걸려서 사지가 떨어질 판이니…….

그때 한 발의 화살이 이강에게 날아왔다.

쌔애액!

굉음에 방향을 잃은데다 주위에 은사가 쳐져 있는 바람에 이강은 신형을 날리지 못했다.

화살이 이강의 등을 꿰뚫고 가슴 앞으로 튀어나왔다.

"크흑!"

이강은 무릎을 꿇었다.

그러자 방금 화살이 날아왔던 곳에서 또 하나의 인영이 모습을 드러냈다.

그는 표사들의 조장인 강평이었다.

그가 실소하며 말했다.

"중원무림의 사대마인으로 악명이 높다더니, 소문은 거짓이었나 보군."

하지만 이강은 화살에 관통상을 입었음에도 얼굴에 여유를 잃지 않고 맞받아쳤다.
 "두 눈을 잃은 소경이 무서워 잔재주를 부린 주제에 말이 많군."
 "잔재주가 아니라 병법이라는 것이다."
 "나랑 내기 하나 할까?"
 "내기?"
 "그래. 네놈의 궁술은 저 어린 샌님만 못하고, 병법은 실혼인이 다 된 멍청이만 못하다. 네놈이 이기면 중원 사대마인이란 별호를 기꺼이 건네주지. 어떠냐?"
 이강은 고갯짓으로 유소운과 송현을 가리키며 말했다.
 "내가 왜 그딴 내기를 해야 되냐?"
 "질까 봐 무섭냐?"
 강평의 양미간이 심하게 구겨졌다.
 "이제 보니 세 치 혀를 놀리는 데 악명이 높나 보군. 좋다, 네놈을 한 시라도 빨리 죽여서 망자로 만들어주마."
 강평이 화살을 시위에 매겨 이강을 겨누었다.
 그때, 진광이 품에서 무언가를 꺼내 들며 소리쳤다.
 "이강! 모체를 폭파하지 못해도 상관없다! 밑창이 터져서 방주가 가라앉으면 제 놈들도 어쩌지 못하고 수장될 거다!"
 진광이 꺼낸 것은 화섭자였다.
 그는 모체의 뱃속에 혁낭을 던지려는 생각을 접고, 당장 혁낭에 불을 붙여서 방주 밑창을 뚫고 자폭하려는 결심을 한 것이다.

하지만 이강은 고개를 저었다.
"병신. 자폭을 하려면 조용히 하든가."
아니나 다를까,
강평이 재빨리 표적을 바꾼 다음 시위를 놓았다.
쌔애액! 퍽!
"……!"
진광이 두 눈을 부릅떴다.
화살이 화섭자를 쥐고 있는 그의 손바닥을 정확히 꿰뚫은 것이다.
결국 진광은 화섭자를 떨어뜨렸다. 혁낭에 불을 붙이려는 생각은 채 실행해 보기도 전에 물거품이 되어버렸다.
강평이 소리쳤다.
"그만 토끼몰이를 끝내자!"
그러자 어둠 속에서 대답이 들려왔다.
"알았다!"
그것은 청위표국 표사들의 목소리였다.
일행은 그제야 깨달았다.
복도에서 망자들이 일행을 쫓아오던 것과 멸천대 넷이 일행을 다시 위로 올라가지 못하게 막던 것은 모두 일행을 방주의 밑창으로 몰아넣으려는 계획인 것이었다.
그리고 표사들은 함정에 빠진 토끼에게 재미 삼아 화살을 날렸던 것이다.
진광은 고개를 돌려 일행을 바라봤다.

누구 하나 성한 사람이 없었다. 더는 망자들에게 대항할 힘도, 정신력도 남아 있지 않았다.

그러나 진광은 굴하지 않았다.

그가 방주 밑창이 크게 울리도록 소리쳤다.

"망자 놈들아! 대소림의 제자는 죽음을 두려워하지 않는다는 것을 똑똑히 보여주마!"

진광은 손바닥을 꿰뚫은 화살을 잡아 단숨에 뽑아버렸다.

촤악!

"⋯⋯!"

두 눈에 불똥이 튀었다. 화살촉이 거꾸로 나오며 손바닥을 갈기갈기 찢어버린 것이다. 하지만 진광은 입을 굳게 다문 채 신음 한마디 흘리지 않았다.

강평이 실소하며 말했다.

"소원대로 죽여주지."

그가 손을 위로 치켜올렸다가 아래로 떨어뜨렸다.

"조준! 발사!"

쌔애애애애액!

강평을 뺀 여섯 명의 표사가 쏜 화살이 어둠을 뚫고 진광을 향해 날아왔다.

송현은 눈을 떴다.

주위는 어두컴컴했다. 시야가 흔들려서 어디인지 알 수 없었다.

정신을 차리자 정체를 모르는 인영이 자신을 옆구리에 꿰차고 달리고 있는 것을 깨달았다.

 인영이 바람처럼 어두운 통로를 내달렸다.

 송현은 인영의 면면을 살폈다.

 인영은 황금빛 장삼과 붉은 가사를 걸치고 있었다. 또한 이마에 계인이 찍혀 있었다.

 곧 통로가 끝나고 넓은 공터가 나타났다.

 갑자기 인영이 제자리에 멈춰 섰다.

 그가 말했다.

 "미안하오. 내가 잘못 생각했소."

 송현은 그가 무슨 말을 하는지 영문을 알 수 없었다.

 "표국을 재건하겠다는 말이 곧 중원무림에서 위명을 떨치겠다는 것으로 들렸었소. 하지만 그런 뜻이 아니라는 걸 이제야 알았소. 빈승의 잘못이오."

 "……."

 송현은 무슨 말을 해야 할지 몰랐다.

 "저들은 누구요? 당신의 동료요? 같은 문파인이오?"

 "그렇소."

 송현은 대답을 해놓고 살짝 놀랐다.

 지금까지 그런 생각을 한 적이 없었는데 자기도 모르게 입 밖으로 긍정하는 말이 튀어나왔던 것이다.

 인영이 물었다.

 "정말 저들이 동료란 말이오? 단지 강호의 삼류무사들을 한데 모아놓은 것으로 보이는데?"

송현은 그에 대한 대답을 알 것 같았다.

그가 말했다.

"…같은 뜻을 품고 서로를 위해 싸우는 무사들이 있다면, 문파를 넘어서 모두 하나의 동료요."

인영은 그 말을 듣고 잠시 침음하는가 싶더니 오른손을 들어 반장을 하는 것이었다.

"빈승이 오랜 시간 강호 출행을 했으나, 금일에서야 강호의 진정한 도리를 깨우친 듯하오. 고맙소."

인영의 목소리는 자애롭기 그지없었다.

그런데 인영이 갑자기 송현을 공터의 구석으로 던지는 것이 아닌가?

송현은 영문을 알 수 없었다.

인영이 다시 반장을 하며 말했다.

"빈승은 이미 죽었어야 할 몸이오. 하나 당신은 아니오. 부디 동료를 구하고 사매와 재회하여 운남으로 갈 수 있기를 바라겠소. 아미타불."

송현은 정신이 번쩍 들었다.

'동료를 구하고 사매와 재회……!'

인영의 말이 범종 소리처럼 머릿속에서 반복하여 울려 퍼졌다.

송현은 이제 자신이 무엇을 해야 하는지 깨달았다.

그때 사방에서 화살의 비가 인영을 향해 쏟아졌다.

"……!"

송현은 누구인지는 알 수 없으나 인영이 죽는 것을 좌시할 수 없었다.

탓!

그의 신형이 인영을 향해 날아갔다.

쌔애애액!

어둠 속에서 여섯 발의 화살이 날아왔다.

"……!"

진광은 몸을 날리려 했다. 하지만 어디로 향해야 화살을 피할 수 있을지 알 수 없었다.

눈 깜빡할 찰나를 머뭇거렸다고 생각한 순간,

여섯 발의 화살이 하나도 빠짐없이 목표에 적중했다.

유소운이 놀라서 소리쳤다.

"진광 스님!"

강평이 실소하며 말했다.

"끝났군. 사냥의 마무리치고는 싱거웠어."

그는 나무 상자 위에서 바닥으로 뛰어내렸다. 그리고 화살 여섯 발이 박혀서 흡사 고슴도치처럼 된 사냥감을 향해 걸어갔다.

그러다가 그는 양미간을 구기며 눈을 가늘게 떴다.

"응?"

사냥감의 모습이 어딘가 이상했다.

그때 제갈명이 소리쳤다.
"조심해라! 놈이다!"
강평이 인상을 찌푸렸다.
"네놈이 감히 하대를……."
순간, 사냥감이 강평에게 달려들었다.
삐이익!
표사들의 명전을 맞은 자가 신형을 움직이자 방주 밑창에 귀를 찌르는 기음이 울려 퍼졌다.
강평은 그가 화살을 전신에 맞고도 전광석화와 같은 몸놀림을 보이자 깜짝 놀랐다. 하지만 이내 정신을 차리고 검을 뽑아 들었다.
"차라리 잘됐다! 역시 사냥의 마무리는 목을 베어야 제 맛이지!"
강평이 검을 휘둘러 그의 목을 베었다.
그런데 검에 느껴지는 감촉이 이상했다.
콰득!
"……?"
강평은 고개를 갸웃했다.
살과 뼈를 자르는 짜릿한 손맛이 느껴지지 않았다. 게다가 검이 통쾌하게 수평으로 가로지른 것이 아니라 무엇인가에 막혀서 도중에 멈춰 버렸다.
강평은 검을 회수하여 다시 목을 베려고 했다.
그런데 검이 꼼짝도 하지 않았다.

검은 목을 벤 것이 아니라 그의 입에 물려 빠지지 않았던 것이다.

강평의 두 눈이 크게 떠졌다. 그가 말했다.

"송현?"

그의 앞에 있는 인영은 바로 송현이었다.

송현은 아직 사슬에 두 팔이 묶인 몸으로 강평의 검격을 입으로 물어 받아냈던 것이다.

"이 자식! 검을 놓아라!"

강평은 검을 잡은 손에 진기를 실어서 잡아 뺐다. 송현의 입을 반쪽으로 가르려는 심산이었다.

그때 송현이 입을 활짝 벌렸다. 그러자 그의 입에서 검이 빠졌고, 자연히 강평은 자신의 힘을 이기지 못하여 뒤로 나동그라졌다.

진광이 소리쳤다.

"송 국주!"

먼저 진광에게 화살이 적중하려는 순간,

송현이 신형을 날려서 그의 앞을 가로막았다. 그리고 자신의 몸으로 화살을 막아낸 것이었다.

송현이 진광을 향해 고개를 돌렸다. 그리고 그의 옆을 향해 몸을 날렸다.

그러나 송현은 제대로 착지하지 못하고 바닥에 쓰러져서 몸을 뒹굴었다.

진광은 깜짝 놀랐다.

목을 베어 혈선충의 심맥을 끊지 않으면 죽지 않는 망자의 몸이라고는 하나 표사들의 화살을 여섯 발이나 맞았으니…….

그때 강평이 소리쳤다.

"다시 쏴라! 내가 목을 벨 테니, 송현 놈의 사지를 묶어라!"

쉬쉬쉭!

여섯 발의 쇠뇌가 송현에게 날아왔다.

진광은 경악했다.

그의 뇌리에 사형 진견이 표사들에게 당할 때의 광경이 생생히 떠올랐다.

당시 쇠뇌가 갈라지면서 갈고리가 되어 진견의 팔뚝을 파고들었다. 또한 쇠뇌의 끝에는 은사가 달려 있었다. 표사들은 진견의 두 팔이 쇠뇌의 갈고리에 잠깐 묶인 순간을 놓치지 않고 재차 화살을 쏘아 그를 절명하게 했었다.

진광이 소리쳤다.

"송 국주! 피하시오!"

그런데 송현은 피하기는커녕 오히려 제자리에 우뚝 서는 것이었다.

여섯 발의 쇠뇌가 각각 그의 양어깨, 양팔, 양 무릎을 노리며 날아드는 찰나,

송현이 왼손을 들어 허공에 원을 그렸다. 그러자 그의 왼팔에서 사슬이 뱀처럼 꿈틀거리며 쇠뇌를 향해 날아들었다.

촤촤촹!

강맹한 기세로 송현에게 날아들던 여섯 발의 쇠뇌는 사슬에

맞아 바닥에 떨어져 버렸다.

진광은 영문을 알 수 없었다.

애초에 송현의 두 팔은 이강이 두 장의 부적을 이용해서 사슬로 묶어두지 않았던가? 그런데 어떻게?

진광은 고개를 내려 바닥을 살피고서야 그 이유를 깨달았다.

먼저 송현이 바닥을 뒹군 것은 화살에 맞은 충격 때문이 아니었다.

그는 일부러 바닥을 뒹굴어서 가슴팍에 붙어 있던 부적을 진광이 떨어뜨린 화섭자에 갖다 댄 것이었다. 부적은 불씨가 옮겨 붙자 금세 타들어갔다.

그리고 송현이 팔에 힘을 주자 재만 남은 부적은 속절없이 찢어져 버렸고, 사슬이 풀린 것이었다.

게다가 진광은 그가 화살을 맞지 않았다는 사실을 깨달았다.

다시 보니 사슬의 중간 중간에 여섯 발의 화살이 꽂혀 있는 것이 아닌가?

송현이 몸을 날려 진광 대신 화살 세례를 받았으나, 화살은 그의 몸에 감긴 사슬을 뚫지 못한 것이었다. 송현을 묶어두려던 사슬이 오히려 그를 보호한 격이 된 셈이다.

진광은 송현을 바라봤다.

그의 시선은 차분하게 가라앉아 있으면서도 무슨 일이 있었냐는 양 담담한 눈빛을 하고 있었다.

진광의 목소리가 떨려 나왔다.

"송 국주……."

송현이 그를 보며 살짝 얼굴을 찡그렸다.

"진광? 진광이었소?"

"그렇소. 왜 그러시오?"

진광은 송현이 다시 실혼인이 되는 것이 아닐까 싶어 더럭 겁이 났다.

하지만 송현은 잠시 침음하며 진광을 응시하더니, 무언가를 깨달았다는 얼굴로 고개를 끄덕이는 것이었다.

송현은 고개를 돌렸다. 그리고 강평에게 말했다.

"당신이 내 무사들을 죽이려 했소?"

강평은 잠깐 멍청한 눈으로 그를 보다가 말했다.

"뭐라? 무사?"

"그렇소. 이들은 내가 고용한 무사요. 내 동료요."

"네 동료는 우리 청위표국이다! 네놈도 망자가 아니냐?"

"청위표국 사람들은 이미 죽었소."

"뭐라고? 지금 네 눈앞에 이렇게 살아 있지 않느냐?"

그러자 송현이 천천히 고개를 저으며 말했다.

"틀렸소. 청위표국의 표사들은 강호의 정리를 지키오. 혼백을 잃고 사리사욕을 탐하는 망자는 내 동료가 아니오. 당신들은 일 년 전에 이미 죽은 것이오."

"……"

강평은 더는 반박할 말이 생각나지 않는지 침음했다.

송현은 천천히 일행을 둘러봤다.

진광은 화살에 맞아 손바닥이 갈기갈기 찢어져 있었다.

편복선생은 정신을 차리기는 했으나 화살을 맞은 오른팔을 제대로 가누지 못했다.

유소운은 은사에 발목이 베여서 많은 피를 흘리고 있었다.

상태가 가장 심한 것은 임윤이었다.

멸천대의 공격은 금창약으로 임시변통했던 그의 관통상을 손날로 다시 찢어버렸다. 때문에 그의 상의는 이미 피에 젖은 지 오래였고, 장기까지 상처를 입었는지 입에서 선혈을 흘리고 있었다.

일행의 최고수라 할 수 있는 이강도 마찬가지였다. 강평이 쏜 화살이 그의 등을 뚫고 가슴으로 나와 있었다.

망자들에 쫓겨서 표사들의 화살 세례를 고스란히 받아야 했던 일행.

송현이 다시 강평을 돌아봤다.

"당신이 본인의 동료를 저렇게 만들었소?"

"저런 오합지졸을 두고 동료라고 하다니, 네놈은 완전히 맛이 갔구나! 그래, 내가 그랬다. 내가 놈들을 과녁 삼아 궁술 연습을 했다. 어쩔 테냐?"

그러자 송현이 이강을 흘낏 바라본 다음 말하는 것이었다.

"본인의 동료들이 받아야 할 빚이 많은 것 같소. 지금부터 내가 대신 받을 것이오."

"빚? 그게 무슨 소리냐?"

그때였다.

갑자기 방주의 밑창에 웃음소리가 울려 퍼졌다.

"으하하하하하하하!"

진광이 광소를 터뜨린 것이었다.

그는 미친 듯이 웃어젖혔다. 그의 웃음소리가 한동안 방주 전역에 쩌렁쩌렁 울려 퍼졌다.

순간 강평이 얼굴을 일그러뜨리며 송현에게 달려들었다.

"네놈! 과거에는 잔머리만 굴리는 줄 알았는데 이제 보니 입만 살았구나! 내 그 입을 막아주마!"

강평이 검을 상단으로 들어 올린 다음 수직으로 내리그었다.

"하앗!"

순간, 송현이 아직 부적이 붙어 사슬을 떨구지 못한 왼손을 기이하게 흔들었다.

촤르르르!

사슬이 날아가 강평의 손목을 뱀이 똬리를 틀듯 감싸 버렸다.

동시에 송현이 손을 잡아챘다.

"크아악!"

사슬이 손목의 살점을 발라내며 뒤로 빠지자 강평은 검을 놓치고 말았다.

놀라운 것은 그다음이었다.

송현이 손을 흔들자 사슬이 날아가 이번에는 검파에 친친 감기는 것이 아닌가? 그가 재차 사슬을 잡아채자 강평의 검이 공중 높이 떠올랐다.

그리고 검이 공중에서 호를 그리며 떨어지는 순간, 송현이 발을 들어 검파를 차버렸다.

탁! 푹!

검이 쏜살같이 날아가 강평의 가슴을 꿰뚫어 버렸다.

"……!"

강평이 두 눈을 부릅뜨고 가슴을 내려다보더니 다시 고개를 들어 송현을 노려봤다.

하지만 송현의 신형은 이미 강평에게 달려들고 있었다.

송현이 강평의 가슴에 박힌 검파를 잡아 들었다. 그런 다음 검을 비틀며 위로 반원을 그렸다. 그러자 검이 강평의 가슴, 목, 머리를 차례로 수직으로 가르며 밖으로 빠져나왔다.

퍽!

강평의 신형이 서서히 모로 쓰러졌다. 송현의 검이 그의 목에 위치한 혈선충의 심맥을 세로로 베어버린 것이다.

송현이 몸을 돌리며 차갑게 한마디 했다.

"이강의 빚은 받았다."

일행은 그를 보며 생각했다.

'송 국주가 돌아왔다!'

거의 실혼인이 다 되었던 송현이 예전처럼 차갑고 냉혹한 모습을 되찾은 것이었다.

그때였다.

"검을 내려놔라!"

일갈한 자는 바로 제갈명이었다.

그는 어느 틈에 유소운을 인질로 잡고 손날을 세워 그의 목에 갖다 대고 있었다. 두 눈이 없는 제갈명이지만, 발목에 부상을 입은데다 무림인도 아닌 유소운은 그에게 잡혀서 꼼짝도 못하고 있었다.

송현은 제갈명에게 고개를 돌리더니 그를 향해 성큼성큼 걸어갔다.

그때 네 인영이 어둠 속에서 뛰어내려 송현의 앞을 가로막았다.

그들은 임윤의 상처를 누가 먼저 가격하는지 내기를 했던 네 명의 멸천대였다.

그들 중 하나가 실소하며 말했다.

"네놈, 아까는 넋이 나간 바보천치인 줄 알았는데, 제법 그럴싸한 재주 하나는 배운 모양이구나?"

송현은 그들을 거들떠보지도 않으며 말했다.

"비켜."

"……"

멸천대의 얼굴에서 웃음이 사라졌다.

"네놈, 정녕 죽고 싶은 게냐?"

멸천대 넷이 좌우로 흩어지며 송현을 빙 둘러쌌다.

진광이 소리쳤다.

"송 국주! 그들의 합격진을 조심하시오!"

그러다가 그는 깜짝 놀라고 말았다.

그의 충고를 듣지 못했을 리가 없을 텐데, 송현이 멸천대 넷의 포위망으로 자진해서 뛰어드는 것이 아닌가?

"소원이라면 죽여주마!"

멸천대 넷이 일제히 송현에게 일권을 내질렀다.

순간, 송현이 공중으로 뛰어오르며 빙그르 회전했다. 동시에 팔을 기이하게 흔들며 사슬을 뿌렸다.

그러자 사슬이 멸천대 넷이 뻗은 주먹을 차례대로 하나씩 빙빙 감아버리는 것이었다.

"어림없는 수작!"

멸천대 넷은 코웃음을 치며 아예 사슬을 틀어쥐었다. 그리고 일제히 사슬을 당겨서 송현을 땅바닥에 패대기치려 했다.

그때 송현이 검을 들더니, 사슬이 붙어 있는 자신의 손목을 베어버렸다.

촤악!

"무, 무슨 짓이냐?"

임윤을 상대할 때 내기까지 하던 멸천대 넷도 송현의 기괴한 행동에 깜짝 놀랄 수밖에 없었다.

송현이 검으로 베어낸 손목을 다른 손으로 잡아 그들 중 하나를 향해 던졌다. 송현의 손목이 그의 목으로 날아가 울대를 움켜쥐었다.

"커헉!"

목을 틀어 잡힌 멸천대가 두 눈을 부릅뜨며 신음을 흘렸다.

문제는 그들이 내지른 주먹이 사슬이 친친 감겨 있다는 것이었다. 게다가 송현이 사슬을 쥐고 있는 자신의 손목을 베어 던지는 바람에 사슬은 팽팽하게 당겨져서 빈틈이 없어지고 말았다.

 목을 잡힌 자가 송현의 손목을 떼어내려고 안간힘을 썼다. 하지만 그가 몸부림칠수록 사슬은 더욱 꽉 조여들었다.

 게다가 송현의 손목에는 부적이 붙어 있었으니, 망자인 그의 목에 붙어서 떨어질 리가 없지 않은가?

 공중으로 뛰어올랐던 송현이 사슬에 묶여 있는 멸천대 넷의 주먹 위로 사뿐히 올라섰다.

 그가 말했다.

 "임윤의 빚을 받겠다."

 멸천대 넷의 눈빛이 공포에 휩싸였다.

 스팟!

 검광이 한 번 번쩍이자 멸천대 넷의 목이 공중으로 솟아올랐다. 물론 송현의 검은 혈선충의 심맥을 한 치의 오차도 없이 베고 지나갔다. 멸천대 넷은 주먹을 뻗은 채로 사슬에 서로 묶여 있는 터라 목을 잃어도 쓰러지지 않았다.

 송현이 진광에게 말했다.

 "화섭자를 주시오."

 진광이 바닥에 떨어진 화섭자를 주워 그에게 던졌다.

 그의 손목은 여전히 멸천대의 목에 붙어 있었다.

 송현은 화섭자로 불을 당겨 부적을 태웠다. 부적이 타버리

망자의 최후 311

자 그의 손목은 멸천대의 목에서 떨어졌다. 그러자 손목에 붙어 있던 사슬도 떨어졌고, 사슬이 풀리자 멸천대 넷의 몸체가 그제야 모로 쓰러지는 것이었다.

송현은 손목을 공중에서 낚아채 다시 팔에 붙였다.
그리고는 다시금 유소운을 잡고 있는 제갈명에게 다가갔다.
제갈명이 떨리는 목소리로 말했다.
"멈춰라! 그러지 않으면 이놈의 멱을 따겠다!"
그러나 송현은 그대로 걸어갔다.
그는 어떻게 알아차렸는지, 제갈명이 어둠 속에 거미줄처럼 쳐놓은 은사를 아슬아슬하게 피하면서 지나갔다.
"소운을 내려놔라."
"그렇게는 못……."
송현이 신형을 날렸다.
그의 검이 상하좌우로 움직이면서 검무(劍霧)를 만들었다.
파파팟!
벽운검법의 검무가 유소운을 잡고 있는 제갈명의 두 손을 스쳐 지나갔다.
"……?"
제갈명은 두 손에 서늘한 기운이 스쳐 지나간 것을 느꼈다. 그는 영문을 몰라서 양미간을 구겼다.
유소운의 목을 틀어쥔 손과 그의 목을 겨누고 손날을 세운 손, 두 손의 손가락 열 개가 바닥에 떨어졌다.
투투툭!

송현이 은사에 베인 유소운의 발목을 쳐다봤다. 그리고 고개를 돌려 제갈명에게 말했다.

"소운의 빚을 받아야겠다."

제갈명은 경악했다.

그는 이제 손가락이 하나도 남지 않은 두 손을 내저으면서 소리쳤다.

"이미 내 눈과 손을 가져갔지 않냐? 난 죽고 싶지 않아! 제발 목숨만은……."

검광이 번쩍이자 제갈명의 목이 어둠 속 어딘가로 날아가 버렸다.

송현이 말했다.

"착각 마라. 네놈은 이미 오래전에 죽었다."

목이 없는 제갈명의 신체가 서서히 바닥에 쓰러졌다.

정신을 되찾은 송현이 단숨에 청위표국의 강평, 멸천대 네 명, 그리고 창천육조의 수장 제갈명을 절명케 한 것이다!

또한 조장 강평이 어이없게 죽자 당황해서인지 아니면 명령을 받지 못해서인지, 더는 어둠 속에서 표사들의 화살이 날아오지 않았다.

유소운이 그 사실을 떠올리며 말했다.

"송 국주님! 여기서 이러다가 저들이 화살을 쏘면……."

송현이 고개를 저었다.

"본인이 있으니 이제 걱정 마라."

그리고 어둠 속을 향해 말했다.

"지금부터는 화살을 쏜다면 설령 동료가 다치지 않더라도 한 발당 한 번의 빚을 받을 것이다."

그의 말이 떨어진 지 잠깐의 시간이 지났으나, 어둠 속에서는 아무런 변화도 없었다.

일행은 표사들이 어디론가 사라졌다는 것을 직감할 수 있었다.

그들은 송현을 바라봤다.

그리고 다시금 경악했다.

송현이 스스로 손목을 잘라 적을 상대하는 병법이나 기행은 일행에게 이미 익숙한 것이었다.

그러나 강평에게 발로 차서 검을 날린 것이나, 사슬을 자유자재로 쓰는 것은 직접 보고도 믿기지 않았다. 그의 무위는 임윤의 비검술보다 한 수 위였으며, 이강이 사슬을 쓰는 것을 훨씬 능가했다.

그런데 이강이 한마디 하는 것이었다.

"박황 놈이 결국 실험에 성공했군."

편복선생이 물었다.

"무슨 실험 말인가?"

"보고도 모르냐? 흑랑성이 낳은 최강의 살수가 저기 있지 않냐?"

"……!"

일행은 그 말에 다시 한 번 경악했다.

먼저는 송현의 무위에 감탄했다면, 지금은 흑랑성과 송현의 과거에 섬뜩함을 느끼는 것이 다를 뿐이었다.

　송현이 강평의 시체로 다가갔다. 그는 시체에게서 강궁과 화살 통을 챙겼다. 그리고는 혁낭에서 기병 하나를 꺼냈다. 그것은 초류영이 유소운에게서 압수했던 매화뢰전이었다.

　그가 유소운에게 가서 활과 기병을 건네며 말했다.

　"강궁의 시위를 당길 수 있겠소?"

　"아직 강궁은 한 번도 써본 적이 없습니다."

　"그럼 지금부터 쓰시오."

　유소운은 침을 꿀꺽 삼킨 다음 고개를 끄덕였다.

　송현은 이번에는 멸천대 넷의 시체로 다가가서 사슬을 챙겼다. 그리고 임윤에게 가 검을 달라고 했다.

　그는 검파에 사슬을 꽉 묶은 뒤 다시 임윤에게 건넸다.

　"사슬이 굵어서 불편하오?"

　"명숙수라면 칼을 가려서는 안 되겠지. 고맙소."

　이강이 한마디 했다.

　"그 사슬은 내 거야. 하지만 네놈한테 빌려주지. 후후후."

　"잘 쓴 다음에 돌려주마."

　이강은 송현이 세길명을 해치울 때 몸에 박힌 화살을 분질러서 빼내고 천으로 상처를 묶은 뒤였다.

　송현은 이번에는 편복선생을 보며 말했다.

　"선생의 부적을 두 장 태웠소. 미안하오."

　"내게 괜한 수고를 하게 했으니, 일이 끝난 뒤에 보수를 더 받아야겠네."

"좋소."

송현은 마지막으로 진광을 바라봤다.

진광은 아무 말 없이 그를 보며 고개를 끄덕였다.

그렇게 시선을 마주하는 것만으로도 더 이상 둘의 대화는 필요없었다.

송현이 일행에게 물었다.

"그런데 방주에는 왜 다시 오른 것이오?"

유소운이 대답했다.

"진광 스님이 벽력탄이 든 혁낭을 혈선충 모체의 입속에 던져 넣으려고 하셨습니다. 정말 멋진 작전이었는데 아쉽게도 망자들이 너무 많아서 그만… 실패하고 말았습니다."

이강이 끼어들었다.

"우스꽝스런 작전이었지. 괴물 놈이 입을 다물면 아무것도 안 되는 걸 몰랐으니 말야."

그런데 송현이 잠시 침음하더니 말했다.

"아니오. 훌륭한 작전이오."

"……"

일행은 그 말을 차마 반박할 수 없었다.

모체의 입속에서 멸천대주 정추산이 나오는 바람에 설령 혁낭을 던져 넣었다고 해도 모체를 폭파하는 것은 불가능했다는 말이 입 밖으로 나오지 않았던 것이다.

송현이 말했다.

"모두 준비됐소?"

일행은 고개를 끄덕였다.

송현은 앞으로 걸어가 검을 들어 허공을 몇 번 갈랐다. 그러자 제갈명이 쳐놓았던 은사가 끊어지며 바닥에 떨어졌다.

"갑시다."

그가 앞장서서 어둠 속으로 걸어갔다.

일행은 몸이 성한 사람이 없었다. 특히 임윤과 이강은 중상을 입고 간신히 지혈만 끝낸 상태였다.

하지만 그들의 마음은 조금 전과는 비교도 할 수 없을 만큼 밝았다.

일행은 서로를 부축하며 송현의 뒤를 따라갔다.

그런데 일행이 위로 향하는 계단을 막 오르려 할 때였다.

귀를 찢는 전음성이 방주 전역에 울려 퍼졌다.

"놈들을 잡아라!"

전음성의 주인은 멸천대주 정추산이었다.

"놈들을 잡아라! 멸천대는 무얼 하고 있느냐? 강평, 이 멍청한 놈! 송현 놈을 얕보지 말라고 그렇게 말하지 않았느냐? 경비병들은 다들 어디 갔느냐? 망자들아, 모두 깨어나라! 놈들의 목을 베어서 갖고 와라! 놈들의 목을 내게 바쳐라!"

"키에에에엑!"

망자들의 귀곡성이 방주에 진동했다.

상황이 다급해지자 일행의 시선이 자연히 송현에게 모였다.

송현이 진광에게 말했다.

"본인의 혁낭을 주시오."

진광이 혁낭을 넘기자 그는 이번에는 편복선생에게 말했다.
"선생, 부적을 모두 주시오."
편복선생은 품에서 부적 꾸러미를 건네다가 걱정 어린 시선으로 말했다.
"이건 망자가 건드리면 안 될 터인데… 괜찮겠나?"
"걱정 마시오."
송현은 부적에 손을 대지 않고 검면으로 받아 들었다.
그는 망자에게 붙는 부적은 혁낭에 넣었다. 그런 다음 폭혈화부를 바닥에 내려놨다.
그가 말했다.
"이 부적은 여백에 폭발하는 시각을 적는다고 했소?"
"그렇네. 정 자를 적어 넣으면 다섯을 센 뒤에 폭발하게 되지. 폭발하는 시각을 좀 더 늦추려면 정 자를 몇 개 더 적어 넣으면 되네."
"꼭 정 자를 적어야 하오?"
"그건 아니지만, 정 자가 수를 세기에 적당하지 않은가?"
그러나 송현이 조용히 편복선생을 응시하자, 그는 어깨를 으쓱하며 말했다.
"실은 정 자 말고 다른 것을 적어도 되는지는 잘 모르겠네. 박황 놈이 제대로 아는 게 없었거든."
"알았소."
송현은 일행을 훑어보다가 진광에게서 시선을 멈췄다.
진광은 그가 무슨 말을 하려는지 알았다.

"다들 부상을 입었지만 내가 그나마 낫겠지."

송현은 글자를 적기 쉽도록 검으로 폭혈화부를 바닥에 쭉 펼쳤다.

진광이 화살에 맞아 찢어진 손바닥을 부적으로 가져갔다.

손바닥에서는 아직도 핏물이 조금씩 흐르고 있었다. 손가락을 꾹꾹 눌러서 쓴다면 괜한 검상을 내지 않고도 그럭저럭 글자를 적어 넣을 수 있을 것 같았다.

진광은 부적에 정 자를 적으려 했다.

그런데 송현이 그를 막았다.

"……?"

진광은 영문을 몰라서 그를 쳐다봤다.

그러자 송현이 진광의 손을 잡고 부적 위에다 그냥 갖다 대는 것이 아닌가?

진광의 손가락에서 피가 한 방울 떨어졌다. 핏방울이 부적의 중앙에 떨어지자 조금씩 번지면서 작은 원을 만들었다.

송현이 말했다.

"이것으로 됐소."

편복선생이 깜짝 놀라며 물었다.

"이건 정 자도, 다른 글자도 아니지 않은가?"

진광도 영문을 몰라서 송현을 쳐다봤다. 하지만 그는 이렇다 할 설명 없이 평소처럼 냉랭한 얼굴로 말하는 것이었다.

"이것으로 충분할 것이오."

그가 유소운에게 말했다.

망자의 최후 319

"부적을 화살촉에 묶으시오."

"예."

유소운은 핏방울이 떨어진 부적을 화살에 묶기 시작했다.

진광이 부적에 피 한 방울 떨어뜨리면, 유소운이 그것을 화살촉에 묶기를 반복했다.

얼추 부적에 핏방울을 모두 떨어뜨렸을 때였다.

"꿰에에엑!"

방주 밑창에서 망자들의 비명이 들렸다. 먼저 밑창에서는 망자가 하나도 보이지 않았는데 소리가 들려오는 것을 보면 일행을 쫓아 어디선가 몰려오고 있다는 증거였다.

임윤이 말했다.

"부적 그리다가 잡히겠군."

하지만 송현은 남은 부적 한 장을 마저 끝내고서야 다시 움직이기 시작했다.

"이쪽이오."

송현이 계단을 올라간 다음 일행을 이끌었다.

일행은 송현이 이끄는 대로 복도를 달렸다.

하지만 실상은 달린다기보다 지치고 다친 몸을 서로 부축하며 간신히 발을 옮긴다는 것이 맞았다. 예전처럼 송현의 지시에 따라 일사불란하게 움직이는 모습은 온데간데없었다.

결국 망자들이 일행을 찾아냈다.

"키에에엑!"

망자들 중 선두에 선 자가 일행을 가리키며 소리쳤다.

송현이 말했다.
"소운."
"예."
유소운이 강궁을 들어 화살을 시위에 매겼다.
강궁의 시위는 좀처럼 당겨지지 않았다. 평소 유소운이 쓰는 활보다 표사들의 강궁은 몇 배나 더 휘기 힘들었다.
그는 이를 앙다물고 시위를 당겼다.
아드득.
어금니가 갈리는 소리가 났다.
시위를 당기는 데 성공하자 소운은 글귀를 읊으며 겨냥했다.
"만리비추상작객 백년다병독등대……."
일행은 그 시구가 귀에 익었다. 흑랑성에 처음 잠행할 때 유소운이 외웠던 시구였다.
유소운이 시위를 놓자 화살이 복도를 날아가 선두에 선 망자의 양미간을 정확히 꿰뚫었다.
퍽!
편복선생이 투덜거렸다.
"정 자를 제대로 그리지 않아 부적이 폭발하지 않아도 내 책임은 아니니……."
순간, 망자가 폭발했다.
퍼어엉!
망자들은 복도에서 빽빽이 몰려왔기 때문에 동료가 폭발하면서 폭사되는 독혈을 그대로 뒤집어썼다.

퍼퍼퍼펑!

독혈에 묻은 망자들이 연쇄적으로 폭발했다. 망자 하나가 폭발하면 앞뒤에 있는 망자 둘이 계속해서 터져 나갔다.

곧 복도에는 시뻘건 피 웅덩이가 생겨났다. 그제야 뒤따라 오던 망자들은 이성이 없음에도 불구하고 무언가 잘못됐다는 것을 깨닫고는 발을 멈추는 것이었다.

임윤이 말했다.

"정 자보다는 일(一)이, 일보다는 점이 더 빨리 터진다는 게 증명됐군."

그 와중에도 편복선생은 자화자찬을 했다.

"송 국주의 복안을 끌어낸 것 역시 내 부적이 신묘한 덕분이라고 할 수 있네."

그러나 편복선생의 말에 미소를 흘릴 틈도 없었다.

망자들이 폭발해서 독혈 웅덩이가 녹아내리고 있는 복도, 그 복도의 반대편에서 붉은 바탕에 황금빛 용이 수놓인 장포를 걸친 망자가 나타난 것이었다.

일행은 경악했다.

'멸천대주의 곤룡포!'

이제 멸천대주 정추산이 직접 망자를 이끌고 일행을 추격해 오고 있는 것이다!

정추산이 일갈했다.

"목을 내놓아라!"

"크윽!"

일행은 신음을 흘리며 두 손으로 귀를 막았다.

진기가 실린 그의 목소리는 진광의 사자후와 같은 묵직한 위력은 덜했으나, 반대로 송곳으로 귀를 찌르는 듯한 고통을 안겨주었다.

일행은 이제 중상을 입은 사실도 잊고 미친 듯이 앞으로 달려나갔다.

송현이 말했다.

"소운, 그가 피 웅덩이를 피해서……."

"도약할 때를 노리겠습니다."

유소운은 발을 멈추지 않으며 통에서 화살 한 대를 꺼냈다.

그는 글귀를 외우면서 화살을 시위에 매긴 뒤, 시위를 당기면서 정추산을 겨냥한 다음, 화살을 쏘는 동작을 연이어서 해치웠다.

정추산은 복도를 달리다가 망자가 폭발하여 생긴 피 웅덩이가 나오자 훌쩍 위로 도약했다.

그 찰나를 놓치지 않고 유소운의 화살이 날아갔다.

쐐애액!

진광은 뒤를 돌아보며 주먹을 불끈 쥐었다.

"놈은 끝장이다!"

그러나 화살이 정추산의 양미간에 박히려는 찰나,

정추산이 신형을 한 바퀴 뒤집으며 복도의 천장에 발을 대는 것이 아닌가?

턱!

그는 고개를 살짝 옆으로 비틀어서 화살을 피해 버리더니 동시에 발을 교차하며 천장을 달렸다.

타타타탓!

일행은 경악했다.

벽을 타거나 물 위를 달리는 경신법은 중원무림의 절정고수라면 선보일 수 있는 신기였다. 하지만 천장에 발바닥을 붙이고 거꾸로 매달리는 경신법을 펼칠 수 있는 자는 중원무림에 몇 되지 않았다.

그런데 정추산은 아예 몸을 거꾸로 하여 평지처럼 천장을 달려오는 것이었다.

유소운이 쏜 화살은 정추산을 빗나가 뒤에 따라오는 망자의 몸에 박혔다. 망자가 폭발하면서 또 한 번 복도에 아비규환이 연출되었다.

송현이 혁낭을 열었다. 그리고 검끝을 넣어 부적 한 장을 꺼내 검을 앞으로 밀면서 부적을 날려 보냈다.

츠츠츠!

종이로 된 부적이 마치 단단한 쟁반처럼 정추산의 발을 향해 날아갔다. 그가 부적을 밟는 순간, 발이 천장에 붙어버릴 것이다.

그때 정추산이 부적을 향해 일권을 뻗었다.

펑!

그의 권경(拳勁)이 폭발하자 부적이 불에 타서 흩날리는 재처럼 산산조각으로 부서져 버렸다.
 종이로 된 부적을 암기처럼 날리는 송현.
 그 부적을 아무것도 없는 허공에서 권경으로 박살 내는 정추산.
 일행은 피를 흡수하여 공력을 높인 둘의 무위가 대체 어느 수준일지 상상이 가지 않았다.
 그때였다.
 덜컹!
 갑자기 일행의 옆에 있는 방의 문이 벌컥 열리더니 망자들이 쏟아져 나왔다.
 "······!"
 예전의 일행이었다면 어렵지 않게 망자들을 처치하고 길을 열었을 것이다. 하지만 지금은 모두 부상을 입은 터라 달리는 것만도 숨에 찰 지경이었다.
 게다가 정추산이 추격해 오느라 전력을 다해 달리는 바람에 속도를 늦추지도 못했다.
 결국 일행은 망자들 속으로 뛰어드는 셈이 되어버렸다.
 "키에에에엑!"
 망자들이 귀곡성을 지르며 두 팔을 휘저었다. 일행의 옷자락을 잡고 머리칼을 잡아 뜯었다.
 일행은 그들이 눈을 할퀴지 못하도록 두 팔로 얼굴을 감싸면서 발을 들어 걷어찼다. 그러나 망자들은 걷어차여 뒤로 나동그라지면서도 다시 일어나 막무가내로 달려들었다.

그때 송현이 망자들 속으로 뛰어들었다.

그의 두 팔이 기이하게 늘어나며 뒤틀렸다.

우두두둑!

송현의 팔이 마치 그의 신체가 아닌 것처럼 움직였다.

"크아악!"

망자 하나가 입을 쩍 벌리고 그의 팔뚝을 물어뜯으려 했다.

그러나 망자가 입을 다물 때는 이미 송현의 팔이 망자의 품으로 파고들어 멱살을 움켜쥐고 있었다.

동시에 반대편 팔은 다른 망자의 뒷덜미를 틀어쥐었다.

순간, 송현이 몸을 회전하며 두 팔을 뿌리쳤다.

그러자 그가 집어 던진 망자 둘이 각각 다른 망자들의 품으로 떨어져 버렸다.

콰당탕탕!

망자들이 서로 뒤엉키며 바닥을 뒹굴었다.

진광은 송현이 보인 금나수를 보며 그가 원래의 모습을 되찾았다는 것을 다시 한 번 깨달았다.

송현은 멈추지 않고 검끝으로 부적을 찍어서 쓰러진 망자들에게 날렸다

한 장, 두 장, 세 장······.

부적이 망자들의 뒤엉킨 팔과 다리, 머리와 몸통에 날아가 찰싹 들러붙었다.

망자들이 몸을 일으켜서 재차 달려들려 했다. 하지만 서로의 사지와 몸통이 부적 때문에 떨어지지 않는 바람에 다시 균

형을 잃고 바닥에 나동그라졌다.

송현이 몸을 돌리며 말했다.

"움직이시오."

잠깐 망자들의 모습을 보며 쾌재를 부르던 일행은 다시 무거운 발을 떼었다.

그때 뒤에서 망자들이 괴성을 지르기 시작했다.

"꿰에에엑!"

이번에 들려온 괴성은 일행을 보며 내지르던 귀곡성과 어딘가 모르게 달랐다.

일행이 영문을 몰라 뒤를 돌아보는 순간,

망자들 몇의 몸통과 사지가 산산조각 나서 사방으로 흩어졌다.

촤촤촤착!

정추산이 복도를 꽉 막은 망자들을 베면서 앞으로 나오고 있었다. 그는 망자들이 송현의 부적에 당하여 방해물이 되자 자기 손으로 그들을 도륙하여 길을 열고 있었다.

순식간에 좁은 복도는 망자들의 신체 조각과 핏물로 범벅이 됐다.

하지만 그러는 와중에도 복도 양옆의 방에서 망자들이 쏟아져 나왔다. 때문에 정추산이 아무리 검을 휘둘러도 망자의 인파에 점점 갇힌 꼴이 되고 말았다.

송현이 말했다.

"서두르시오."

일행은 그제야 정신을 차렸다.

그들은 정신없이 계단을 뛰어올라 갔다.

그런데 아무리 계단을 올라가도 갑판은 나오지 않고 층이 계속되는 것이었다.

진광이 물었다.

"송 국주, 대체 지금 우리가 어디로 가고 있는 거요?"

그 말에 임윤이 툭 말을 내뱉었다.

"아무리 송 국주라도 송장 놈들의 관 속이 어떻게 생겼는지 알 리야 없지."

"무어라?"

진광도 그 사실을 모를 리 없었으나, 너무 다급해서 한 말을 임윤이 꼬집자 화가 난 것이다.

진광이 역정을 내려 할 때, 송현이 말했다.

"갑판이 나오지 않는 것으로 보아 여기는 방주의 한가운데 같소."

"그렇다면?"

"그렇소. 본인의 짐작이 맞는다면 이 계단은 오층 누각과 연결되어 있을 것이오."

"그럼 누각을 통해 갑판으로 나가면 되지 않소?"

"맞소. 갑시다."

일행은 다시 계단을 올라갔다.

그러자 계단이 점점 좁아지면서 나선형으로 빙글빙글 돌아서 위로 올라가게끔 나오는 것이 아닌가?

전형적인 누각의 계단.

일행은 송현의 추측이 옳은 것을 깨닫고 힘을 내서 달렸다.

계단을 올라오자 드디어 복도가 사라지며 사방으로 문이 보였다. 누각의 일층에 도착한 것이었다.

진광이 소리쳤다.

"나가자!"

그런데 그가 막 문밖으로 몸을 날리려 할 때, 누각의 모든 문이 일제히 닫혀 버리는 것이었다.

터엉!

"……!"

진광은 서두르다가 닫힌 문에 이마를 부딪칠 뻔했다.

진광은 두 손으로 문을 잡고 열려고 했다. 하지만 그가 전력을 다해도 문은 꿈쩍도 하지 않았다.

진광이 고개를 돌리며 말했다.

"송 국주?"

"…이층으로 가시오."

일행은 다시 한 번 계단을 올라갔다.

그러나 불길한 상상은 언제나 그렇듯 맞아떨어졌다.

그들이 이층에 발을 딛자마자 모든 문이 약속이라도 한 것처럼 동시에 닫혀 버리는 것이었다.

송현이 잠시 침음하다가 말했다.

"오층으로 가자."

"오층? 그러다가 문이 다 닫혀서 열리지 않으면 이 누각에 갇히는 꼴이 아니오?"

유소운이 송현을 대신하며 끼어들었다.

"아닙니다! 이 방주의 누각 오층은 문이 없습니다!"

"뭐라? 그게 무슨 소리냐?"

"제가 봤어요! 누각 오층은 문이 없고 기둥 네 개가 지붕을 받치고 있단 말이에요! 난간으로 나가면 되요!"

"……!"

더 이상 말이 필요없었다. 일행은 계단을 달렸다.

삼층과 사층은 일행이 미처 오르기도 전에 문이 닫혀 버린 뒤였다.

일행은 개의치 않고 누각의 맨 꼭대기, 오층으로 달렸다.

드디어 오층에 오르자, 과연 송현과 유소운의 말대로였다.

누각 오층은 사방이 트여 있었다. 밝은 햇살이 일행을 눈을 따갑게 했다.

송현이 혁낭에서 밧줄을 꺼냈다. 그는 유소운에게 밧줄의 끝을 화살에 묶도록 했다.

유소운이 밧줄 묶은 화살을 방주에 걸쳐 있는 다리를 겨냥해 쏘았다. 화살은 다리 근처의 갑판에 깊숙이 박혔다. 그런 다음 송현이 밧줄의 반대쪽을 누각의 기둥에 묶었다.

진광이 소리쳤다.

"좋다! 어서 이놈의 방주를 탈출하자!"

일행도 그제야 안도의 한숨을 내쉬었다.

그런데 정작 송현은 아무 대답도 하지 않았다. 그는 허공을 바라보며 무언가를 골똘히 생각하고 있었다.

　진광은 송현이 멍한 얼굴로 있는 것을 보자, 그가 다시 실혼인으로 돌아간 것일지 몰라 더럭 겁이 났다.

　그가 조심스레 물었다.

"송 국주, 왜 그러시오?"

"……."

송현이 잠시 침음하다가 입을 열었다.

"우리는 이곳을 나갈 수 없소."

"뭐요?"

진광의 두 눈이 휘둥그레졌다.

"그게 무슨 소리냐? 그럼 여기서 죽자는 말이냐?"

그는 이성을 잃고 자기도 모르게 하대를 했다.

　송현이 싸늘하게 가라앉은 시선으로 그를 바라보자 진광은 움찔하며 말을 멈췄다.

　송현이 말했다.

"멸천대주가 있는 한, 우리는 방주를 나갈 수 없을 것이오. 그를 처치해야 하오."

　진광은 그의 말을 이해할 수 없었다.

"겨우 그놈을 따돌린 판인데 왜 쓸데없는 걱정을 하는 거요? 시간이 아깝소. 여기서 떠들고 있을 바에야 그냥 도망부터 치겠소!"

　그는 몸을 돌려서 밧줄을 타고 내려가려 했다.

　그때였다.

휙!

어디선가 정추산의 신형이 날아와 밧줄 위에 두 발을 딛고 서는 것이 아닌가?

정추산이 말했다.

"감히 내 방주에 숨어든 주제에 네놈들 맘대로 나가겠다는 것이냐?"

"……!"

진광은 물론, 다른 일행도 그제야 왜 송현이 그런 말을 했는지 절실하게 깨달았다.

멸천대주 정추산이 존재하는 한, 살아 있는 자는 그 누구도 흑랑방주를 탈출할 수 없는 것이다.

그가 말했다.

"이곳에서 네놈들을 장사지내 주마!"

이강이 그 와중에도 농을 던졌다.

"망자로 만들어주겠다는 적은 언제고 지금 와서 딴소리냐?"

"망자로 만들어주지. 하나 네놈들의 목을 잘라 이곳 누각의 오층 난간에 매달아놓겠다. 네놈들은 일백 년, 아니, 그 이상을 누각에 매달려 있게 될 것이다. 그리하여 네놈들을 본좌가 중원무림을 정벌하는 역사를 지켜보는 산증인으로 삼겠다!"

"……."

일행은 전신에 소름이 돋았다.

정추산의 말이 허언이 아닌 것을 깨달았기 때문이다.

그들은 박황과 함께 장 속에 틀어박혀 있던 망자들의 목이 떠올라서 자기도 모르게 몸을 떨었다.

텅!

정추산이 밧줄에서 발을 튕기며 누각으로 날아왔다.

진광이 고함을 지르며 달려들었다.

"받아랏!"

그는 정추산이 아예 누각에 발을 딛기 전에 끝장 낼 심산으로 선장을 내질렀다.

선장이 정추산의 요혈 네 군데를 노리고 날아들었다.

까까까깡!

정추산은 진광이 찌른 선장을 가볍게 검으로 쳐냈다.

하지만 놀라운 것은 그게 아니었다. 진광의 공세를 막느라 잠깐 공중에 멈췄던 정추산이 허공에 마치 계단이 있는 것처럼 발을 딛고 다시 도약하는 것이 아닌가!

진광이 깜짝 놀라며 말했다.

"허공답보(虛空踏步)?"

정추산이 몸을 회전하며 허공에 발을 튕기자 그의 신형이 쏜살처럼 진광에게 쏘아졌다.

진광은 경악했다.

그는 절체절명의 상황에서 반사적으로 선장을 정추산의 복부로 움직였다. 그리고 정추산이 난간에 발을 딛는 순간, 있는 힘껏 선장을 비틀었다.

쉬쉬쉭!

선장의 숨겨진 부분이 튀어나가며 정추산의 배를 가격했다.

진광이 소리쳤다.
"됐다!"
하지만 정추산을 누각 밑으로 떨어뜨렸다는 것은 그의 착각이었다.

선장이 배를 가격하려는 찰나, 정추산이 손을 내려 선장의 끝을 움켜쥐고는 난간에 발을 디딘 것이다.

그런데 그의 발이 난간에 살짝 걸쳐 있음에도 불구하고, 정추산의 몸은 늘어나는 선장의 기세에 조금도 움직이지 않았다.

그러자 선장의 힘을 받아내지 못한 쪽은 반대로 진광이 되어버렸다.

퍽!

선장이 자신의 복부를 가격하자 진광은 뒤로 날아가 버렸다.

"커헉!"

정추산이 말했다.

"다음은 누구냐?"

촤르르르!

이번엔 임윤이 사슬 묶은 검을 날렸다.

정추산이 검을 들어 튕겨내려는 순간, 임윤은 사슬을 쥔 손을 좌우로 흔들었다. 그러자 검이 좌우로 요동치며 정추산의 양쪽 태양혈을 노리고 날아들었다.

그런데 정추산이 신형을 날리더니, 날아오는 검면을 발로 딛고 서는 것이 아닌가?

 그는 거기에서 멈추지 않고 팽팽한 사슬 위를 밟으며 임윤에게 달려들었다.

 "……!"

 임윤은 자신의 두 눈을 믿을 수 없었다.

 그러나 그는 냉정을 잃지 않았다.

 강호에서 실전 경험이 풍부한 임윤은 당장 검을 회수하여 공세를 막으려다가는 정추산의 검에 먼저 목이 떨어지리라는 것을 직감했다.

 그는 사슬을 놓으며 검을 포기하고, 동시에 두 발로 바닥을 차며 뒤로 몸을 날렸다.

 정추산이 사슬 위를 달리면서 일권을 뻗었다.

 순간, 그의 팔이 늘어났다.

 팔이 늘어나는 듯한 기이한 조수(爪手)는 송현에게서 이미 본 것이었다. 그러나 정추산의 팔은 일 장 가까이 길게 늘어났다.

 그의 일권이 끝내 임윤의 복부를 파고들었다.

 퍽!

 안 그래도 복부에 심한 중상을 입은 임윤은 다시 정추산의 일권을 맞자 비명도 지르지 못한 채 나가떨어졌다.

 정추산이 말했다.

 "다음!"

 송현이 검을 들고 그에게 달려들었다.

채채채채채챙!

눈 깜짝할 사이에 둘은 여섯 번의 검합을 겨루었다.

하지만 일곱 번째의 검격은 정추산의 몫이었다. 그의 검이 송현의 목을 수직으로 베어갔다.

그때 정추산의 뒤에서 이강이 양권을 내질렀다.

"그다음, 여기 있다!"

정추산이 송현의 목을 베기 전에 이강의 양권이 그의 등을 통렬하게 가격했다.

퍼펑!

정추산의 신형은 척추가 뒤로 꺾이면서 누각 밖으로 날아가 버렸다.

이강은 회심의 미소를 짓다가 고개를 돌리며 유소운을 쳐다봤다. 그리고 그의 생각을 읽었는지 말했다.

"이럴 때 다음까지 기다리는 놈이 어딨냐? 그러는 놈이 병신이지. 내가 사대마인이라서가 아니라……."

유소운이 경악하며 소리쳤다.

"뒤를 봐요!"

"……?"

이강이 고개를 채 돌리기도 전에 정추산의 발이 그의 얼굴로 날아왔다.

그의 발이 좌우로 왔다 갔다 하며 이강의 양 볼을 후려 팼다.

퍼퍼퍼퍼퍼퍽!

이강의 고개가 속절없이 좌우로 틀어지기를 반복했다.

먼저 정추산이 이강의 양권에 당한 것은 맞으나, 그는 누각 밑으로 떨어지지 않았다. 누각 밖으로 날아가는 순간, 그는 손을 뻗어 처마 끝을 잡아서 매달린 것이다.

정추산이 마지막으로 그의 목울대에 발꿈치를 꽂았다.

쿡!

이강은 그 자리에 선 채로 꼼짝도 하지 않았다. 그러다가 천천히 옆으로 쓰러졌다.

일행 중 무림인 셋을 간단히 쓰러뜨린 정추산.

그가 처마를 잡고 매달린 채로 송현을 돌아봤다.

"다음은 네놈이렷다?"

"그렇소!"

송현이 그를 향해 달려들었다.

검끝을 앞으로 하여 상대의 품속으로 달려드는 모습, 바로 동귀어진의 수법이었다.

정추산이 일갈했다.

"동귀어진 따위로 본좌의 터럭 하나 건드릴 줄 알았다면 오산인 줄 알아라!"

그때 누군가가 소리쳤다.

"다음은 제 차례입니다!"

"네놈은 이놈 다음이다……?"

순간, 송현이 몸을 숙이며 엎드렸다. 그 뒤에는 유소운이 무언가를 들어서 정추산을 겨누고 있었다.

유소운이 매화뢰전의 방아쇠를 당겼다.

정추산의 두 눈이 처음으로 휘둥그레졌다.

콰르르릉!

여섯 발의 뢰전이 정추산의 가슴팍과 복부에 폭사됐다.

퍼퍼퍼퍼펑!

특히 그중 한 발이 처마를 잡고 있는 정추산의 팔뚝에 정확하게 명중했다.

펑!

"크허어억!"

정추산의 팔뚝이 뇌전에 맞아 떨어졌다. 그러자 허공에 붕 뜨게 된 그의 신형은 뇌전의 폭발력을 이기지 못하고 크게 호를 그리며 날아가 버렸다.

정추산의 신형이 갑판을 훌쩍 지나 강물에 떨어졌다.

풍덩!

멸천대주 정추산을 물리친 것이었다.

임윤이 정신을 차리고서 유소운에게 물었다.

"이봐. 지금은 왜 글귀를 안 외웠냐?"

"예?"

"매화뢰전을 꺼내자마자 쐈잖아? 왜 다섯 셀 때까지 겨냥하지 않았지?"

"그건… 그랬다가는 송 국주님이 위험해서… 멸천대주를 쏠 수 없을 것 같아서……."

임윤이 고개를 끄덕였다.

"그래, 그거다. 네놈은 아마 하남 최고의 궁수가 될 거다. 아니, 중원무림 최고일지도 모르지."

유소운이 멍한 얼굴로 그를 바라보자, 임윤은 멋쩍은지 슬쩍 고개를 피해 버리는 것이었다.

일행의 몰골은 처참했다. 안 그래도 모두들 중상을 입고 있었는데 정추산의 공격을 받는 바람에 이제는 초주검이 다 되어 있었다. 그나마 다시 부상을 입지 않은 유소운과 편복선생이 일행을 한 명씩 부축하여 일으켰다.

유소운이 말했다.

"이제야 악몽이 끝났군요."

"그렇군. 정말 끝이 날 줄 모르는 기나긴 악몽이었네."

편복선생이 평소 그답지 않게 감상에 젖은 시선으로 푸른 하늘을 바라보며 말했다.

그런데 그가 양미간을 구겼다.

"저게 뭐지?"

"예?"

유소운이 그의 시선을 따라 고개를 돌렸다. 그러다가 그는 차갑게 얼어붙고 말았다.

매화뢰전을 맞아 떨어진 정추산의 팔이 아직 처마의 끝을 잡고 있었다!

편복선생이 무언가를 깨닫고 신음을 흘렸다.

"저 팔! 멸천대주의 팔에 흑랑비서의 주문이 새겨져 있네!"

정추산의 팔에 편복선생이 그린 부적과 같은 기이한 도형이 붉은색의 문신으로 새겨져 있는 것이 아닌가?

부글부글!

정추산이 떨어진 부분의 강물 밑에서 기포가 끓어올랐다.

순간, 강물이 양옆으로 갈라지며 정추산의 신형이 공중으로 솟아올랐다.

촤아악!

그의 신형이 갑판을 넘어서 누각의 오층까지 날아왔다.

제아무리 중원무림의 절정고수라도, 아니, 무림 역사상 희대의 기인일지라도 강물 깊숙한 곳에 떨어져 물을 발로 차고 수십여 장 높이로 뛰어오를 수는 없는 일이다.

일행은 곧 그 까닭을 알 수 있었다.

정추산의 신형이 처마로 날아오더니, 매화뢰전으로 인해 떨어진 팔 부분이 마치 지남철처럼 서로 딸려가서 붙어버렸다.

철썩!

이강이 중얼거렸다.

"박황 놈이 저놈하고는 맞서지 말라던 이유를 알겠군."

일행도 그제야 박황이 왜 멸천대주 정추산을 두고 최강의 망자라고 얘기했는지를 알 수 있었다.

정추산은 단순히 무공이나 공력 수준으로 다른 망자들의 위에 선 것이 아니었다.

박황이 황상에게 바치기 위해 일평생 준비했던 신체를 가로챈 정추산. 그 몸은 흑랑비서의 주문을 문신으로 새겨놓아서 사지를 잘라 떨어뜨려도 다시 붙어버리는 신체였다.

그는 말 그대로 불사신이었던 것이다.
정추산이 검을 던졌다.
푹!
"아아악!"
검이 유소운의 손바닥을 관통하여 기둥에 날아가 박혔다.
정추산이 신형을 날려 누각으로 들어왔다.
그가 눈알을 굴려서 편복선생을 보다가 고개를 돌렸다.
"다음은 손볼 필요도 없는 놈이군."
그는 송현을 바라봤다.
"이래도 내게 대항할 셈이냐?"
"……."
"그만 포기하고 순순히 내 뜻에 따라라."
일행은 침을 꿀꺽 삼키고 송현을 바라봤다. 이제 일행도 송현에게 그의 뜻에 거절하라고 감히 말을 꺼내지 못했다.
일행이 그의 결정을 기다릴 때,
송현이 천천히 고개를 저었다.
"어차피 당신을 다시 땅속으로 돌려보내기 전에는 이 방주를 떠날 수 없다는 것쯤은 알고 있었소."
그 말에 정추산의 얼굴이 뜻밖이라는 듯 이채를 보이다가 곧 심하게 일그러졌다.
"뭣이? 감히 네놈 따위가 나랑 끝까지 대적하겠다는 것이냐?"
송현은 말없이 검을 들었다.

정추산은 광소했다.

"크하하하하하!"

그는 한참을 그렇게 웃다가 갑자기 딱 웃음을 멈췄다.

그리고……

송현과 정추산이 서로에게 달려들었다.

스팟!

누각에 검광이 번쩍였다.

둘의 신형이 교차하면서 스치고 지나갔다.

둘은 잠시 그렇게 서 있었다.

먼저 입을 연 것은 송현이었다.

"국주님께 배운 벽운검법입니다."

"…내가 쓸데없이 잘 가르쳤군."

툭!

정추산의 팔 한쪽이 바닥에 떨어졌다.

유소운이 기뻐하며 소리쳤다.

"송 국주님!"

그러나 그 순간, 송현은 배가 통째로 갈라지며 모로 쓰러졌다.

정추산이 광소했다.

"크하하하하! 네놈은 어차피 죽지 않으니 걱정 마라. 도로 잘 꿰매주마. 크하하하하!"

일행은 경악했다.

애초에 송현이 정추산을 이기리라고는 생각하지 않았다.

하지만 송현이 설령 그를 이길 수는 없다고 하더라도, 방주를 탈출하도록 어떤 심계를 가지고 있을 것이라고 마음속으로 굳게 믿고 있었다.

그러나 그 믿음이 산산이 깨지는 순간이었다.

일행은 송현이 했던 말, 정추산을 있는 한 방주를 나가지 못한다는 말을 다시금 되새겼다.

진광은 서서히 분노가 끓어올랐다.

그는 마지막으로 몸을 날려 정추산과 동귀어진하고자 마음을 먹었다. 설령 그를 죽이지 못한다고 하더라도…….

그런데 진광이 몸을 날리려는 찰나,

송현의 전음이 날아왔다.

"날 믿으시오."

"……?"

송현이 정추산을 보며 말했다.

"이게 무엇인지 아시오?"

그는 누각에 몸을 누인 채로 혁낭을 들어 보였다.

"그게 무어냐?"

"벽력낭의 팔대당주 공삼평이 만든 벽력탄과 뇌전탄이오."

"호오, 공삼평의 폭뢰가 아직 무림에 남아 있었다는 말이냐?"

그러자 송현이 고개를 저었다.

"지금 막 사라질 것이오."

그가 난간 너머로 손을 내밀어서 혁낭을 떨어뜨렸다.

정추산은 그제야 상황을 깨닫고 경악했다.

혁낭이 떨어지는 밑에 혈선충 모체의 입이 자리하고 있었다. 송현은 일부러 말을 끌면서 모체가 입을 벌리기를 기다렸다가 혁낭을 놓아버린 것이다.

정추산이 일갈했다.

"네놈!"

그는 전광석화처럼 난간으로 몸을 날려서 밑으로 뛰어내렸다.

일행은 송현의 심계에 놀라면서 떨어지는 혁낭을 바라봤다.

때마침 모체가 입을 활짝 벌리더니 혁낭이 모체의 입속으로 들어갔다.

진광이 소리쳤다.

"해냈다!"

그러나 기쁨도 잠시.

어느새 모체의 입속으로 뛰어내린 정추산이 혁낭을 손에 들고 모체의 혓바닥 위에 올라 모습을 드러내는 것이 아닌가?

정추산이 득의의 표정을 지으며 말했다.

"크하하하! 제아무리 산서 벽력당의 폭뢰라고 해도 터지지 않으면 아무 짝에도 쓸모없는 법! 네놈의 선물을 고맙게 받도록 하마!"

정추산은 자신만만하게 소리치며 혁낭을 풀어서 안을 바라봤다.

그러나 이내 그의 얼굴은 딱딱하게 굳어졌다.

"이게 뭐냐?"

혁낭에는 금전 꾸러미와 책 몇 권, 쌀알이 든 포대와 닭 피가 담긴 주머니, 그리고 썩지 않게 바닷바람에 잘 말린 육포 한 덩이만이 들어 있을 뿐이었다.

편복선생이 말했다.

"내 귀중한 물품을 잃어버린 셈이니, 보수를 받을 때 그 값어치도 쳐서 받아야겠네."

송현이 어느 틈에 자신의 혁낭과 편복선생의 것을 바꿔치기 했던 것이다.

송현이 진짜 자신의 혁낭을 정추산에게 들어 보였다.

"혹시 이것을 찾고 있는 것이오? 벽력탄은 여기 있소."

"……!"

정추산은 그제야 송현에게 속았다는 것을 깨닫고 멍하니 그를 바라봤다.

송현이 고개를 돌리며 말했다.

"이강."

이강은 이미 생각을 읽었는지, 바닥에서 무언가를 주워 송현에게 던졌다.

그것은 바로 송현이 베어냈던 정추산의 팔이었다.

송현이 정추산에게 말했다.

"당신 말대로 벽력탄은 그냥 놔두면 터지지 않소. 해서, 당신의 팔 한짝이 필요했소."

송현은 정추산의 손아귀를 벌려서 혁낭의 끈을 쥐게 만들었다.

 그런 다음 검에다 두 장의 부적을 꿰었다. 망자에게 붙으면 떨어지지 않는 부적과 폭혈화부였다.

 "푹!"

 송현이 부적을 꿴 검으로 정추산의 손을 꿰더니 아래로 던졌다.

 "잘 가시오."

 부적과 정추산의 손과 혁낭을 차례로 꿴 검이 갑판으로 떨어졌다.

 그때 정추산의 손에 새겨진 문신에서 시뻘건 빛이 새어 나왔다.

 정추산이 비명을 질렀다.

 "안 돼애애애애!"

 갑판에 떨어진 정추산의 팔이 검에 꿰여서 혁낭을 든 채로 그에게 날아갔다.

 정추산은 팔을 휘휘 저으며 소리쳤다.

 "안 돼! 저리 가! 안 돼애애! 이놈아, 입을 다물어라! 어서!"

 꾸르르르……

 정추산의 말을 들었는지 모체가 서서히 입을 닫기 시작했다.

 그러나 그 순간,

 그의 팔이 팔뚝으로 가서 붙어버렸다.

 철썩!

그리고 모체가 입을 닫았다.

퍼퍼퍼퍼퍼퍼펑!

엄청난 굉음이 방주에 울려 퍼졌다.

방주가 좌우상하로 뒤흔들리며 요동을 쳤다. 일행은 몸을 가누지 못하고 바닥을 뒹굴었다.

망자들이 일제히 귀곡성을 내질렀다.

"키에에에에엑!"

그 모습에 진광이 물었다.

"어떻게 된 거요? 성공한 것이오?"

이강이 답했다.

"보고도 모르겠냐?"

"근데 왜 모체는 아직 죽지 않은 거냐? 망자들이 소리를 지르고 있지 않냐?"

그 말에는 편복선생이 답했다.

"모체는 이제 끝장이네. 모체 뱃속에 망자들이 피가 얼마나 많겠나? 그런데 송 국주가 폭혈화부를 몽땅 뱃속에 넣어버렸으니… 어떻게 될 것 같은가?"

"……!"

편복선생의 말대로였다.

혁낭에는 벽력탄과 뇌전탄은 물론, 편복선생이 만든 폭혈화부가 몽땅 들어 있었다. 그것이 정추산의 손에 붙은 채 연쇄 폭발을 시작한 것이다.

흑랑성이 낳은 최강의 망자, 멸천대주 정추산.

망자가 되어 머릿속에 중원무림의 지존이 되어야겠다는 야심만이 가득 찬 정추산과 멸천대를 비롯한 다른 망자들.
  천하정벌지계를 내세워서 중원무림을 정복하려고 출정길에 나선 망자들을 송현과 일행이 다시 무덤으로 되돌리는 데 성공한 것이다!
  일행은 새삼 송현의 심계에 감탄했다.
  진광이 송현을 보며 말했다.
  "송 국주, 역시 우리는 송 국주가 있어야……."
  송현이 갈라진 배를 움켜쥐고 몸을 일으키며 말했다.
  "한시가 급하오. 곧 모체가 완전히 폭발해서 터지면 방주가 순식간에 가라앉을 것이오."
  "……!"
  일행은 정신이 번쩍 들었다.
  망자를 물리치는 것이야 좋았다.
  하지만 일행의 목표는 흑랑성 탈출이 아닌가? 지금은 그 대상이 흑랑방주가 되었지만 말이다.
  송현이 말했다.
  "멸천대주가 부적이 폭발하며 독혈로 변했을 테니, 모체의 정신력이 크게 떨어졌을 것이오. 그러니 이제 누각의 문이 열릴 것이오."
  듣던 중 반가운 말이 아닐 수 없었다.
  일행은 정추산을 물리치기는 했으나, 실상 그에게 일패도지했다고 할 수 있었다.

그나마 유소운과 편복선생이 부상이 덜한 편이라 제대로 서서 걸을 수 있는 자는 둘밖에 없었다. 그러니 누각의 문이 열리지 않는다면 방해를 받지 않는다고 해도 밧줄을 타고 내려갈 수 없는 상황이었다.

일행은 서로를 부축하며 누각을 내려갔다.

유소운이 사층에 내려오자마자 문을 열어봤다.

"열립니다!"

이제 망설일 이유가 없었다.

일행은 제대로 움직이지 않는 몸으로 비틀거리며 계단을 내려갔다.

그리고 누각의 일층에 도착하여 문을 연 순간,

그들은 경악했다.

눈앞에 펼쳐진 방주의 갑판은 무간지옥이었다.

갑판에 빽빽하게 모인 망자들이 칠공에서 피를 흘리며 두 팔을 허우적거리고 있었다.

부두의 상황도 마찬가지였다.

이제 멸천대, 경비병, 지하 도시의 망자라는 구분이 사라져 버렸다.

생전에 가장 바라던 욕망을 이루기 위해 죽지 못하고 이승을 떠돌며 중원무림 정복을 꿈꾸던 망자들.

모체가 뱃속에서 독혈이 연이어 터져서 죽어가자, 망자들 역시 칠공에서 피를 흘리며 천천히 죽어가고 있는 것이었다. 아니, 원래의 시체로 되돌아가고 있는 중이었다.

일행은 너무나 끔찍한 광경에 잠시 할 말을 잃었다.

그 순간 송현이 일행의 정신을 되돌렸다.

"방주가 곧 침몰하오!"

일행은 누각을 떠나 부두로 놓인 다리를 향해 움직였다.

이제 그들이 바로 옆으로 지나가도 망자들은 알아차리지 못했다. 어차피 칠공에서 피를 흘리고 있으니 볼 수도, 들을 수도 없을 터였다.

하지만 망자들이 미친 듯이 날뛰며 두 팔을 휘저었기 때문에 일행은 이리저리 그들을 피해서 이동해야 했다. 망자들은 무언가가 잡히면 그것이 자신을 죽게 만들었다고 생각이라도 한 양 사정없이 물어뜯었기 때문이다.

얼마나 망자들을 피해서 발을 옮겼을까, 일행은 드디어 다리에 도착했다.

부두 위에는 망자들의 모습이 거의 보이지 않았다. 정추산이 일행을 잡기 위해 명령해서인지, 대부분의 망자는 이미 방주에 오른 뒤였다.

다리만 건너면 흑랑방주를 탈출하는 것이다.

일행은 다리를 건너기 시작했다.

진광은 무언가 이상해서 무심코 고개를 돌리다가 깜짝 놀라고 말았다.

멀리 갑판에서 이강이 혼자 망자들 속을 헤매고 있는 것이 아닌가.

이강은 망자들의 생각을 읽을 수 없는데다 그들이 연신 귀곡성을 내질렀기 때문에 방향 감각을 상실하고 일행에서 떨어져 버린 것이다.

일행은 서로 뭉쳐서 이동했기 때문에 누군가가 낙오될 일은 없었다.

그러나 이강은 흑랑성에 잠행한 일행이 아니었다.

중원무림의 사대마인이며, 지금까지 일행과 계속해서 맞부딪쳤던 이강.

비록 그가 진광과 함께 돌아와 일행이 흑랑방주에서 탈출하는 데 결정적인 역할을 맡았다고는 하나, 일행의 마음속에는 아무래도 사대마인인 그가 꺼림칙했던 것이다.

때문에 이강은 아무도 서로 부축할 사람이 없었고, 일행과 떨어지자 망자들 속에서 길을 잃은 것이다.

유소운은 진광이 오지 않자 고개를 돌려 그를 불렀다.

"진광 스님?"

그러다가 그도 낙오된 이강을 발견했다.

다른 일행도 그제야 이강이 낙오된 사실을 알아차렸다.

임윤이 말했다.

"이미 늦었다."

진광이 일갈했다.

"사람 목숨에 늦고 빠르고가 어딨냐?"

정신을 차리자, 진광 자신은 이미 이강을 향해 몸을 날리고 있었다.

진광이 선장을 뻗었다.

"이강! 여기다!"

이강은 진광을 향해 고개를 돌렸다. 진광이 선장을 비틀어서 길이를 늘렸다.

유소운이 소리쳤다.

"진광 스님! 빨리요!"

이강은 손을 더듬다가 선장을 낚아챘다. 진광이 선장을 비틀자 끝을 잡은 이강의 몸이 붕 떠서 날아왔다. 그러나 날아오던 이강의 발이 망자에게 걸려 그의 몸이 다리까지 오기 전에 모로 쓰러졌다. 그러자 주위에서 방황하던 망자 하나가 그의 몸을 덮쳤다.

이강이 허공에 손을 휘둘렀다.

진광이 손을 내밀었다.

탁!

둘이 서로의 손을 움켜쥐었다!

진광이 이강을 옆으로 끌어당겼다.

이강은 두 눈이 없으나 진광을 멍하니 바라보는 듯한 얼굴이었다.

그가 말했다.

"왜 날 도운 거지? 네놈은 날 끔찍이 증오하지 않았냐? 설마 날 소림사의 참회동에 처넣기 위해서 구한 거냐?"

"……."

진광도 선뜻 대답을 하지 못했다.

그러다가 입을 열었다.

"네놈 따위 죽든 말든 내가 알 바 아니다."
"홋, 그렇겠지."
"다만, 네놈을 한 번 도왔으니 나중에 빚이나 후하게 갚아라."
이강이 멍하니 있다가 크게 광소했다.
"크하하하하! 알았다. 독각혈귀 이강은 빚을 반드시 갚는다. 일 년이 걸리든, 십 년이 걸리든 말이다!"
유소운이 다시 소리쳤다.
"진광 스님!"
"시끄럽다! 이제 갈 테니……."
진광이 말을 멈췄다.
이강이 그런 진광을 멍하니 바라봤다. 그는 두 눈이 없었으나 지금만큼은 진광의 얼굴을 볼 수 있는 것 같았다.
동시에 진광의 뒤에서 누군가의 음성이 흘러나왔다.
"이 개자식들! 네놈들이 감히… 감히 대주님과 모체를……!"
그는 바로 초류영이었다.
진광이 고개를 내렸다.
배에 두 개의 붉은 원이 보였다. 원은 점점 커지고 있었다.
초류영이 비응조의 수법을 써서 수투를 낀 손으로 진광의 등을 꿰뚫은 것이었다!
그의 양손이 진광의 등을 뚫고 배로 튀어나왔다가 다시 빠졌다.

푹!

"……!"

유소운이 소리쳤다.

"진광 스님!"

그는 진광에게 달려가려 했다. 하지만 임윤이 그를 막으며 고개를 저었다.

진광의 등은 이미 찢겨져서 파헤쳐졌으며, 배에 뚫린 구멍으로는 내장이 삐져나와 있었다. 주변의 뼈와 장기가 박살이 났고, 단지 척추뼈가 그의 상반신을 간신히 지탱하고 있었다.

초류영이 일행을 가리키며 귀곡성을 질렀다.

"키에에에엑! 이 새끼들! 이 새끼들을 잡아라! 절대 방주에서 나가지 못하게 해라!"

순간, 서로 뒤엉켜서 방황하던 망자들이 일제히 고개를 돌렸다.

그들은 핏물이 줄줄 흐르는 눈으로 일행을 노려봤다. 그리고 일제히 귀곡성을 내지르기 시작했다.

"키에에에엑!"

송현이 초류영에게 소리쳤다.

"여기 무림패가 있다!"

"뭐? 어디?"

"받아라!"

송현은 무림패를 갑판 너머로 던졌다.

초류영의 신형이 공중에 솟아올랐다.

"무림패! 무림패!"

그런데 송현이 무림패를 던진 곳은 바로 모체의 입이었다.

모체는 뱃속에서 독혈이 터져서 괴로워하며 꿈틀대고 있던 참이었는데 송현이 모체가 입을 벌리는 순간을 노려서 무림패를 던진 것이었다.

무림패가 떨어지는 순간, 초류영이 그것을 공중에서 낚아챘다.

"크하하하하! 이제 두 개의 무림패가 내 손에 들어왔다! 이 몸은 이제……."

순간 괴로움에 몸부림치던 모체가 초류영의 몸을 갈기갈기 씹어버렸다.

콰드드득!

초류영의 몸은 산산조각 나서 모체의 입속으로 떨어졌다. 그러나 그 순간에도 초류영의 얼굴은 활짝 웃고 있었다.

잠시 정적이 흐른 뒤,

멍하니 갑판에 서 있던 모든 망자가 다시 정신을 차리고 일행에게 달려들기 시작했다.

망자들이 진광과 이강의 주위로 몰려들었다. 그들이 몇 발짝만 더 다가오면 다리로 향하는 길마저 막혀 버릴 것 같았다.

하지만 이강은 멍한 얼굴을 하고서 좀처럼 발을 떼지 못했다.

그때, 진광이 이강을 다리로 떠밀었다.

이강이 입을 열었다.

"네놈……?"
"가라."
"……."
"어서 가라!"
이강이 그래도 움직이지 못하자, 진광이 그의 등에 일권을 가격했다.
이강은 몇 걸음 앞으로 걸어가 쓰러졌다가 곧 몸을 일으켜서 다리를 건너기 시작했다.
망자들이 다리로 꾸역꾸역 밀려들었다.
그들이 다리를 건너가는 일행을 붙잡기 위해 손을 휘둘렀다.
순간, 진광이 날아와 그들의 손을 짓밟았다.
콱!
"꿰에에엑!"
망자들이 서로 떠밀고 밀치며 다리로 몰려들었다.
다리 위로 내려선 진광이 방주를 향해 몸을 돌렸다.
"와라!"
칠공에서 피를 흘린 지 오래라 이제 전신에 피 칠갑을 한 망자들이 다리를 올라와 진광에게 달려들었다.
그러나 그들은 진광의 상대가 되지 못했다.
진광의 일권이 터질 때마다 망자 하나가 다리에서 떨어져 날아갔다.
"와라! 이 산송장들아!"

망자들은 미친 듯이 다리로 올라와 진광을 덮쳤다. 진광이 망자들에게 깔리려는 순간, 그가 진각을 밟으며 어깨로 망자들을 튕겨 버렸다.

텅!

소림육합권이 폭발했다. 관음십팔족이 다리에 오르려는 망자의 손을 박살 냈다. 소림오권이 병장기를 들고 덤비는 망자들을 하나씩 다리에서 떨어뜨렸다.

진광이 다리에서 우뚝 서서 소리쳤다.

"대소림의 제자는 절대 굴하지 않는다!!"

망자들은 진광의 무위가 너무나 폭발적이라 도저히 다리를 건너지 못하자 잠시 멍하니 서서 그를 쳐다봤다.

진광은 허리에 양손을 얹은 채 추상같은 눈매로 망자를 노려봤다. 망자들은 이성을 잃은 상태였으나 감히 그에게 덤벼들지 못했다.

그러다가 망자 하나가 슬쩍 그의 다리를 찔러봤다.

진광의 몸이 조금씩 옆으로 기울었다.

그는 선 채로 이미 절명해 있었던 것이다.

진광의 몸이 천천히 기울다가 이내 모로 쓰러져서 강물에 빠져 버렸다.

"키에에에엑!"

방해물이 사라지자 망자들이 다시 발광하며 다리로 몰려왔다.

그때 커다란 굉음이 터져 나오며 흑랑방주를 통째로 뒤덮었다.

콰콰콰콰콰콰쾅!

"꾸워어어웨에에엑!"

모체가 단말마의 고통에 비명을 질렀다. 뱃속에 있는 망자의 피가 한 방울도 남김없이 폭발해 버린 것이다.

모체가 단말마의 고통에 비명을 질렀다. 뱃속에 있는 망자의 피가 한 방울도 남김없이 폭발해 버린 것이다.

순간, 모체의 몸통이 통째로 절반으로 끊어졌다. 그러자 모체의 찢어진 틈새로 독혈이 분수처럼 솟구쳐 올랐다.

촤촤촤착!

진득한 독혈이 방주의 갑판에 사정없이 쏟아져내렸다.

후두두두둑!

독혈 세례를 뒤집어쓴 망자들이 괴성을 내질렀다.

"끼아아아악!"

혼백을 잃어서 도검을 맞아도 고통을 느끼지 못하던 그들도 지옥으로 영원히 떨어지는 순간이 닥치자 공포를 느꼈던 것이다.

곧 방주의 한가운데가 갈라지기 시작했다. 모체의 뱃속에서 폭발하며 뿜어져 나오던 독혈이 어느새 방주의 밑창까지 녹여 버린 것이었다.

쩌저저적!

방주가 서서히 갈라지는가 싶더니, 어느 순간 중간이 뚝 끊어졌다. 그러자 방주가 앞뒤 두 조각으로 나뉘어지면서 선수와 선미가 수직으로 꼿꼿이 서 버렸다.

그리고 방주의 갈라진 중앙으로 강물이 쏟아져 들어갔다.

독혈이 모체를 터뜨리고 방주를 녹이는 것은 차 한 잔 마실 시간이 족히 걸렸으나, 두 쪽으로 난 방주가 강물에 가라앉는 것은 창졸간에 벌어졌다.

콰콰콰콰콰!

망자들이 강물에서 빠져나오려고 두 팔을 허우적거렸다. 하지만 하나씩 칠공에서 피를 흘리며 침수해 갔다.

불로불사의 꿈을 이루기 위해 만들어진 흑랑성.

흑랑성은 혼백을 잃고 이승을 방황하는 망자들을 낳았으며, 중원무림을 정복하려는 야욕에 불타는 멸천대를 탄생시켰다.

그러나 도검을 맞아도 죽지 않는 망자도, 피를 흡수하여 절정의 무위를 발휘하는 멸천대도, 수천 년을 흘러온 황하의 물길에 덧없이 떠내려가고 있었다.

흑랑성 망자들의 야욕은 그렇게 헛되이 끝나 버렸다.

일행은 흑랑방주가 침몰하는 광경을 지켜보며 침음했다.

그들은 흑랑성에 잠행했을 때를 떠올렸다. 겨우 이틀밖에 지나지 않았는데, 마치 긴 세월이 훌쩍 지나가 버린 듯한 기분이 들었다.

꽤 오랜 시간 동안 침묵이 계속됐을 때,

편복선생이 입을 열었다.

"이제야 기나긴 악몽이 끝이 났군."

"……."

일행은 말을 꺼내지는 않았으나 그의 말에 공감했다.

문득 뇌리를 스치는 생각이 있었다.

'모체가 폭발하여 죽었다. 그렇다면 망자 역시……?'

일행은 침을 꿀꺽 삼키며 고개를 돌렸다.

아니나 다를까, 송현이 눈을 감고 입을 다문 채 바닥에 쓰러져 있었다.

유소운이 깜짝 놀라 소리쳤다.

"송 국주님?"

일행은 송현의 주위에 모여서 걱정스레 그를 내려다봤다.

바로 그때였다, 송현의 감겨진 눈이 서서히 뜨여진 것은.

유소운이 멍하니 송현을 바라보다가 이내 환한 얼굴이 되어 그의 몸을 부축했다.

"송 국주님! 괜찮으세요?"

송현은 고개를 끄덕였다. 그리고 말없이 일행을 둘러봤다.

한 명의 동료가 보이지 않았다.

하지만 그는 묻지 않았고, 아무도 대답하지 않았다.

임윤이 중얼거렸다.

"대체 어떻게 된 건지 영문을 모르겠군."

이강이 답했다.

"그것도 모르겠냐? 박황 놈의 실험이 완벽하게 성공한 거다."

유소운은 어느새 두 눈에서 눈물을 흘리고 있었다.

그때였다.
누군가가 조심스레 일행에게 다가왔다.
고개를 돌려보니, 진광이 구했던 어린 소녀가 아닌가?
소녀가 물었다.
"저를 구해주신 스님은 누구신가요? 고맙다는 말씀도 못 드렸거든요."
"……"
일행은 아무 말 없이 송현을 바라봤다.
송현이 말했다.
"그분은 대소림사의 제자였단다."

終章
흑의인(黑衣人)

潛行武士
잠행무사

해가 떠오르기 직전의 어두운 새벽.

정체 모를 인영들이 청위표국의 앞마당에 모여 있었다.

그들은 하나같이 시커먼 흑의를 걸치고 있었는데, 그것으로도 성에 차지 않았는지 얼굴에는 흑건을 빙 둘러서 이목구비를 숨기고 있었다.

무슨 연유인지는 모르나 전신에 흑의를 걸치고 복면까지 한 무리가 새벽에 남의 장원에 모여 있는 것은 가히 상서롭지 않은 광경이었다.

인영들 중 수장으로 보이는 자가 말했다.

"계집은 잡았느냐?"

"예. 방에서 잠을 자고 있는 것을 묶어 재갈을 물려두었습니다. 애초에 도망칠 생각은 없었던 것 같습니다."

"잘했다. 그나저나 계집 된 몸으로 혼자서 장원을 지키려는 생각을 했다니, 간덩이가 부어도 단단히 부은 년이군."

"흐흐흐, 그렇습니다."

수장의 말에 모두가 잔인한 미소를 흘렸다.

그때 한 인영이 뒷문으로 들어왔다. 그가 수장에게 포권을 하며 말했다.

"놈이 오고 있습니다!"

"정말이냐?"

수장의 눈빛이 날카롭게 바뀌더니 물었다.

"소림사의 승려는 확인했느냐?"

"예. 놈은 나귀 두 필이 끄는 수레를 타고 오고 있습니다. 그 말고도 세 명이 더 있는데, 부상을 입었는지 행동이 불편해 보였습니다. 그 외에 소림승의 모습은 어디에도 보이지 않았습니다."

"정말이냐? 소림승이 없는 게 확실하냐?"

"틀림없습니다."

"그렇군. 수고했다."

수장은 소림승의 부재를 거듭 확인하고 나서야 안심을 했다. 그리고 자신에 찬 눈빛으로 말했다.

"금일 새벽을 놓치면 안 된다. 송현 놈을 쥐도 새도 모르게 없애 살인멸구해야 한다. 불은 준비했느냐?"

"장원의 건물마다 기름 먹인 짚을 잔뜩 쌓아두었습니다. 일단 불이 붙으면 재만 남을 때까지 멈추지 않고 탈 것입니다."

"좋다. 금일이 지나면 청위표국은 잿더미만 남게 되겠군."

한 인영이 아첨을 했다.

"이제 우리 대명표국이 개봉에서 백 년 넘게 세를 떨칠 일만 남았습니다!"

그러자 다른 인영이 한술 더 떠서 말했다.

"백 년이 무어냐? 이백, 삼백, 아니, 천 년을 넘게 세를 떨칠 것이다!"

"와하하하!"

그들은 한바탕 웃어젖힌 다음 수장에게 일제히 포권을 했다.

"국주님께 감축드립니다!"

"오냐."

지금까지 무리 옆에서 한마디도 없이 조용히 있던 인영도 수장에게 포권을 하며 인사했다.

"대명표국이 개봉을 손에 넣은 것을 감축드리오."

"고맙소. 이게 모두 유가전장의 도움 덕분이오."

복면을 쓴 무리의 수장은 대명표국의 국주인 모개삼이었고, 그에게 인사를 한 자는 유가전장의 장주 유황이었다.

그들은 지난날 송현이 청위표국을 봉문하도록 자금줄에 압박을 가한 장본인들이었다. 그러나 송현이 금분세수를 하는 날, 소림승이 찾아오는 바람에 연기되었던 것이다.

그들은 혹 소림사에게 책을 잡힐까 두려워서 송현이 없는 중에 청위표국에 해를 가하지 못하고 있었다.

 그러던 중 삼 일 전에 하남 곳곳에 심어두었던 표사 중 하나가 송현이 돌아온다는 소식을 전했다. 모개삼과 유황은 송현이 소림사의 위세를 등에 업고 금의환향하지는 않을까 노심초사했다.

 그런데 송현이 소림사의 위세는커녕 낡은 수레를 타고 온다는 것이었다. 또한 그와 동행하는 사람 셋은 부상을 당한 몸이며, 어디를 봐도 무림인으로는 보이지 않는다고 했다.

 둘은 그 소식을 듣고 쾌재를 불렀다.

 그리고 지금, 송현이 소림사와 연을 맺지 못했다는 것을 확인하고서 이참에 아예 청위표국을 잿더미로 만들고 송현과 그의 사매를 죽여 살인멸구하겠다는 야욕을 드러내고 있는 것이었다.

 유황이 걱정이 되는지 물었다.

 "정말 괜찮겠소? 후에 청위표국의 친우들이 사실을 알게 되면 어찌 감당하실 거요?"

 "장주는 걱정도 많소이다. 청위표국은 이미 세가 기울어서 친우는커녕 지나가는 개도 쳐다보지 않는 곳이오."

 "알겠소."

 모개삼이 자신하자 유황은 그제야 고개를 끄덕였다.

 실은 유황은 모개삼을 부추겨서 손에 피를 묻히지 않고 일을 처리하려는 속셈을 갖고 있었다.

 그때였다.

세 명의 인영이 담벼락을 뛰어넘어 앞마당에 내려왔다.

살가죽만 남아서 강시와 같은 몰골을 하고 있는 인영들, 바로 하남삼살이었다.

그들은 청위표국에 원한을 갖고 있었는데, 금분세수가 연기된 날 이후에 아예 대명표국에 식객으로 눌러앉아 버렸다.

모개삼이 그들을 식객으로 받아준 것은 간혹 귀찮은 일이 생길 때마다 피를 보기 좋아하는 하남삼살이 나서서 일을 해결해 주었기 때문이다.

하남삼살 중 적의인이 카랑카랑한 목소리로 말했다.

"계집은 잡아두었냐?"

모개삼이 고개를 끄덕였다.

"물론이오. 좋을 대로 하시오."

"이럴 거면 왜 지금까지 계집을 건드리지 말라고 한 것이냐?"

적의인이 신경질을 부리자 모개삼이 설명했다.

"이미 말했지 않소? 만에 하나 송현 놈이 소림사의 위세를 등에 업게 됐을 때, 그가 사매가 겁간당한 것을 그냥 넘겨 버릴 것 같소? 그럴 경우 우리 대명표국이 책임을 면하지 못하는 것은 물론이요, 당신들 하남삼살 역시 소림승들의 추격을 받게 될 것임을 왜 모르시오?"

"……."

소림사 얘기가 나오자 적의인도 멈칫하는 얼굴이었다.

"그럼 지금은 왜 된다는 거냐?"

"송현 놈이 소림사와 연을 맺지 못한 듯하오."

"정말이냐? 그럼 송현 놈의 사매를 우리 맘대로 해도 되는 것이렷다?"

"그렇소."

그 말에 적의인이 손을 내려서 바지춤을 주물럭거렸다.

"가자, 얘들아! 해가 뜨려면 아직 멀었다!"

하남삼살 셋이 정수연의 처소로 몸을 돌리자 유황이 그들에게 말했다.

"죽이지는 마시오."

"뭐라? 감히 하남삼살에게 명령을 하려는 것이냐?"

"재미를 보지 말라는 것이 아니오. 단지 그 계집의 용모가 그럴싸하니 나중에 팔면 제법 돈이 될 거요. 그러니 재미만 실컷 본 다음 계집의 몸은 내게 넘기시오."

"흥, 돈의 절반을 내게 준다면 생각해 보지."

"좋소."

모개삼은 그 와중에도 이익을 챙기려는 유황의 처사에 혀를 내둘렀다.

그가 말했다.

"계집이 살아서 후환이 남으면 어쩔 거요?"

유황이 고개를 저었다.

"후환? 표국에 딱 한 놈 남은 국주란 자도 금일 해를 보지 못하고 명을 달리할 텐데 무슨 후환이 남는단 말이오?"

"그래도……."

"걱정 마시오. 계집이 영영 중원 땅에 발을 못 붙이도록 색목인에게 노예로 팔겠소. 그럼 됐소?"
"알았소."
모개삼이 몸을 돌리며 수하들에게 말했다.
"모두 출진을 준비하라!"
"존명!"
그때였다.
뒷문에서 한 인영이 비틀거리며 장원으로 들어왔다.
모개삼이 살펴보니 그는 송현을 염탐하고 있어야 할 표사가 아닌가?
모개삼이 물었다.
"무슨 일이냐? 왜 송현 놈을 감시하지 않고 돌아온 것이냐?"
"…마부가 있었습니다."
"마부(馬夫)?"
"예."
모개삼과 유황은 서로를 쳐다봤다. 하남삼살도 호기심이 일었는지 자리를 뜨지 않고 얘기를 들었다.
"마부라니, 대체 어떤 놈인데 그러냐?"
"흑의를 걸치고 흑건을 눌러써서 알아볼 수 없었습니다."
모개삼은 문득 두려움이 일었다. 소림사가 파견한 고수일지도 모른다는 생각이 든 것이다.
"혹시, 소림사의 무공을 쓰지는 않았냐?"
"아닙니다. 한 자루의 무딘 검을 씁니다."

그 말에 모개삼은 가슴을 쓸어내리며 실소했다.

"검을 쓰는 무사가 강호에 하나둘이냐? 아마 오래전부터 청위표국의 밥을 먹던 식객 무사 나부랭이겠지."

"하하하하!"

모개삼이 웃자 다른 이들도 함께 웃었다.

"그래, 그 마부란 놈은 어디 있냐?"

"……."

그런데 표사가 더 이상 말을 하지 않았다.

그의 몸이 천천히 기울더니 이내 앞으로 쓰러져 버렸다. 이미 목숨이 끊어진 뒤였던 것이다.

쓰러진 표사의 뒤에는 정체 모를 흑의인이 서 있었다.

흑의인이 말했다.

"여기 있다."

모개삼과 표사들이 깜짝 놀라서 검을 뽑아 들었다.

아니, 그들은 검을 뽑았다고 생각했다. 하지만 그들 중 어느 누구도 검을 뽑은 자는 없었다.

청위표국의 앞마당에 검광이 번쩍였다.

스팟!

표사들의 목이 하나씩 공중에 떠올랐다. 그들의 목이 채 땅에 떨어지기도 전에 다른 자의 목이 연이여 위로 솟구쳐 올랐다.

검광이 몇 번 번뜩이지도 않았는데 곧 땅에 서 있는 표사는 하나도 남지 않았다.

하남삼살이 그나마 기병을 들고 흑의인에게 달려들 뿐이었다.

그러나 그들은 흑의인의 무공 수위를 알았더라면 아마 생각하지도 않고 줄행랑을 쳤을지도 몰랐다. 물론 도망쳐 봤자 목이 붙어 있는 시간을 아주 잠깐 연장하는 데 그쳤을 일이겠지만……

검광이 다시 한 번 번뜩이자 하남삼살 셋의 목이 동시에 떨어졌다.

이어서 유황의 목도 떨어졌다.

차 한 모금이 목으로 넘어갈 짧은 시간, 청위표국의 앞마당에 있던 사람들이 이제 목이 떨어진 채 땅에 뒹굴게 된 것이다.

이제 두 발로 서 있는 자는 흑의인과 모개삼뿐이었다.

모개삼은 다리를 후들후들 떨었다.

그는 자신의 일평생 동안 한 번도 보지 못했던 무림의 절정 고수가 눈앞에 서 있다는 것을 깨달았다.

그가 억지로 용기를 내어 입을 열었다.

"대, 대체 당신은 누구시오?"

흑의인이 검을 들고 그에게 다가왔다.

"글쎄다. 곧 목이 떨어질 놈이 그런 건 알아서 뭐 하게?"

"……"

모개삼은 도망쳐야 된다고 생각했다. 아니면 무릎을 꿇고 빌어서라도 목숨을 부지해야 된다고 생각했다.

흑의인(黑衣人)

하지만 발이 떨어지지 않았다.

그런데 그는 무언가 이상한 점을 알아차렸다.

흑의인의 얼굴에 두 눈이 없는 것이 아닌가?

"......!"

그는 눈도 없는 소경이 대명표국의 표사들을 모두 도륙했다는 사실이 믿어지지 않았다.

모개삼은 넋이 나가서 멍하니 흑의인을 쳐다봤다. 그런데 그는 흑의인이 누구인지 알 것 같았다. 몇 년 전에 강호로 나갔다가 우연히 목격했던 사마외도의 절정고수…….

"당신은 설마……?"

흑의인은 모개삼이 자신을 알아보자 뜻밖이라는 듯 어깨를 으쓱했다.

"눈썰미 하나는 있는 놈이군. 후후후."

모개삼이 흑의인의 면면을 한 번 더 살피다가 말했다.

"왜 적의(赤衣)가 아니라 흑의(黑衣)를 입고 계십니까?"

그의 말투는 어느새 존대로 바뀌어 있었다.

흑의인은 그 말을 듣자 양미간을 살짝 구기며 말했다.

"적의는 이제 입지 않는다. 사정이야 네가 알 바 아니고."

모개삼이 절망하며 소리쳤다.

"대체 대명표국에게 왜 이러시는 겁니까? 대명표국이 당신에게 무슨 빚을 졌다는 말입니까?"

"뭐, 네놈한테는 받을 빚이 없는데, 내가 다른 데 갚아야 할 빚이 좀 있어서 말이야."

"그게 얼마나 됩니까? 제가 대신 갚아드리겠습니다! 아니, 제 전 재산을 드릴 테니 제발 목숨만은……."

청위표국의 앞마당에 마지막으로 검광이 번쩍였다.

"네놈이 대신 갚아줄 수 있는 게 아냐."

이강이 말했다.

"강호의 정리라는 것을 빚졌거든."

終

Book Publishing CHUNGEORAM

神刀無雙
신도무쌍

사도연 新무협 판타지 소설

삼 년 전 나는 죽었다.
그리고… 다시 태어났다.

사부를 해했다는 오명으로 인해 모든 것을 잃었다.
몸에 백팔십 개의 비혈구를 박은 채로 뇌옥에 갇혔다.
하지만 하늘은 절대 나를 버리지 않았다.

나락으로 떨어졌다고 생각한 그에게 찾아온 뜻밖의 인연!
절혼령(切魂靈).

그것은 죽음이 아닌 새로운 탄생을 의미하는 것이었으니!

지금 여기,
무적도(無敵刀)의 독보신화(獨步神話)가 시작된다.

유행이 아닌 자유추구 -
WWW.chungeoram.com
Book Publishing CHUNGEORAM

은하의 계곡

무천향
武天鄕

허담 新무협 판타지 소설

뿌리를 찾아가는 목동 파소의 여행.
그 여정의 끝에서
검 든 자들의 고향 대무천향(大武天鄕)을 만난다.

검객 단보, 그는 노래했다.

…모든 검 든 자들의 고향 무천향.
한 초식의 검에 잠든 용이 깨어나고, 또 한 초식의 검에 잠든 바다가 일어나네.
검의 흐름을 따라가다 보면 어느새, 세월도 잊어버리고, 사랑도 잊어버리고,
무공도 잊어버려…….
결국에는 자신조차 잊어버리는…….

은하의 가장 밝은 빛이 되어버린다는
그 무성(武星)들의 대지(大地).

아, 대무천향(大武天鄕)이여!

유행이 아닌 자유추구 -
WWW.chungeoram.com
Book Publishing CHUNGEORAM

閻王眞武
염왕진무

김석진 新무협 판타지 소설

"그, 그럼 어디서 오셨습니까?"
무심하게 고개를 돌리며 진무가 속삭이듯 말했다.

……지옥에서.

인간이라면 절대 익힐 수 없다는 강호삼대불가득!
그것에 얽힌 비사를 풀기 위해 그가 강호로 나섰다!
피처럼 붉은 무적의 강기, 혼돈혈애를 전신에 두르고
수라격체술과 염왕보로 천하를 질타하는 쾌남아, 진무!
염왕의 진실한 무학을 발현하여 무림삼패세와 고금십대천병을
이겨내고 속세의 악업을 심판하는 진정한 염왕이 되어라!

이제 강호는 진무의
일거수일투족에 열광한다!

Book Publishing CHUNGEORAM

신일룡
新무협 판타지 소설

풍신유사

태초에 우주를 구성하는
세 개의 기운이 있었다.

그것은 빛[光], 땅[地], 그리고 물[水]이었다.
이것들이 서로 조화되어 만휘군상(萬彙群象)을 이루었다.
그리고 이들 사이에서 또 하나의 기운이 탄생했으니,

그것은 바로 바람[風]이었다.

'풍령문' 제삼십구대 전인 관우.
제세(濟世)의 사명을 위한 길이 그의 앞에 펼쳐졌다.

"사람이 어찌 하늘의 뜻을 다 알 수 있을꼬?"

바람에 미쳐 바람이 된 자,
사람이되 신이 되어버린 자.
하늘의 뜻을 좇아 하늘을 거역한 자.

이것은 그에 관한 '남겨진 이야기[遺事]'다.

유행이 아닌 자유추구 -
WWW.chungeoram.com
Book Publishing CHUNGEORAM

絶代君臨
절대군림

장영훈 新무협 판타지 소설

문피아 골든베스트 1위, 선호작 베스트 1위

「보표무적」, 「일도양단」, 「마도쟁패」에 이은 장영훈의 네 번째 강호이야기.

절대군림

"왜 나를 선택했지?"
"당신은 좋은 어른이니까."

호북 제패를 시작으로 적이건의 강호 제패가 시작된다.

"비록 아버지의 강호가 옳다 해도, 난 어머니의 강호에서 살 거야.
아버지의 강호는 너무… 고리타분하거든."

왼손에는 군자검을, 오른손에는 지옥도를 든 천하제일 과일상 행운유수의 장남 적이건.
그의 유쾌하고 신나는 강호제패기

"문파를 세울 거야. 이 강호에서 가장 강하고 멋진."